# 요괴도시

배명은

김설아

유미르

홍정기

김선민

이시우

엄길윤

# 요괴도시

아프로스
미디어

# 요괴
## 妖怪

한국고전용어사전에 따르면 '요사스럽고 괴이한 일'이란 뜻으로 사용되었으나 현대에서는 일반적으로 전설, 민담 등에 등장하는 기괴한 괴물의 존재를 의미합니다. 그런 개념은 일본의 요괴학 전통에서 한국과 중국으로 전파되어 괴물 일반을 지칭하는 의미로 사용되고 있습니다.

요괴는 애니미즘적 사상에서 사물에 깃든 영적 존재로 해석되기도 하며, 해명할 수 없는 흉사와 두려운 존재로 여겨집니다. 인격체의 영혼에서 발현되는 귀신과는 달리 그 근원은 동식물, 무생물, 인간을 포함한 자연 에너지가 특정한 사물이나 생물에 깃들면서 탄생합니다. 동물이나 식물이 변한 '괴물', 인간의 원혼이 변한 '귀물', 무생물의 정기가 변한 '사물' 등으로 구성되어 있습니다.

동아시아에서는 문화적 공통성으로 인해 명칭이 조금씩 다르지만 비슷한 성격의 요괴들이 존재합니다.

민속학적으로 고유의 문화에 뿌리를 두고 있으며, 초자연적인 힘과 때로는 인간에게 해를 주는 무서움이 있으므로 일본을 비롯한 아시아권에서 창작물 소재로 활용되고 있습니다.

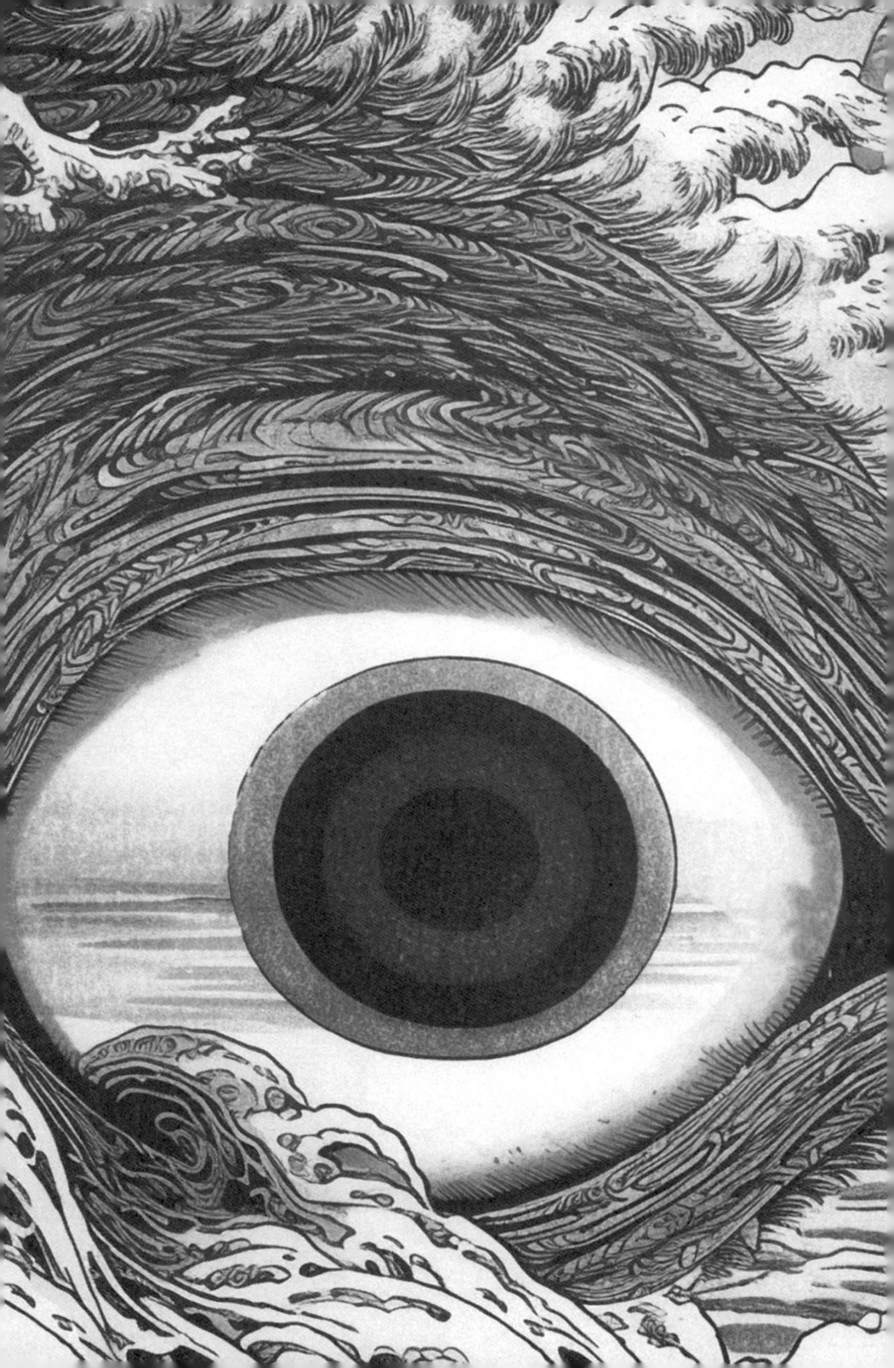

# 요괴도시
## 妖怪都市

이매망량(魑魅魍魎)은 우리말로 도깨비를 지칭하지만, 사람도 아니고 귀신도 아니며 이승과 저승 어디에도 속하지 않은 존재로, '온갖 요괴와 괴물들'이라는 사전적 의미가 있습니다. 요괴는 남에게 해악을 끼치는 사람을 비유하는 의미로도 쓰이는데, 이는 그 악함이 괴물과 같다는 뜻입니다. 그래서 여러 전설 속에서는 인간이 악화하여 요괴가 되었다는 이야기도 있습니다. 요괴의 특성 중에는 인간을 흉내 내며 인간이 되고 싶은 욕망이 있는데, 고전 설화 속 요괴가 현대에도 존재한다는 가정하에, 인간 속에 숨어서 살아간다는 설정으로 펼쳐지는 현대의 괴이담이 『요괴도시』입니다.

『요괴도시』는 도시괴담의 스타일을 빌려 현실감을 가미하고, 각 에피소드의 테마 혹은 소재로 각종 사회 문제를 녹여 넣는 이야기를 추구하는 '사회파 환상 공포 문학 앤솔러지'입니다.

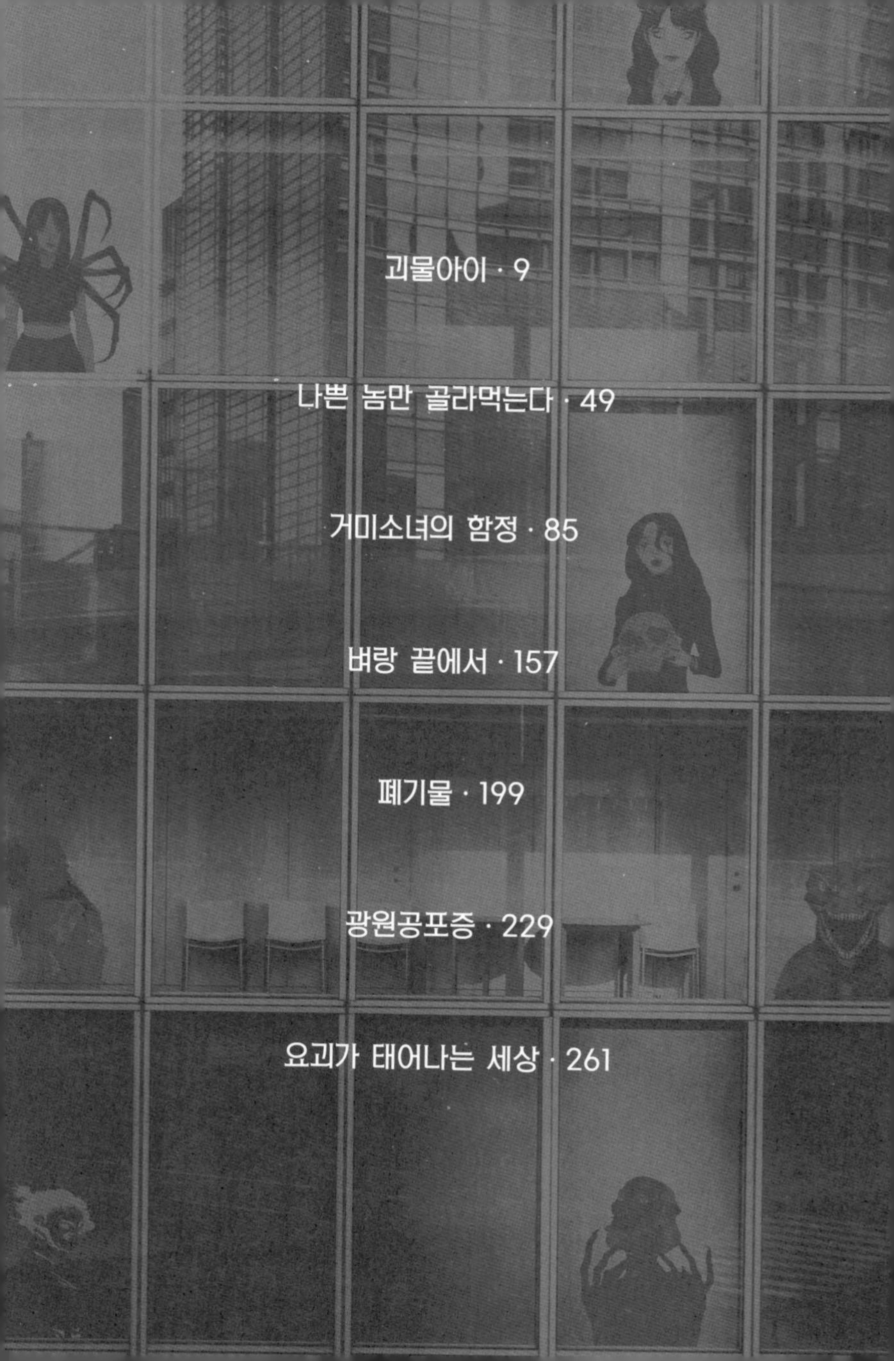

괴물아이

## 배명은

교보문고 MT 공포 테마공모전에서 「울타리」로, 제2회 브릿G 로맨스릴러 공모전에서 「폭풍의 집」으로 수상하였다. 『단편들, 한국 공포문학의 밤』, 『귀신이 오는 밤』, 『인류애가 제로가 되었다』, 『우리가 다른 귀신을 불러오나니』, 『괴이, 학원』 등 여러 단편집에 참여하였다. 개인 단편집으로는 전자책 『폭풍의 집』이 있다.

0.

매서운 눈보라가 휘몰아치는 밤이었다. 휘휘 부는 바람 소리가 귓가를 벨 듯 날카로웠다. 앙상한 가지마다 쌓인 눈이 연방 뒤틀리는 나무 아래로 후드득 쏟아졌다. 그 눈을 밟으며 한 무리의 사람들이 녹색 빛 어둠을 헤쳐 나갔다.

치익. 치익.

치대는 바람에 무전기 소리가 아득하게 들렸다.

[신고자의 신변 확보. 신고자와 아이는 무사하다. 계획대로 오

늘 밤 피의 제의가 시작된다고 함.]

[목표 지점인 사이비 종교 시설에 접근 중.]

[창고에 제물들이 있다고 함. 창고 확인 요망.]

그들은 묵묵히 성긴 수풀을 지나쳤고, 푹푹 빠지고 미끄러지는 눈 위를 거침없이 걸었다. 얼마지 않아 눈과 나무로 가득한 숲속에 불빛 하나가 어른거렸다.

산등성이 골짜기 옆, 완만한 곳에 집 세 채가 모여 있었다. 집 주변에 눈 쌓인 곳곳이 평평한 것으로 보아 밭농사를 일구며 사는 것 같았다. 가운데 집은 양옆 단층 주택과는 달리 이층집으로, 거실 통창에서 주황색 불빛이 흘러나왔다.

딸랑딸랑.

그 집 처마 밑에 달린 풍경이 눈보라에 휘둘렸다.

어둠 속에선 통창 너머 집 안이 훤히 보였다. 얼핏 여느 가정집과 같은 구조로 창 가까이엔 ㄱ자 소파가 있고, 그 맞은편 벽엔 책장들이 있었다. 안쪽 깊숙이 주방에선 여자 둘이 분주히 음식을 만들고 한 남자가 그 음식들을 쟁반에 담아 거실을 가로질렀다. 잠시 후 그 모습이 사라지더니 왼편 어둠이 물든 창에 빛이 차올랐다.

옅은 불빛이 점점 밝아졌다. 초를 밝히는 남자의 얼굴이 보일 만큼. 그의 뒤로 제단과 그 너머 벽에 꽉 찬 불화가 보였다. 머리가 세 개, 팔이 여섯 개, 정면 머리엔 눈이 다섯 개인 금강야차명왕이었다. 남자가 제단에 음식들을 놓고 등을 돌리자 다섯 개의 눈이 창 너머 어둠 속을 응시했다.

"엄마!"

2층 계단에서 두건을 쓰고 있는 아이가 한 남자의 손을 잡고 내려왔다. 아이의 부름에 두 여자가 동시에 아이를 보고 방긋 웃었다.

"오늘도 은혜로운 설법 시간이었니?"

한 여자의 질문에 아이는 손을 잡은 남자를 올려다봤다. 곧 고개를 끄떡였다.

"첫째 아빠 얘기 너무 재밌어! 매에게서 비둘기를 살리려고 저울에 올라선 보살의 이야기였는데, 한낱 미물을 위해 자신의 목숨을 바친다는 교훈이었어요."

"생명의 무게는 다 똑같다."

"똑같다!"

아이는 첫째 아빠의 말을 따라 했다.

"다섯 살 아이가 듣기엔 너무 잔혹한 이야기가 아닌가?"

안방에서 나온 남자가 눈살을 찌푸리며 쟁반을 식탁 위에 올려놨다.

매에게서 도망친 비둘기는 보살에게 살려 달라 하고, 비둘기의 무게만큼 보살은 제 살을 내어주기로 한다. 허벅지살, 다리, 팔을 베어 저울에 올렸지만 저울은 기울지 않았다. 결국 보살은 스스로 저울에 올라갔고 그제야 평형을 이루었다.

"그 정도쯤은 괜찮잖아?"

첫째 아빠는 여자들을 보며 동의를 구했으나 다들 모른 척했다. 아이는 주위를 둘러봤다.

"셋째 엄마랑 영신이는?"

"……."

아이의 질문에 당황한 그들은 서로의 눈치를 살폈다. 첫째 아빠가 입을 열었다.

"잠시 친척 집에 갔으니 너무 섭섭해하지 말렴."

"친척? 왜 걔만 가? 나는? 나도 친척 집에 가고 싶어. 우린 한 가족이잖아?"

"그럼, 우린 한 가족이지. 너와 영신이가 존재하기에 엄마 아빠들이 있는걸. 일이 생겨서 그래. 너도 알잖니? 어쩔 수 없는 일도 있다는 걸. 우린 여기서 영신이가 길을 잃지 않고 무사히 돌아오길 기도하자."

둘째 엄마가 아이에게 다가와 그 어깨를 도닥였다. 나긋한 목소리에 아이는 불만 어린 표정을 풀고는 고개를 끄덕였다.

"그래. 만약 어린 영신이가 길을 잃었다면 내가 찾아내면 돼."

아이는 그렇게 다짐하고 안방으로 들어갔다. 아이가 사라지자 부엌에 있던 여자가 눈치를 보더니 낮게 중얼거렸다.

"재물을 좇아 영신이를 자기가 독차지하겠다고 데려간 게 분명해. 그 여잔 원래 욕심이 많았잖아."

"영신이를 키울 능력이 안 되면서 너무 무모한 짓이야. 아이에겐 피와 살이 필요한데, 그걸 주지 못하면 자기 몸을 바쳐야 할걸."

둘째 엄마가 불안한 표정으로 바들바들 떨리는 두 손을 붙들었다.

"괜찮아. 우리가 찾을 거니까."

그녀의 남편이 두려움에 떠는 손을 마주 잡았다.

일렁이는 촛불에 금강야차명왕의 얼굴이 시시각각 변했다. 온화하다가도 날 선 눈매로 자신의 발아래 엎드린 자들을 내려다봤다. 제단 앞에서 기도문을 낮게 읊조리는 첫째 아빠 옆에 무릎 꿇고 앉은 아이는 표정 없는 얼굴로 빛과 어둠으로 번갈아 바뀌는 불화를 바라봤다.

뜻을 알 수 없는 기도문에 뒤에 엎드린 아빠 엄마들은 절을 하거나 기도문을 따라 읊었다. 시간이 한참 지난 다음, 첫째 엄마가 일어나 제단 위에서 사기그릇을 가지고 와 아이의 앞에 무릎을 꿇었다. 그 움직임에 그릇 안, 검붉은 액체가 찰랑거렸다. 아이는 손을 뻗어 그릇을 쥐고 진득한 액체를 마셨다. 작은 입술에 붉은색이 묻어났다. 아이의 검은 눈동자가 불빛에 번들거렸다.

쨍그랑!

귀청을 찢는 소리가 들렸다. 거실의 유리가 깨지고 휘몰아치는 눈보라가 집 안을 덮쳤다. 둘째 아빠가 방문을 열자 어둠 속에 있던 사람들이 집으로 뛰어드는 모습이 보였다.

"꼼짝 마! 움직이면 쏜다!"

"도망쳐!"

누군가의 외침과 동시에 둘째 아빠가 소리쳤다. 엄마들이 일어나 방문 앞을 막아섰다. 그사이, 첫째 아빠는 아이를 안아 들고 제단 뒤 불화에 가려진 문밖으로 나갔다.

눈 내리는 어둠이 휘청거렸다. 첫째 아빠의 벅찬 숨소리가 귓가를 울렸다. 어디로 가는지 알 수 없었다. 그저 불빛 밝은 집에서 점차 멀어질 뿐이었다. 날카로운 바람이 그들을 할퀴자 아이의 두건이 날아올랐다.

눈을 질끈 감은 아이의 이마에 뿔이…….

1.

"헉!"

한주는 거친 숨을 내쉬며 눈을 떴다. 커튼 사이로 짙푸른 새벽의 빛이 비쳐 드는 방 안을 불안한 눈빛으로 바라봤다. 10여 년을 지낸 방인데도 낯설었고 금방이라도 무언가가 튀어나올 것 같았다.

한주는 침대에서 일어나 커튼을 젖혔다. 옅은 햇빛이 어둠을 몰아내자 그나마 숨통이 트였다. 한숨을 쉬며 고개를 숙였다. 흘러내리는 긴 머리카락이 앞을 가리지 못하게 두 손으로 머리카락을 붙잡았다.

지독한 악몽이 몇 주째 이어지고 있었다. 높다란 제단과 피를 마시는 아이를 둘러싼 얼굴 없는 사람들. 그리고 그녀를 바라보는 다섯 개의 눈. 그 눈이 끔뻑이자 커다랗게 찢어지는 입술 사이로 날카로운 이빨이 드러났다.

괴물의 포효 소리가 귓가를 울렸다.

한주는 다시 숨을 들이쉬며 몸을 떨었다. 여러 개의 손이 몸을 움켜쥔 것처럼 뻣뻣했다.

쾅쾅.

누군가가 문을 두드리는 소리에 한주는 몸을 움츠렸다. 그리고 몇 번 심호흡을 한 뒤 방 밖으로 나갔다.

거실은 아직 어두웠다. 차가운 대리석 바닥을 밟자 슬리퍼를 신지 않았음을 깨달았다. 다시 방으로 가서 신으려고 했지만 주방에 켜진 불빛을 보고 관두기로 했다. 급히 거실을 가로질러 주방으로 가자 진한 커피 냄새가 났다. 식탁 앞에 앉은 어머니가 컵을 입으로 가져가다가 한주를 보고 멈췄다.

"일어나셨어요?"

"늦었구나. 쌍둥이 아침은 네가 챙기기로 하지 않았니? 너도 학교에 가려면 빨리빨리 준비해야지."

"네, 지금 준비할게요."

한주는 전기밥솥 취사 버튼을 누르고 냉장고에서 밑반찬과 국 재료를 꺼냈다. 안방 문이 열리고 양복 차림의 아버지가 나오다가 주방을 봤다.

"당신은 왜 아침부터 바쁜 애를 부려 먹고 그래."

"부려 먹다뇨?"

"일하는 아줌마가 할 일을 낼모레면 수능 볼 애한테 시키냐고? 재도 학교 갈 준비 해야 할 거 아냐."

"아니, 아줌마가 휴가 간 그 며칠 동안 잠깐 하는 건데, 그게 그렇게 힘들어요? 그리고 내가 시켰어요? 자기가 먼저 한다고 말 꺼낸 거지. 얘, 너도 뭐라고 말 좀 해 봐. 나만 나쁜 년 되고 있잖아."

신경질적인 말에 한주는 급히 입을 열었다.

"네, 아버지. 제가 먼저 하겠다고 했어요. 어머니도 일하시느라 힘드시니까. 이거, 잠깐이면 되고 힘든 거 하나 없어요."

아버지는 못마땅한 표정을 짓다가 현관으로 향했다.

"너도 너무 눈치 보지 말고 하기 싫으면 싫다고 해. 넌 어렸을 때부터 눈치 보느라 네 것 하나 챙기지 못했잖아."

"여보, 지금 제가 재 걸 다 빼앗았다는 거예요?"

자리를 박차고 일어난 어머니가 아버지의 등 뒤에다 소리쳤다. 돌아오는 대답 없이 현관문이 열렸다가 닫혔다. 어머니가 한주를 노려봤다.

"뭐야, 엄마 아빠 또 싸웠어? 아침부터 싸우지 말라니까. 시끄러워서 잠을 못 자겠잖아."

수연이가 슬리퍼를 질질 끌고 식탁 앞으로 와서 앉았다.

"싸우기는 무슨, 일방적으로 당한 거지. 네 아빠가 내 말을 귓등으로라도 듣는 사람이야?"

수연이는 물컵에 물을 따르다가 엄마와 한주를 보더니 무슨 일인지 알 만하다는 표정을 지었다.

"엄마가 계모라서 그래. 아빠는 착한 척해야 하니까 계모인 엄마를 잡는 거고."

"아직 중학생밖에 안 된 애가 별말을 다 하네. 엄마도 출근해야 하니까 어서 밥이나 먹고 학교 갈 준비해."

"누가 촌스럽게 아침에 밥을 먹어? 야, 나 토스트 해 줘."

"수연아!"

식탁 의자에서 벌떡 일어난 어머니가 엄한 목소리로 딸의 이름을 불렀다. 엄연히 한주가 그녀보다 세 살 위였다. 언니를 '야'라고 불러 혼날 줄 알고 수연이 슬그머니 눈치를 봤다.

"왜 소화 안 되게 아침부터 빵을 먹어? 밥을 먹어야 머리 회전이 빨라져서 집중이 잘되는 거야!"

"……알았어."

수연은 줄어드는 목소리로 중얼거렸다.

"오빠 깨워서 같이 밥 먹어. 귀찮아서 안 먹는다고 하면 용돈 없다고 해!"

현관문이 닫히고 어머니의 구두 소리가 점차 멀어져 갔다. 수연이가 국의 간을 맞추는 한주를 봤다.

"나 씻고 올 테니까 토스트 해 줘, 알았지?"

"밥 먹겠다며?"

"바보냐? 엄마한테는 먹었다고 하면 되는 거지."

수연은 입술을 삐죽거리며 화장실로 갔다. 한주는 싱크대에 팔을 짚고 한숨을 내쉬었다. 커피의 잔향과 거북하고 무거운 냉기가 폐에 가득 들어찼다. 인덕션 위의 국이 끓기 시작했다. 한주는 가만히 그것을 들여다보다 냄비째로 싱크대에 부어 버렸다.

고등학교 2학년 상반기와 하반기의 교내 분위기는 확연히 달랐다. 상반기엔 학생들이 소리쳐 대고 부산스럽게 뛰어다녔다면, 하반기는 그와 정반대로 쉬는 시간에도 문제집을 풀고 대화도 조용히 했다. 아버지의 '낼모레가 수능'이라는 말은 한주뿐만 아니라 2학년 전체에게 해당되는 듯했다.

2교시 체육 수업.

호루라기 소리에 일렬로 선 아이들이 일제히 달렸다. 눈 깜짝

할 사이에 한주는 일등으로 결승선을 통과했다. 모두가 환호성을 내질렀다.

"야, 반장은 남자애들보다 잘 뛰지 않냐?"

"재는 육상으로 국대 가능할 거 같은데?"

"안 그래도 체육이 체대 권했는데 돈이 많이 든다고 거절했대."

"이한주네 가난해?"

한쪽에 앉아 수다 떠는 아이들 앞에서 찬경이가 두 손을 허리에 올렸다.

"아니, 겁나 부자야. 무슨 사정이 있겠지. 야, 이런 얘기 뒤에서 하지 말고 앞에서 해."

한주가 수다의 대상이 된 것이 못마땅해 잔뜩 인상을 찌푸렸다.

"야, 김찬경. 이 정도도 말 못 하냐?"

"그러니까 앞에서 당당하게 물어보라고. 왜 거절했는지 네가 어떻게 알아."

"찬경아, 수업 끝났대. 가자. 왜 그래, 무슨 일 있어?"

한주가 다가오자 아이들이 입을 꾹 다물었다.

"아니야, 아무것도. 가자."

찬경이 얼버무리며 한주의 손을 끌었다. 뒤에 남은 아이들이 저들끼리 무어라 속닥거렸다.

한주는 체육복을 갈아입고 교실로 돌아왔다. 친구 찬경이가 꾸물거리는 바람에 수업 종이 치기 바로 전에 자리에 겨우 앉게 되었다.

한주는 앉기 전에 잠시 멈칫거렸다. 책상 위에 딸기우유가 있었다.

또다. 몇 달 전부터 가끔씩 딸기우유가 책상 위에 놓여 있다.

뒷자리에서 찬경이가 한주를 불렀다.

"또 네 팬이야?"

딸기우유를 보며 장난기 어린 시선을 보냈다.

"옆 반 반장 아냐? 걔 너 찍었다고 소문이 났던데."

찬경이의 말에 짝꿍 지민이가 대꾸했다.

"마마보이가 어딜! 우리 반장은 세상 물정 모르는 천사라 우리가 지켜 줘야 해! 그런 놈 말고, 3반 한지욱이를 추천한다. 얼굴 잘났고 키 크고, 몸도 튼튼하고. 심성도 얼마나 반듯한지. 쫓아다니는 애들 오죽 극성맞냐? 그런데도 싫은 소리 한마디 없었대. 그 정도는 돼야 한주랑 어울리지."

"그 극성맞은 시누이들이 있는 애한테 한주를 보낼 순 없어!"

"결혼까지 생각하냐?"

"그만해. 선생님 오셨다."

친구들이 키득거리면서 교단에 선 선생님을 바라봤다. 한주도 앞을 보다가 뒤를 힐끗 돌아봤다. 오른편 제일 뒷자리에 엎드린 민선이는 수업이 시작되었는데도 일어나지 않았다. 선생님도 딱히 그 애를 깨우지 않았다. 출결만 확인할 뿐, 학교생활과 성적은 개의치 않아 했다.

1학년 때까지는 그럭저럭 성적을 유지하는 듯하더니 2학년이 되어서는 잦은 결석과 지각으로 담임 선생님께 여러 번 불려 갔다. 혼도 나고, 설득도 당하고, 그러다 협박과 모욕을 당하더니, 어느 순간부터는 무시당했다. 담임 선생님이 그러하니 다른 선생님들도 학생들도 모른 척했다. 모두에게 중요한 시기라 의지가 없는 학생을 관리할 만큼 책임감 있는 사람이 이곳엔 없었다.

민선이는 그런 아이였다. 분명 존재하지만, 존재하지 않는 아이.

한주는 몇 달 전 장마가 한창일 때 편의점 앞에서 민선이를 만났었다. 그날은 일요일이었고 집에 있기 싫었던 한주는 도서관에서 공부하겠다는 핑계로 나온 길이었다.

소나기로 시야가 부옇게 흐리던 거리. 물보라를 일으키며 2차선 도로를 달리는 차들. 짙푸른 이파리들이 흐릿하게 뭉그러지던 플라타너스 너머에 그 아이가 있었다.

유독 그 아이만 선이 굵고 색채가 선명해서 바로 민선이임을 알아봤다. 일요일인데도 민선이는 교복 차림이었다. 우산이 없는지 옷은 푹 젖었고 축 가라앉은 단발머리에선 뚝뚝 물방울이 떨어졌다. 가녀린 팔다리가 돌풍에 금방이라도 휘청일 것 같았다.

한주는 걸음을 멈췄다. 민선이의 창백한 얼굴에 진한 멍 자국이 보였다. 그때 무슨 생각이었는지는 기억나지 않았다. 그저 뭔가가 마시고 싶어졌다.

길 건너 편의점으로 향했다. 냉장고에서 딸기우유를 꺼내고 계산대로 왔다. 그 옆에 따뜻한 두유가 있어서 그것도 함께 계산했다. 밖으로 나오니 여전히 그 자리에 민선이가 있었다.

"마셔."

민선이는 두유를 건네는 한주를 쳐다봤다. 알량한 동정심 보이지 말라며 짜증 낼 줄 알았는데 별말 없이 두유를 받아 들었다. 따뜻한 병을 창백한 볼에 갖다 댔다.

"살 것 같다."

그러며 미소를 지었는데 한주의 눈에는 우는 것처럼 보였다. 그랬다. 공기 같던 민선이는 그날 그 존재를 누구보다 드러내었다.

"다녀왔습니다."

한주가 현관문을 열자 왁자한 웃음소리가 들렸다. 어머니와 쌍둥이들이 뭘 그리 재밌는 얘길 하는지 목소리가 꽤 컸다.

"정말이야? 대문 앞에 아기가 있었어?"

"도저히 키울 수가 없다는 쪽지가 있었고?"

"좀 조용히 해. 아빠 들어."

"요즘 세상에도 그런 사람이 있어?"

"십수 년 전이라니까. 그때는 종종 그런 사람이 있었어. 신고

하자니까 네 아빠의 착한 척 병이 도진 거지. 으이그, 너희들이 조금 더 빨리 엄마한테 왔더라면 그런 일은 절대 일어나지 않았을 텐데. 자식 못 낳은 게 죄던 시기였으니."

열린 현관문으로 어머니의 한탄이 흘러나왔다. 아무렇지 않게, 너무도 쉽게 한주의 귀로 들어와 몸속을 날카롭게 헤집었다. 한주를 비추던 센서 등이 꺼졌다. 들어가지도 못하고 문을 닫자 조용한 어둠이 그녀를 잠식했다.

2.

쿵쿵, 누군가 발을 굴렀다. 붉게 충혈된 다섯 개의 눈이 어둠 속에서 무언가를 찾았다. 여섯 개의 팔과 다리로 허공을 더듬었다. 그러다 무언가를 잡아챘다. 버르적거리는 무언가를 네 개의 팔로 붙들고는 사방으로 당겼다.

후드득.

끔찍한 소리와 함께 피 냄새가 훅 끼쳤다.

침대에 누워 있던 한주는 도망치고 싶었지만, 몸을 움직일 수 없었다. 굳게 닫힌 문이 열리는 소리가 들렸다. 짙은 어둠이 다시 밀려들었다.

온다. 그것이. 도망쳐야 해.

두 개의 붉은 눈이 허공에서 깜박였다. 괴물이 더운 숨을 내뱉을 때마다 비릿한 피 냄새에 속이 뒤집어졌다. 덜덜 떨던 한주는 간신히 손가락을 움직였다.

괴물이 자박자박 한주가 있는 곳으로 다가왔다. 날카로운 손톱이 그녀를 금방이라도 붙들어 찢어발기려고 할 때 한주는 겨우 손을 뻗어 커튼을 젖혔다. 새벽빛이 비쳐 들자 괴물이 쿵쿵 발을 굴렀다. 괴물의 포효 소리에 돌아보니 두 개의 날카로운 뿔이 보였다.

쿵쿵.

"헉!"

한주는 눈을 떴다. 숨을 헐떡이다가 생각했다. 텅 빈 방. 괴물은 온데간데없었다. 꿈인가? 커튼은 젖혀졌으나 밖은 어두웠다. 하지만 공기 중에 떠다니는 역한 피 냄새는 여전했다. 한주는 침대에서 내려와 불을 켜고 방 밖으로 나갔다. 차가운 대리석 바닥을 딛자 축축하고 끈적이는 액체가 밟혔다.

방에서 흘러나온 불빛이 붉은 피를 비췄다.

한주는 숨을 들이켰다. 지금 자신은 꿈속을 걷는 것이다. 잠들기 전에 어땠지? 집에 바로 들어가지 못하고 근처 공원을 서성이다가 가족들이 자기만 두고 외출하는 모습을 보고 집으로 들어왔다. 텅 빈 집을 둘러봤을 땐 이처럼 사방이 피투성이가 아니었다. 그러니까 이건 꿈이다.

떨리는 손으로 거실 불을 켰다. 밝은 빛에 눈이 부셔 눈을 질끈 감았다가 떴다. 제발 꿈이기를 바랐다.

눈앞엔 온통 선명한 붉은색 향연이었다. 어질러진 집기들과 피에 젖은 소파, 벽과 가족사진에 흩뿌려진 피. 가족사진에 시선을 고정했다. 의자에 앉아 있는 어머니와 양옆에 쌍둥이들 그 뒤에 선 아버지와 한주. 표정 없는 한주의 얼굴에 튄 붉은 피가 바닥으로 흘러내렸다.

달그락.

한주의 맨발에 닿은 딱딱한 뭔가가 바닥을 울렸다. 천천히 시선을 밑으로 내리자 피에 물들어 버린 구두를 신은 어머니의 발이 덩그러니 있었다. 한주는 그 자리에 주저앉았다.

무언가에게 뜯긴 발목의 살점은 너덜거렸고 붉게 부풀어 오른 근육과 부러져서 뾰족한 발목뼈가 시야에 확대되어 들어왔다. 몸이 덜덜 떨렸다. 꿈이 아니었다. 너무도 믿을 수 없는 현실에 혼란스러워 어찌할 바를 모르겠다.

크르릉.

안방에서 괴물의 울음소리가 들렸다. 놈이 아직 이 집에 있다는 사실에 경악했다. 금방이라도 저 문을 열고 자신을 덮칠 것 같았다. 긴 손톱으로 갈기갈기 찢어 어머니의 저 발처럼 이 집 여기저기에 뿌려 놓을 것이었다. 그 생각만으로도 너무 두려웠다. 한주는 자리를 박차고 일어나 집 밖으로 도망쳤다.

괴물이 쫓아오는지 연방 뒤를 돌아봤다. 가로등 불빛에 번들거리는 검은 길 위엔 자신뿐이었다. 인적 없는 길이 너무도 불안해서 번화가를 향해 뛰었다.

네온사인으로 사방이 번쩍이는 번화가는 취한 사람들로 가득 찼지만, 그들이라도 있어 안심되었다. 한참을 주위를 살피며 혼란스러운 생각을 정리했다.

'이제 뭘 어떻게 해야 하지? 신고, 신고를. 그런데 괴물이 한 짓이라고 믿어 줄까?'

그러던 중, 한주는 자신을 이상하게 쳐다보는 행인들을 보고 뒤늦게 자신의 상태를 확인했다. 검은색 운동복을 입고 있어서 티는 나지 않았지만, 손에는 핏자국이 있었다. 바닥을 짚었을 때 묻어난 것이었다. 양손을 비비고 옷에 문질러도 피는 지워지지 않았다.

"반장?"

누가 한주를 불렀다. 화들짝 놀라 뒤를 돌아보자 짙은 화장을 하고 짧은 치마를 입은 민선이가 있었다. 그 아이도 한주처럼 놀라고 당황한 표정이었다.

"너 왜 여기 있어? 늦은 시간에. 대체……."

민선이가 질문하며 다가오다가 그 자리에서 멈추어 한주의 피 묻은 손을 바라봤다. 흐트러진 옷매무새와 창백한 얼굴. 민선이는 급히 주위를 둘러보다가 한주의 손을 잡아끌었다.

"어디……."

한주가 무어라 말하려고 입을 열자 민선이는 단호하게 말했다.

"일단 여기 말고 다른 데서 얘기하자."

3.

기억의 조각들이 떠올랐다가 사라졌다.

뿔 달린 괴물, 가족사진에 튄 핏물, 바닥에 흥건한 피, 붉게 물든 어머니의 뜯긴 발과 구두, 가로등 불빛에 번들거리는 길, 눈이 부신 네온사인, 그리고 민선이.

한주는 모텔방에 이끌려 와 옷을 벗고 샤워를 했다. 거의 민선이가 씻겨 준 것이었지만. 다시 이끌려 침대 위에 눕자 순식간에 잠에 빠져들었다. 그리고 눈을 떴을 땐 이미 대낮이었다.

문이 열리고 민선이가 방으로 들어왔다.

"깼네? 오래됐어?"

"아니, 지금."

민선이는 모텔방에 구비된 냉장고에서 생수 하나를 꺼내 한주에게 건넸다. 한주는 쭈뼛거리며 생수를 받아 마셨다. 민선이는 종이 가방에서 옷가지들을 꺼냈다.

"대충 네 사이즈에 맞게 사 왔어. 입어."

한주는 묵묵히 옷을 입었다. 속옷부터 반팔 티와 청바지 그리고 양말까지 신자 민선이는 이번엔 삼각김밥과 빵, 딸기우유를 건넸다.

"뭐라도 먹어야 기운도 나고 머리가 돌아갈 거야."

한주는 어머니가 수연이에게 똑같은 말을 했던 것이 떠올랐다. 그러고 보니 수연이는 어디에 있을까? 걔도 죽었을까? 한주는 가만히 민선이의 손에 들린 딸기우유를 바라봤다.

"왜? 다른 게 먹고 싶어?"

"아니. 그동안 몰래 나한테 딸기우유를 준 게 역시 너였구나 싶어서."

"아, 그때 나한테 두유 사 준 게 고마워서. 돈 생길 때마다 샀지. 네가 좋아하는 걸 선물해 주고 싶었는데 아는 거라곤 딸기우유뿐이더라. 그땐 진짜 도로에 뛰어들어 죽고 싶었는데 네가 준 두유가 너무 따뜻하더라고."

그 말을 하는 민선이는 처음으로 웃어 보였다. 한주는 받아 든 딸기우유를 가만히 봤다. 그동안 받은 우유를 아무도 모르게 쓰레기통에 버렸었다. 상처 가득한 한주의 일상을 민선이가 알 리 없는데도 그것이 마치 알량한 동정심 같아서. 자신은 두유를 건넸고 민선이는 고맙게 받았는데도 그 반대는 자존심이 허락하지 않았다. 자존심이 대체 뭐길래.

"너네 집에 갔다 왔어."

민선이의 말에 한주는 고개를 들었다. 새벽에 이곳에 왔을 때 민선이에게 두서없이 상황을 설명했었다. 믿지 않을 법한데 한주의 말을 진지하게 듣고 있었다.

"CCTV가 있어서 집 안까지는 못 봤지만, 아무 일도 없었던 것처럼 조용하더라. 네가 말한 괴물은, 음, 사라진 것 같아."

"내 말을…… 믿어?"

"응."

그렇게 대답한 민선이가 한주에게 가까이 다가와 손을 잡았다.

"한주야, 세상엔 다양한 종류의 괴물이 있어. 생김새가 다를 뿐 사람을 괴롭히고 잡아먹거나 죽이는 건 똑같아. 우리 집에도 아주 흉포한 괴물이 있거든. 그래서 나는 네 말 믿어."

따스한 그 말에 한주는 눈물을 떨구며 고개를 끄덕였다.

"어떻게, 집에 가 볼래?"

"……."

"그럼 경찰에 신고부터 할까?"

그 말에 한주는 고개를 흔들었다.

"무서워. 내가 그랬다고 그러면 어떡해? 그 집에서 난 도망쳤는데. 도망치지 말고 신고부터 했어야 했는데."

자신은 그 집에서 가족이 아니라 남이었다. 그런데 자신만 살아남았다면 당연히 경찰은 의심할 것이다. 가끔, 아니 자주, 한주는 남인 가족이 몹시도 미웠다. 피가 섞이지 않았다는 이유로 날카로운 증오를 받아 내는 일은, 내색하지 않았지만 힘들었다. 묵묵히 견딘 건, 다시 버려진다는 두려움 때문이었다.

이곳에서 버려진다면 자신은 정말로 혼자였다. 그래서 그들이 자신에게 드러내는 증오보다 수백 배 그들을 미워하고 원망했어도 죽이고 싶다는 생각은 추호도 하지 않았다.

그런데, 이 마음을 경찰은, 세상은 알아줄까.

"내가 있잖아. 내가 경찰한테 나랑 있었다고, 넌 그럴 애가 절대 아니라고 얘기해 줄게."

한주는 더 말하지 못하고 고개만 흔들었다. 입술을 깨물던 민선이가 무언가를 결심했는지 한주의 손을 툭툭 쳤다.

"그럼 경찰이 널 찾을 때까지 나랑 있자. 경찰도, 학교에서도, 너랑 나랑 있다는 거 아무도 모를 거야."

그렇게 말한 민선이는 지금부터 움직이려면 잔뜩 먹어야 한다며 사 온 음식을 한주에게 권했다. 한주는 배가 고팠으나 자꾸 눈앞에서 어머니의 뜯긴 발목과 구두가 어른거려 입맛이 없었다. 간신히 딸기우유만 먹을 수 있었다.

## 4.

모텔을 나오자 오후의 햇살이 드리워져 있었다. 한주는 학교에 가지 않은 것이 신경 쓰였다. 이런 와중에도 모범생으로서의 오랜 습관은 어쩔 수 없었다.

또각. 또각.

앞서는 민선이의 구두 소리가 귓가를 울렸다. 민선이는 진한 화장은 지웠지만 어제와 같은 차림이었다. 성큼 걸음을 옮기는 높은 구두의 굽이 불안하게 흔들렸다.

평일인데도 북적이는 번화가를 지나 신호등의 빨간불 앞에서 잠시 기다렸다. 나무 그늘이 닿지 않는 곳에 서 있는 한주는 9월의 후끈한 열기에 현기증을 느꼈다. 모텔에서 나온 뒤로 민선이는 아무 말도 없었다. 그저 가끔 마주 잡은 손을 꽉 쥐었다. 한주도 그 손이 구명줄 같아서 꽉 잡았다.

4차선 도로를 건너 좁은 고층 상가들 사이를 지났다. 휘황찬란한 건물을 지나자 그보다는 낮고 오래된 건물들이 보였다. 길은 점점 가팔라지고 인적은 뜸해졌다. 직선인 길이 곡선이 되고, 오르막길이 내리막이 되어 지금 있는 곳이 어딘지도 모를 지경이었다. 이 길 끝을 아무도 모를 것 같았다. 아무도 우리를 못 찾을 것이었다. 경찰도, 괴물도.

재개발 중인 동네에 도착했다. 따개비처럼 모인 산동네에 사람 없는 주택들이 다닥다닥 붙어 있었다. 창과 문이 뜯기고 가재도구들이 마당에 나뒹굴었다. 뿌연 먼지와 어둠만이 자리한 집 안에서 시선을 떼면 다른 집의 같은 속내가 드러났다.

울퉁불퉁한 골목길을 한없이 올라갔다. 이런 곳에 우리가 있을 곳이 있을까? 반쯤 부서진 담벼락에 철거 구역이란 글씨들이 군데군데 보였다.

“민댕쓰! 너 왜 지금 와.”

그때 한 집 옥상에서 한 여자아이가 고개를 내밀었다. 노란 단발머리를 한 아이는 난간에 기대어 하얀 담배 연기를 뿜었다.

“어? 누구야?”

이어 그 아이 옆으로 다른 여자아이가 다가왔다. 한주를 보더니 호기심이 드는지 난간 밖으로 상체를 내밀었다.

“심가영, 유소희. 내가 거기 낡았다고 난간에 기대지 말라고 했잖아. 위험하니 뒤로 물러나든가 내려와.”

“와, 존나 잘난 척.”

민선이의 말에 투덜거리면서 가영이란 아이가 바닥에 담배를 내던졌다. 소희는 이미 좁고 가파른 옥상 계단을 내려오는 중이었다. 민선이가 가방에서 캔 콜라 두 개를 꺼내 소희와 뒤에서 불만스럽게 다가오는 가영에게 건넸다.

“인사해. 여긴 내 친구 이한주고, 여긴 같은 팸 친구들인 유소희, 심가영. 한주는 잠시 여기서 같이 지낼 거야.”

콜라에 시선을 두었던 두 친구가 민선이의 말에 서로를 쳐다봤다.

"얘 가출 처음이지?"

소희가 물었다.

"내가 최대한 잘 알려 줄 거야. 그래도 부족하니까 너희들이 그때그때 알려 줘. 그리고 생활비는 어느 정도 익숙해질 때까지 내가 낼 거니까……."

"잠깐."

민선이의 말에 가영이 인상을 찌푸리며 말을 잘랐다. 그리고 한주의 눈치를 보더니 물었다.

"너 정재한테 허락은 받은 거야? 아니, 오늘 정재랑 통화했어? 걔 새벽부터 너 찾고 존나 난리 치던데."

"걔 허락 필요 없어. 걔는 돈만 주면 다 좋다고 하잖아. 이따 연락하면 돼."

"그래, 민선이가 그렇다면 그런 거지. 얘 되게 힘들어 보이니까 집에 가서 얘기하자."

소희가 가영의 팔을 당겼다.

이번엔 소희와 가영이 앞장섰다. 골목길을 더 올라가자 낡은 빌라 한 동이 있었다. 그들은 주위를 둘러본 후 조심스레 계단을 올라갔다. 202호 문손잡이를 돌리자 요란한 쇳소리와 함께 문이 열렸다.

집 안은 어느 정도 정돈이 돼 있었으나 뜯긴 문들은 그대로였다. 사람이 사는 것 같지는 않았다.

"우린 여기서 잠만 자. 가끔 경찰들이 순찰하거든. 그럴 때 걸리지 않게 이곳을 사는 것처럼 꾸미진 않아. 낮엔 대체적으로 다른 집에 들어가 있고 그래. 그러다 노숙자들과 마주칠 때가 있는데 서로 그냥 지나쳐. 우리가 어리고 여자애라고 건드리면 남자애들이 가서 반죽여 놓거든. 여긴 정재네 애들이 있으니까 괜찮아."

소희가 친절히 한주에게 설명했다. 그 대가로 생활비 명목의 돈을 걷어 정재란 애한테 주는 거겠지. 한주는 슬쩍 민선이를 쳐다봤다. 민선이는 열린 창 너머로 주위를 보고 있었다.

"난 쉼터에 있었는데 코로나 때문에 문을 닫았거든. 그래서 여기저기 알아보다가 카페 채팅에서 애들을 만났어. 난 팸 생활 처음이고, 가영이는 전전했었는데, 가영이 말로는 지난 애들보다 민선이랑 있을 때가 젤로 맘이 편하대. 나도 동의하거든. 그러니 너도 괜찮을 거야. 뭐, 학교 친구니까 잘 알겠지만."

그렇게 말한 소희는 붙박이장 끝에서 생수와 종이컵을 꺼내 한주에게 물을 따라 줬다.

"책임감 쩔어. 지각할지언정 학교는 꼬박꼬박 가잖아. 하지만 이젠 못 간대. 잘렸대."

그건 몰랐다. 민선이가 이런 생활을 하는지도 몰랐고, 그 누구도 알려 주지 않았다. 알려는 시도조차 하지 않았음에 한주는 괜히 미안해졌다.

"검정고시 보면 돼!"

민선이가 한주 옆에 앉으며 말했다. 아무 일도 아니란 듯이. 민선이도 물을 한 잔 마셨다. 이제 숨 돌릴 여유가 생긴 얼굴은 무척 창백했다. 벽에 기댄 민선이가 아이들을 보더니 입꼬리를 올렸다.

"나만 보는 거 아니야. 우리 다 같이 보는 거야."

"뭐어?"

"싫어!"

소희와 가영이가 난색을 표했다.

"제대로 된 일을 구하려면 최소 고졸은 되어야지. 그리고 한주가 여기서 공부 제일 잘하니까 우리한테 공부 알려 줘."

"싫다고 해! 가출하고 나서 영감한테 잔소리 안 듣게 된 다음으로 공부 안 하게 된 게 좋았단 말이야!"

민선이의 말에 가영이가 한주에게 강요했다.

"난 공부가 제일 좋던데."

한주가 중얼거렸다.

"뭐어?"

"그런 게 가능해?"

다시 가영이와 소희가 질색했다.

"하하하하하."

그 모습에 민선이가 웃었다. 청량한 웃음소리가 전염되어 하나, 둘 따라 웃기 시작했다. 한주도 잠시 자신이 처한 현실에서 벗어나 미소를 지었다.

쾅!

“야, 김민선!”

그때 대문이 활짝 열리며 녹색 머리인 남자애가 들어왔다. 큰 키에 다부진 체격이 탄탄해 보이는 남자애가 아이들 앞에 삐딱하게 섰다. 그 존재감이 너무도 커 한주는 고개를 한참 젖혀서야 남자아이의 얼굴을 볼 수 있었다.

“뭐야, 이년은?”

아이들은 얼굴이 잔뜩 굳고 두려움에 몸을 떨어 댔다. 한주는 눈앞의 남자애가 아이들이 말한 정재란 걸 알아차렸다. 민선이가 한주의 앞을 막아섰다.

“내 친구야. 오늘부터 여기서 같이 살 거야.”

정재가 민선이의 멱살을 잡았다.

“뭐? 이게 각목(조건 만남 사기)하라고 데리고 갔더니 문자도 안 보내고 토끼구선 뭐? 친구?”

한주가 정재의 손을 떼어 놓으려고 손을 뻗자 민선이는 바닥으로 내쳐졌다.

“돈 주면 될 거 아니야!”

민선이가 소리치며 옆에 둔 가방에서 현금을 꺼내려고 했다. 정재가 이번엔 민선이의 옷 솔기를 잡아챘다.

“씨발, 너 뭐가 그리 당당하냐? 이게 오냐오냐해 주니까. 니가 먼저 나한테 돈 필요하다며? 고귀하셔서 몸 팔기는 싫고 각목하겠다고 먼저 얘기한 것도 너야. 남 똥개 훈련 시켜 놓고 돈 주면 된다고? 야, 씨발년아. 말해 봐. 너 그 새끼 지갑 훔쳤지? 그래서 지금 졸라 당당하지?"

"민선아!"

한주는 민선이를 잡고 이리저리 흔드는 정재의 팔을 붙들었다.

"이거 놔!"

힘으로 안 되자 그 팔을 물었다.

"악!"

정재가 한주의 뺨을 내리쳤다. 한주와 민선이가 함께 바닥에 쓰러졌다. 정재가 물린 팔을 붙들었다. 걷어붙인 셔츠 밑으로 드러난 팔에서 피가 나고 있었다. 그에 화가 잔뜩 난 정재의 얼굴이 붉게 달아올랐다. 이번엔 주먹을 쥐고 다가서자 한주가 고개를 치켜들었다.

"네가 고생한 만큼의 돈 줄게."

"한주야."

"내가 돈 가지고 오면 민선이도 그리고 이 아이들도 그만 괴롭히고 나 여기에 들어오는 거 허락해 줘."

정재가 코웃음을 쳤다.

"내가 얼마 부를 줄 알고?"

"얼마든 가져올 테니까 부르기나 해."

5.

현관문을 열었다. 고요에 잠긴 거실은 창으로 비어져 들어온 붉은 노을빛으로 가득했다. 공기 중에 감돌던 진한 피 냄새가 훅 끼쳤다. 구역질이 치미는 걸 참으며 한주는 집 안으로 들어갔다. 혹시나 싶었지만 역시 집 안은 참혹했다.

어질러지고 부서진 집기, 피에 젖은 의자, 이미 진득하게 굳어 버린 피. 여전히 그 자리에 놓인 어머니의 구두 신은 발목. 한주는 입을 꽉 다물고 신을 신은 채로 자신의 방으로 갔다. 가방에 있던 책들을 쏟아 내고 저금통과 국어사전에 껴 둔 비상금을 가방에 담았다. 그리고 안방으로 들어갔다.

초파리가 날아올랐다. 한주는 그 자리에서 멈춰 섰다.

괴물은 없었지만 침대에 누운 아버지의 하체도 없었다. 그걸 보자 참지 못하고 구석에 토했다. 먹은 게 없어서 위액만 나왔다. 맺힌 눈물을 손등으로 닦아 내고 애써 눈길을 돌리며 금고로 향했다. 비밀번호는 알고 있었다. 당연하게도 쌍둥이의 생년월일.

금고 문을 열자 현금 다발과 금괴가 있었다. 통장 같은 건 챙기지 못하지만, 이 정도면 그동안 이들이 자신에게 저지른 학대에 합당한 합의금이었다. 한주는 그것들을 가방에 담았다.

안방에서 나와 현관으로 가려던 한주는 쌍둥이 방이 있는 2층을 올려다봤다. 묵직한 가방을 내려놓고 2층으로 올라갔다. 방문을 하나하나 열었다가 닫았다.

그리고 다시 토했다.

주위가 점점 어두워졌다. 들어올 때 그랬던 것처럼 나올 때도 CCTV 사각지대로 나왔다. 그래도 어디에 있을지 모르는 카메라를 의식해 후드를 눌러썼다.

한주는 연방 주변을 살피며 인적 없는 길로만 걸었다. 뚜벅뚜벅. 내딛는 걸음을 따라 누군가가 쫓아왔다. 이른 가로등 불빛에 긴 그림자가 한주의 뒤를 따라왔다. 그림자는 너무도 커서 그것만으로는 본래의 모습을 알 수 없었다. 불안해서 발걸음을 빨리 하자 뒤에서 낮은 울음이 들렸다.

머리가 쭈뼛했다. 몸이 덜덜 떨렸다. 그건 괴물이었다. 사라진 것이 아니었다. 한주가 그 집에 다시 돌아올 줄 알았던 것이었다. 몸을 낮춰 기다리다가 그녀가 나타나자 뒤를 따랐다. 자신의 존재로 두려움에 떨도록 괴롭히다가 결국 한입에 삼키려고.

네온사인에 땅과 하늘이 뒤집혔다. 짙은 현기증에 내딛는 발이 끝 모를 바닥에 하염없이 떨어졌다. 벽을 짚고 숨을 몰아쉬었다. 손끝에 힘을 주자 우지끈하며 벽돌이 부서졌다. 폴폴 흩날리는 돌 먼지를 멍하니 바라봤다. 어깨에 멘 가방이 한주를 짓눌렀다. 이대로 나락에 몸을 맡기고 싶었다.

민선이…….

밭은 숨을 내쉬며 그 아이를 떠올렸다. 한주는 괴물을 떨쳐 내기 위해 달리기 시작했다. 불안하고 조급해졌다. 민선이가 자신을 이끌었던 그 길로 뛰었다.

빌라 202호 문을 열었다.

거실에서 가영이가 소희를 안고 있었다. 소희는 울고 있었다. 두 사람은 한주를 보고 놀라 비명을 질렀다.

"왜 그래? 민선이는 어디에 있어?"

"정말 한주 너야?"

파르르 떨어 대는 소희가 잔뜩 겁먹은 채로 물었다. 그 앞을 막아선 가영이도 한주를 두려워했다. 마치 정재를 보는 것처럼.

"민선이는?"

그 이유를 물을 시간이 없었다. 이곳에 있어야 할 민선이가 없다는 게 신경 쓰였다.

"정재가 끌고 갔어. 널 믿을 수 없다고, 네가 신고할지도 모른다며. 그렇게 되기 전에 빨리 영상 찍어서 인터넷에 돈 받고 뿌릴 거라고."

한주는 돌아서서 계단을 뛰어 내려갔다. 그때 창문에서 소희가 한주를 불렀다.

"오른쪽으로 계속 올라가다 보면 폐공장이 보일 거야. 거기에 민선이가 있어.”

한주는 정신없이 뛰었다. 점점 좁아지는 골목을 달리다가 담을 타 넘고, 지붕을 건너뛰었다. 멀리 소희가 말한 폐공장이 보였다.

콘크리트에 금이 간 곳을 따라 풀이 돋아나 있었다. 단층의 좁고 긴 사무실은 인기척이 없었다. 주위를 돌아보자 안쪽 큰 창고 건물에 불빛이 보였다. 한주는 수풀을 짓밟으며 그곳으로 갔다.

안으로 들어서자 모닥불이 일렁이는 그 앞에서 남자아이들 예닐곱이 키득거리면서 술을 마시고 있었다. 그들은 한주를 보고 웃음을 멈췄다.

“너 뭐야?”

“여긴 아무나 오는 곳이 아니니까 꺼져.”

“잠깐, 혹시 영훈이 여친 아니야?”

“그렇다 해도 지금은 안 되지. 영화 찍는데 어딜.”

“민선이 어디에 있어?”

한주의 말에 아이들이 서로를 보더니 웃었다.

“아, 그년 여친이었어?”

“그래도 안 돼. 영화 찍는다고.”

한주는 창고 2층 사무실에 불이 켜진 걸 보고 그곳으로 걸음을 옮겼다. 그곳에서 요란한 음악이 들렸다. 그러자 아이들이 자리에서 일어나 그 앞을 가로막았다.

“정재하고 약속했어. 그러니까 전해 주든지 아니면 비켜.”

그렇게 얘기하고 지나치려 하자 남자애가 한주의 뺨을 때렸다.

“이 씨발년이. 사람 말이 말 같지 않냐? 왜 개무시해? 어? 안 된다면 안 된다고.”

남자애는 한주의 어깨를 툭툭 치다가 밀어 넘어뜨렸다. 한번 시작된 폭력은 멈추지 않았다. 우악스러운 발길질이 이어졌다. 고통에 신음이 흘러나왔다. 여기서 시간을 끌고 싶지 않았다. 그럴수록 민선이가 위험했다. 갑자기 몸 안에서 열기가 흘러나왔다. 바닥을 짚은 두 손이 울퉁불퉁하게 변했다. 까드득. 뾰족한 손톱이 땅을 파고들었다.

남자애는 한주가 뒤집어쓴 후드를 붙들었다. 우격다짐으로 일으키자 후드가 벗겨졌다. 그때 번쩍이는 날카로운 무언가가 남자아이의 목을 그었다.

“야, 그만해라. 여자 때린다고 자랑하냐?”

남자애가 그렇게 말하는 애들을 향해 돌아섰다. 목을 틀어쥔 손 틈새로 후드득 피가 쏟아졌다. 두 팔을 파르르 떨어 대다 멈추는 모습에 모두가 움찔하며 뒤로 물러났다. 쓰러진 아이 뒤로 한주가 보였다.

붉게 물든 두 눈과 톱날 같은 이빨, 그리고 이마에 돋아난 두 개의 뿔.

“으아아아악!”

누군가 비명을 지르는 것과 동시에 한주가 그에게로 달려들었다. 머리통을 쥐고 돌려 목을 물어뜯자 후끈한 핏줄기와 함께 손쉽게 머리가 몸에서 분리되었다. 손아귀에 있던 머리가 퍽 소리와 함께 터졌다.

옆에서 남자애가 도망치려고 몸을 돌리자 한주가 빠른 속도로 덮쳤다. 방어하려고 손을 뻗던 아이의 팔이 부러지는 소리가 들리고 이어 팔이 뽑혀 바닥에 굴렀다. 사방에 피가 튀고 비명이 난무했다. 한 아이의 시체가 벽에 던져졌을 때 사무실 문이 열렸다.

"야이씨, 적당히 놀라고. 영화 찍는 거 잊었냐? 존나 시끄럽잖……."

정재는 눈앞에 펼쳐진 잔혹한 광경에 말을 잇지 못했다. 1층엔 온통 사지가 뜯긴 시체들과 붉은 피로 가득했다. 쾅! 바로 옆에서 가방이 떨어졌다. 화들짝 놀라 반사적으로 옆을 보던 정재가 그 자리에서 주저앉았다. 그곳에 괴물이 핏물을 흘리며 서 있었다.

"정재야, 무슨 일이야? 억?"

괴물이 순식간에 사무실에서 나오는 영훈의 머리통을 잡아챘다. 버르적거리는 머리가 단숨에 퍽 하고 터졌다. 정재는 그 뜨거운 피를 뒤집어썼다.

"으아악!"

"민선이 어딨어."

걸걸한 목소리가 묻자 정재는 파르르 떨리는 손가락으로 사무실을 가리켰다. 한주는 천천히 사무실로 들어갔다. 쿵쾅쿵쾅 정재가 철제 계단으로 도망치는 소리가 들렸다. 한주는 전혀 개의치 않았다. 사무실 바닥에 깔린 담요 위에 민선이가 누워 있었다.

눈을 감고 있었지만, 미약하게나마 숨을 내쉬었다. 창백한 얼굴을 쓰다듬으려 하다 한주는 멈췄다. 날카로운 손톱이 민선이를 상처 입힐 것 같았다. 한주는 조심히 민선이의 연약한 몸 위에 이불을 덮어 줬다. 그리고 그 옆에 누웠다.

자신이 왜 이렇게 변했는지 모르겠다. 자신을 버린 부모가 자신을 더는 키울 수 없다는 쪽지를 남겼을 때, 부모는 이 사실을 알고 있었을까. 그래도 이 모습으로 민선이를 구했으니 다행이었다.

“민선아, 미안하고, 고마워.”

너만이 나를 존재하게 했어.

멀리서 정재의 비명이 들렸다. 한주는 눈을 감았다. 누군가가 다가왔다. 자박자박. 그 발소리가 멈췄다.

“겨우 찾았네. 셋째 엄마가 죽기 싫어서 널 버렸을 줄은 정말 몰랐어. 그 멍청한 여자는 어디다 널 버렸는지조차 기억하지도 못하더라고. 이건 선물이야.”

한주는 고개를 돌려 사무실 문 앞에 선 남자를 올려다봤다. 기형적으로 두껍고 날카롭게 변한 그의 손에 정재의 녹색 머리가 있었다. 남자가 들고 있던 걸 던졌다. 경악하는 정재의 얼굴이 데구루루 바닥을 굴러 한주의 손에 닿았다. 한주는 다시 남자를 쳐다봤다. 그의 눈이 살포시 휘었다.

"안녕, 영신아."

환하게 웃는 남자의 이마에 두 개의 뿔이 반짝였다.

*아, 괴물이다. 나도 괴물이다. 우리는 괴물이다.*

# 나쁜놈만 골라 먹는다

## 김설아

2004년 「현대문학」 신인 추천 단편소설 부문으로 등단했다. 지은 책으로는 장편소설 『공작새에게 먹이 주는 소녀』, 단편소설집 『고양이 대왕』, 『안드로메다 구하기』가 있다. 그 외에 앤솔러지 『피크』, 『캣캣캣』, 『당신의 떡볶이로부터』, 『환상의 책방 골목』, 『마이너스 스쿨』, 『은하환담』에 참여했다.

*나는 전장(戰場)의 도깨비불.*

*인간을 먹고 타오르는 불.*

*적군들은 나를 그렇게 불렀다.*

*나를 보는 자.*

*모두 먹는다.*

*

내 이름은 비채. 성은 올출. 서요의 명장 올출탑목아의 딸이다. 어머니는 모른다. 아버지의 명으로 훈련을 마치면 나를 빛

하나 들지 않는 방에 가두고 굶기던 여인이 어머니가 아니란 것만은 안다. 여인의 시선에서 나는 경멸밖에 읽을 수가 없었다.

열 살도 되기 전에 여인의 목을 한 손으로 꺾어 버릴 수도 있었지만 아버지가 기뻐하지 않을 것이므로 참았다. 아버지는 내가 적군의 목을 꺾을 때만 기뻐하니까. 피 칠갑을 하고 날아다니는 야차 같은 모습으로 눈을 희번덕거려도 세상에서 가장 예쁘다는 표정을 지었다.

물론 그 표정이 말을 예뻐할 때와 다르지 않다는 건 나도 알고 있다. 쓸모없으면 언제든 버려질 존재. 때문에 나는 몸이 부서져라 훈련을 했다. 아버지는 대단한 장군이었지만 부하들은 형편없는 자들이 많았다. 하지만 그들에게도 반드시 하나씩 배울 건 있었다.

훈련 중 내가 그들을 이기게 되자 아버지는 마음대로 하라고 했다. 일주일에 딱 한 번 먹을 수 있는 질기기 짝이 없는 말고기 육포 한 조각. 매일 마실 수 있는 건 오직 물 한 바가지. 고된 훈련을 마치는 즉시 어두운 골방에 갇혔던 내가 중얼거린 말이라고는 이 둘뿐이었다.

“배가 고프다. 배가 고파.”

“먹고 싶다. 먹고 싶어.”

오로지 먹는 생각뿐이었다. 한 번도 배불리 먹어 본 적이 없으니까. 영양분이 공급되지 못한 손발은 얼음장처럼 차갑고 위는 쪼그라져 밤만 되면 주먹으로 옥죄는 것처럼 등부터 가슴까지 아파 왔다. 아버지는 열 살이 된 나에게 팔뚝만 한 막칼을 주며 하고 싶은 대로 하라고 했다. 본능을 따르라고.

나는 사내들을 칼로 베었다. 피가 분수처럼 사방으로 튀었다. 얼굴 가득 튄 피를 핥아 먹었다. 찝찔한 쇠 맛에 구미가 당겼다. 막칼로 살을 도려내어 입에 넣고 우물우물 씹었다. 단단하고 불쾌한 맛이 났지만 입 안 가득 침이 고였다. 그들과 나의 훈련에는 목숨이 달려 있었다. 먹느냐, 먹히느냐.

부하들은 모두 내가 두려워 벌벌 떨었다. 그들이 원한에 찬 목소리로 끼리끼리 모여 떠드는 걸 듣자니 어머니 이야기가 나왔다. 토막 난 이야기들이었지만 모아 보면 이런 몸통이 완성되었다.

어머니는 말겁자 사람이었다. 그들은 동북쪽에 사는 자들로 삼베옷을 입고 안장도 없이 말을 탄다고 했다. 큰 활과 화살로 사람을 사냥하여 죽인 다음 그 살을 날것으로 먹어 버리기 때문에 피부는 피에 젖은 것처럼 붉고 머리칼은 누렇게 세었다고 했다.

아버지가 어찌하여 그런 어머니와 정을 통했는가. 요괴인 어머니가 아름다운 모습으로 변장해 아버지의 천막에 찾아왔다고도 하고, 아버지가 허허벌판을 달리다가 하룻밤 묵은 곳이 하필 어머니의 숙소였다고도 했다.

그렇다면 어머니는 말겁자 사람이자 요괴였다는 뜻이 된다. 그렇기에 지금의 나 같은 존재가 있는 것이다. 이 비채 말이다.

1.

채령은 밤길을 걸어가고 있었다. 길고 검은 생머리에 하얀 얼굴. 하얀 블라우스에 무릎까지 오는 검은 플레어스커트. 교복 차림이었다. 채령은 열여덟 살 고등학교 2학년 학생이었다. 채령은 자신이 좋아하는 아이돌의 생일 카페를 찾아가는 길이었다.

카페는 30분째 캄캄하고 외진 골목을 홀로 걸어가고 있는데도 나타나지 않았다. 그때였다.

"앗!"

비명과 함께 채령은 돌부리에 걸려 넘어졌다. 검은 니 삭스에 구멍이 나고 살갗이 까져 피도 맺혔다. 채령이 투덜거리며 인상을 찌푸리는데 누군가 귓가에다 대고 나지막하게 소곤거렸다.

"나 지금 네 몸속에 들어가도 돼?"

"어? 뭐?"

"넌 지금 위험에 처해 있거든. 아까부터 어떤 남자 두 명이 계속 널 따라오고 있어. 내가 너 도와줄게. 부탁하는 거 아니야. 들어간다?"

"어? 어어?"

채령은 온몸에 힘이 풀리며 몽롱한 기분이 들었다. 좋으면서도 자신의 몸이 자기 것이 아닌 기분. 어지러워진 채령은 눈을 감았다.

*

나는 눈을 떴다. 머리를 한 번 털고 온몸을 부르르 떨었다. 처음도 아니건만, 아니 수백 번 겪은 일이건만 여전히 새로운 몸으로 옮길 때면 아주 높은 곳에서 바닥까지 단번에 추락하는 기분이 든다.

자, 이번 몸은 어떤 느낌일까. 일단 움직여 보자. 나는 팔을 휙 뻗어 보고 발차기를 했다. 가볍다. 유연하다. 날렵하다. 이 정도면 아주 거뜬하겠는데? 그러니까 지금부터 시비를 걸어 올 두 남자에게 말이다. 아까부터 이 몸을 따라오고 있던.

"뭐 하냐?"

"왜."

"왜? 고딩 주제에 왜에?"

나는 대답하지 않았다. 검은 모자를 쓴 남자는 준기. 올백 머리인 남자는 형태. 이 몸보다 대여섯 살 많아 보였다. 그들이 원하는 건 뻔하다. 이 몸이다. 그럼 어디 어울려 줘 볼까? 그들은 더 가까이 다가와서 내 어깨를 잡았다. 준기 쪽이었다. 형태가 말했다.

"바빠? 안 바쁘면 같이 놀자."

"안 바빠."

"그럼 저쪽으로 갈래? 저기 벤치에 앉자."

그들이 가리킨 곳은 가로등도 없는 외진 벤치였다. 어둡고 조용한 게 마음에 들었다. 준기가 내 어깨에 손을 얹었다. 나는 짐짓 그들이 이끄는 대로 따라갔다. 내가 가운데 앉자 그들이 양옆에 앉았다. 준기는 여전히 내 어깨에 손을 얹은 채로 목을 가다듬더니 말했다.

"우리, 키스나 할까?"

나는 가만히 있었다. 몸이 굳는 게 느껴졌다. 새로운 몸에 들어와서 의식은 내 것이 된다고 해도 몸은 정직하다. 몸은 준기를 싫어한다. 낯선 남자와 가까이 있는 것도 싫고, 서로의 혀가 얽히는 건 소름 끼친다. 평소의 몸이었다면 도망쳤을 터였다.

물론 그러다가 잡혀서 결국에는 강제로 키스를 당하고, 반항하다가 혀끝을 조금 물어뜯어서 도리어 준기에게 소송을 당할 것이다. 재판관은 여자가 순결을 잃을 상황에서 왜 목숨을 걸고 반항하지 않았냐며 정당방위를 인정해 주지 않을 것이다. 혀끝이 잘려 불구가 되었다고 주장하는 준기의 편을 들어 줄 것이다.

결국 몸은 구속된 채 재판을 받을 것이고, 그녀가 받는 벌은 준기보다 더 클 것이다. 이 몸은 젊음이 모두 사그라져도 그 억울함을 평생 잊지 못할 것이다. 내가 그걸 다 어떻게 아느냐고?

그냥 안다. 나는 한 사람을 들여다보면 그 사람의 과거와 미래가 한눈에 보인다.

내가 새로운 몸에 들어갈 수 있는 시점은 그 몸의 인생을 바꾸는 사건이 일어나는 순간이다. 도움이 필요한 순간을 한눈에 알 수 있다. 그때 나는 그 몸을 돕고 다른 몸으로 옮겨 간다. 천 년이 넘는 시간 동안 나는 그렇게 존재해 왔다. 수많은 몸의 인생을 그 몸도 모르게 바꿔 가면서.

그러니까 지금은 강제 키스를 당할 시간. 나는 몸의 떨림을 애써 억누르며 조용히 기다렸다. 곧 준기의 담배 냄새 나는 미끌미끌하고 끈적끈적한 입술이 다가와 내 입술을 열고 혀를 집어넣어 입 안을 휘저었다.

이때다.

나는 그 뱀 같은 혀를 콱 하고 깨물었다. 끝 정도가 아니라 중간 부분부터 세게 깨물었다. 모자 아래 그늘진 눈이 커지며 희번덕거렸다. 고통으로 확장된 동공. 좋다. 그 눈빛이 무척 마음에 든다.

혀를 잘근잘근 씹어 삼키자 몸과 준기의 피가 입가로 주르륵 흘러내렸다. 피를 꿀꺽꿀꺽 삼키자 몸이 완전히 각성했다. 지금부터는 본능의 시간.

먹는다.

먹어 치운다.

모조리 먹어 치워 없애 버린다.

꺼윽.

입에서 트림이 난다. 배가 몹시 부르다. 주변을 둘러보니 아무도 없다. 준기와 형태는 이미 이 배 속에 들어갔다. 납작하던 배는 폭식해서 두둑하다. 치마가 꽉 끼어서 단추를 풀어도 허리에 걸린 채로 있다. 나는 만족스럽게 배를 두드리면서 천천히 걸었다.

걷다 보니 번화가가 나왔다. 젊은 사람들, 나이 든 사람들, 가로수, 공원. 이곳저곳을 돌아다니면서 구경했다. 사람들은 가끔 나를 보며 내 하얀 옷에 튄 피를 이상하게 쳐다보지만 아무도 말을 걸지는 않는다.

불빛으로 휘황찬란한 거리를 걷는데 어디선가 남자의 나지막하게 윽박지르는 것 같은 목소리가 들린다.

"그러니까 쉬었다 가자니까. 나 더는 못 걸어."

"왜 이러세요, 과장님. 그만 집에 가요."

나는 남자에게 대답하는 여자를 보았다. 그 여자의 얼굴을 본 순간, 나는 곧바로 그 몸에게 말을 걸었다.

2.

지연은 몇 번이나 술 취한 과장의 손을 뿌리쳤다. 하지만 과장인 영철은 도통 말을 듣지 않았다. 더 심하게 비틀거리며 손가락질까지 하면서 외쳤다.

"마! 딸 같아서 농담 몇 번 했더니 쪼르르 가서 일러바쳐? 뭐? 양성 평등 교육? 내가 사과했잖아. 그런 요청이 들어오면 다른 과에서 우릴 어떻게 생각하겠냔 말이야! 그렇게 농담 하나 못 받아들이고 성격이 예민해서 얻다 써, 얻다!"

영철은 지연의 관자놀이를 검지로 툭툭 치더니 이내 손목을 휙 하고 잡았다.

"이럴 게 아니라 어디 가서 조용히 이야기하자니까. 사람들이 듣겠다."

지연이 아까부터 반복한 말을 또 하려는데 귓가에서 누군가가 속삭였다.

"지금 나 너한테 들어간다? 부탁 아니야. 도와줄게."

"어?"

*

나는 눈을 떴다. 이 몸은 저번 몸보다 조금 더 오래 산 것 같다. 하지만 아직도 젊고 탄력이 넘치고 부드럽다. 반면 이 몸의 손목을 끌어당기고 있는 50대 중반의 영철은 얼굴이 불콰한 데다 기름으로 번질거리고, 배는 툭 튀어나와서 발로 뻥 차면 넘어질 것 같다. 술 냄새가 쉰내 비슷한 땀내와 섞여 몹시 불쾌한 냄새가 났지만 나쁜 놈이니까 먹어도 된다.

나는 말을 한다. 몸은 말하기 싫어하지만 억지로 말을 한다.

"그래요, 우리 쉬어요."

영철은 손가락을 튕겨 딱 소리를 낸다.

"좋아! 진작 그렇게 나올 것이지."

그러면서 은근슬쩍 허리까지 잡는다. 몸은 움찔하고 움츠러들었지만 나는 내버려 두었다. 일단은 사람이 많은 번화가를 빠져나가는 것이 좋다. 먹을 때 간섭받는 건 내가 제일 싫어하는 일이니까.

한적하고 어두운 골목, 온천 표시가 있는 번쩍이는 건물들이 많다. 영철과 함께 안으로 들어왔다. 방 안이다. 하트 모양의 빨간 침대. 영철은 옷을 입은 채로 침대 위에 털썩 누워 외쳤다.

"아, 좋다! 이리 와 봐, 어?"

나도 가지 않으려는 몸을 움직여 억지로 그의 팔 위에 누웠다. 몸은 용수철처럼 당장이라도 일어나려고 하지만 나는 몸을 살살 달래 가만히 눕는다. 왜냐고? 일어나서 도망쳐 봤자 끝나는 건 아무것도 없기 때문이다.

딸 같아서, 같이 가서 입을 옷을 골라 달라, 쉬었다 가자 등등. 몸은 지금 일하는 회사에서는 듣지 않아도 될 이런 말들을 너무 많이 들었다. 그래도 외부에 고발하거나 도망치지 못했다. 5년이나 시험에 도전해서 겨우 얻은 일자리였기 때문이었다. 6개월간 좋은 평가를 받아야 정식 직원이 될 수 있는 자리였다.

그런데 몸을 평가하는 자들은 모두 저런 말을 아무렇지도 않게 하는 남자들이었다. 몸의 표정이 조금이라도 바뀌면 성격이 암울하다, 센스가 없다는 식으로 무안을 주었다. 몸은 어린 시절부터 낙천적인 성격을 빼면 시체라고 할 정도로 긍정적인 사람이었다.

상사인 남자들의 말대로 점점 암울해진 몸은 결국 자살하는 방법을 택한다. 결혼한 지 1년도 채 되지 않은 남편에게도, 부모님에게도 털어놓지 못했다. 친구 한 명에게 겨우 일의 일부만을 말했을 뿐이고, 친구는 대수롭지 않게 심심한 위로의 말만 표했다. 남의 돈 벌기가 쉽지 않다고. 그녀가 죽을 줄도 모르고.

결국 남편은 죽은 아내의 휴대폰 채팅과 문자 내역을 통해 직장 상사들의 성희롱 사실을 밝혀내지만 정작 그녀가 일하던 공단에서는 그것이 성희롱에 의한 재해가 아니라 원래 우울한 그녀의 기질 때문이라고 주장하고, 남편은 소송을 한다.

소송은 1심 패소, 2심과 3심에서 승소하지만 그러면 뭐 하는가. 그녀는 이미 죽고 세상에 없는데. 지금이다. 살아 있을 때 조치를 취해야 한다. 이 몸이 그렇게도 거부했던 상사의 성적 요구 속으로 직진할 때다. 영철이 몸의 봉긋한 가슴을 더듬었다.

몸은 단추를 풀게 놔두었다. 그러다 그 손을 덥석 잡았다. 그리고 세게 물어뜯었다. 늙어 뻣뻣하고 질긴 손이 아드득 하고 이빨에 물려 너덜거렸다. 술에 취해 잠깐 멍한 표정이던 영철은 얼굴 위로 주르륵 쏟아지는 새빨간 피를 맞다가 고함을 질렀다.

"내 손!"

피 맛을 본 나는 완전히 각성했다. 그 뒤로는 성대한 파티였다. 한밤의 파티. 나와 몸의 파티. 방금 전에 두 남자를 먹었지만 또다시 먹을 수 있다. 밤새 열이고 스물이고 먹을 수 있다. 나의 식욕은 만족을 모르니까. 남을 해치려는 인간은 먹어도 된다. 나도 아무나 먹던 시절이 있었지만 죽다 살아난 후로는 나쁜 놈만 먹는다. 그래야 뒤탈이 없다.

꺼으윽.

길게 트림을 하고 볼록 나온 배를 통통 두드려 보았다. 그렇게 쉬었다 가자더니 여기서 영원히 쉴 수 있겠네. 거울을 보니 피에 젖은 반라의 몸이 미소 짓고 있다. 나와 몸은 샤워실로 가서 흠뻑 젖은 얼굴과 몸의 구석구석을 씻고 옷가지를 걸치고 아무 일도 없었다는 듯이 밖으로 나온다.

자, 이제 어디로 가 볼까. 저 멀리 택시 한 대가 서는 것이 보인다. 한 노인이 조수석에 타더니 기사와 실랑이를 벌인다. 기사는 중년 여성. 바로 저 여성이다. 나는 곧바로 지금까지 들어 있던 몸을 버리고 저곳으로 간다.

3.

연자는 막 탑승한 승객에게 말했다.

“뒷좌석에 탑승해 주세요.”

“싫은데?”

다짜고짜 반말에 연자는 속으로 욕이 나왔지만 꾹 참고 다시 말했다.

“코로나 때문에 그럽니다. 뒤에 타세요.”

그러고는 덧붙였다.

“아니면 내리세요.”

“승차 거부로 신고할 거야.”

어차피 이 손님만 태우고 들어가려고 했다. 연자는 체념한 투로 말했다.

“어디까지 가시는데요, 손님?”

“당신 집까지.”

연자는 만취한 사람인가 싶어 승객을 보았다. 문도 닫지 않고 흰머리를 곱게 뒤로 빗어 넘긴 노인은 볼에 홍조가 있었지만 차림새도 단정하고 눈빛도 맑고 술 냄새도 나지 않았다. 연자가 말했다.

"아니, 점잖으신 분이 농담하지 마시고요. 댁이 어디세요?"

"당신하고 가고 싶다니까."

연자가 말했다.

"자꾸 장난하실 거면 내리세요."

그때 연자의 귀에 누군가가 속삭였다.

"지금 당신 몸속에 들어가도 돼?"

"뭐? 너 누구야?"

"그건 몰라도 돼. 들어간다. 부탁 아니야. 당신을 돕고 싶어서 그래. 그대로 있어."

"어어!"

*

휴.

나다.

역시 새 몸으로 이동하는 건 너무 힘든 일이지만 이번에도 해냈다. 새 몸은 전의 두 몸보다 나이가 훨씬 많다. 이전 몸보다 배로 많을 것 같다. 반사 신경도 둔하고 피부에 주름도 있다. 머리카락에는 흰머리 몇 가닥이 보인다. 룸미러로 몸의 얼굴을 보는데 옆의 노인이 말했다. 노인의 이름은 유섭이다.

"아, 화남아파트라니까. 안 가나?"

"네에, 네에."

나는 몸에게 움직임을 맡겼다. 몸은 내비게이션으로 주소를 입력하고 차를 운전했다. 액셀을 세게 밟아 급발진을 하자 유섭이 창문 위의 손잡이를 다급히 잡으며 말했다.

"아, 운전이 무슨 이따위야? 이래서 여자들은 안 돼. 집에서 솥뚜껑이나 운전할 일이지."

손이 운전대를 움켜쥐었다. 몸이 부르르 진저리를 쳤다. 몸은 유섭의 말이 마음에 들지 않는 모양이었다. 나도 듣기 싫었다. 저렇게 타인을 무시하는 말을 내뱉는 자가 초등학교 교감 선생님이라고? 저자를 보고 아이들이 뭘 배울지. 아니면 학교에서는 또 다른 탈을 쓰는 건지.

차가 신호에 걸리자 유섭의 검버섯이 핀 손이 몸의 허벅지로 슬그머니 올라왔다. 유섭이 손으로는 허벅지를 주무르며 말했다.

"얼마나 더 일해야 돼? 같이 좋은 데 갈까?"

몸은 허벅지를 움츠렸다. 교감의 손은 슬금슬금 움직여 더 안쪽으로 향했다. 몸은 다시 급발진을 했다. 하도 액셀을 세게 밟는 바람에 교감의 머리가 유리창에 닿고 앞차 범퍼와 부딪칠 뻔했다. 유섭이 욕을 했다.

"미친년! 죽으려고 환장을 했나!"

손은 익숙하게 운전을 했다. 나는 유섭을 쳐다보았다. 처음 보는 여자 운전기사에게 저질스런 말이나 내뱉는 이 노인은 몸의 신고를 당할 것이고, 학교에서 해임 처분을 받을 것이다. 유섭은 재판을 청구해 판사로부터 해임 처분이 부당하다는 판결을 받고 의기양양해한다.

그 사유는 이러하다. 몸이 사회 경험이 풍부한 60대 여성이고, 진술 내용상 성적 수치심이 크지 않았던 것으로 보인다고. 피해자는 당연히 이의를 제기하고 다행히 상고심에서 사건은 파기 환송된다.

교원 직무의 전문성은 다른 전문직에 비해 고도의 자율성과 사회적 책임성을 가진다는 사회적, 윤리적 특성이 있으므로 높은 수준의 직업 윤리 의식을 갖춰야 한다. 따라서 유섭의 해임 처분이 타당하다는 판단이었다.

유섭이 일자리를 잃는다고 해도 몸이 겪은 일들이 없었던 일이 되는 것은 아니었다. 나는 그에게 꽤 큰 위협을 주고 싶었다. 이미 배가 찬 상태라 다 먹어치우고 싶은 것도 아니니 거울로 자신의 얼굴을 볼 때마다 정신이 번쩍 들도록 해 주고 싶다.

어딜 먹을까? 눈, 코, 입, 머리, 어깨, 무릎, 발, 무릎, 발. 흥미롭게 그의 얼굴을 훑어보자 유섭은 호감의 표시인 줄 알고 윙크까지 한다. 눈가의 주름살에 구역질이 났지만 몸은 습관적으로 운전을 하면서 말했다.

“그래, 그럴까?”

“어라, 반말이야?”

“너도 반말이잖아.”

“그건 당신이 친하게 느껴져서 그런 거지. 당신도 내가 이제 친하게 느껴져?”

느끼한 말에 몸은 구역질이 나지만 애써 참고 대거리를 해 준다.

“그런가 보네. 네 집으로 갈까?”

“좋지. 마누라 죽은 지도 오래됐고, 집에 가야 아무도 없거든.”

차가 목적지에 도착했다. 몸은 아파트 앞에 차를 세웠다.

몸과 유섭은 승강기를 타고 올라갔다. 유섭은 몸의 허리에 팔을 두르고 껴안았다. 몸은 교감을 밀치려 했지만 잘되지 않았다. 나는 잠자코 있었다. 유섭의 집에 들어가서 디저트를 먹을 계획이기 때문이었다. 언제나 주변에 사람이 없을 때가 집중하기에 좋다.

찰칵.

집의 도어 록이 자동으로 잠긴 순간, 나는 순식간에 각성하여 교감의 입술을 물어뜯었다. 그 입이 더 이상 헛소리를 나불거리지 못하도록. 교감은 게에에엑 하고 이상한 신음 소리를 내더니 기절했다. 나는 놈을 묶어 집 안쪽에 넣었다. 당분간 기절해 있을 테지.

거실로 나온 나는 널찍한 집 안을 둘러보며 휘파람을 불었다. 소파에 앉아 질 좋은 물소 가죽을 쓰다듬으며 잠시 고민에 빠졌다. 역시 배가 조금 꺼지면 유섭을 맛있게 먹어치우고 이 집을 차지해서 당분간 머무르는 게 좋겠다. 가끔은 안락하게 쉬는 것도 나쁘지 않아.

한 가지 아쉬운 점은 그의 죄이다. 내가 꼭 개입하지 않아도 놔두면 교감은 곧 법의 처벌을 받았을 텐데. 죄도 크지 않아 먹으면서도 마음이 편치 않다. 마치 예전으로 돌아간 기분이다. 아무나 닥치는 대로 먹어치우던 그 시절. 그 시절을 떠올리다니, 이거 불길한데. 나는 입맛을 쩝쩝 다시며 불쾌한 표정을 지었다.

4.

몸이 말을 듣지 않는다. 어딘가 다친 거 같지는 않은데 꼼짝할 수가 없다. 둥둥 떠 있는 느낌. 흘러가는 느낌. 물속인가? 아, 그때인가. 아버지의 명을 받고 파라국과 전쟁했을 때 커다란 연못에 빠진 적이 있었다.

연못은 거대한 강으로 이어졌다. 너무 놀라 정신을 잃고 물속에서 흘러 다니던 나는 누군가의 손길을 느꼈다. 그 손길은 내 몸을 부드럽게 더듬었다. 그런 손길은 처음이었다. 나는 그제야 내 몸에 가슴이 있고, 허리가 있고, 다리가 있다는 것을 깨달았다.

그리고 다리 사이에 가장 뜨거운 활화산. 손길은 나의 한쪽 팔을 잡고 몸을 밀착해 왔다. 나는 몸을 열어 그것을 받아들였다.

뾰족한 꼬리 같은 것이 내 가장 깊은 곳으로 들어왔다. 꼬리는 마치 꽃처럼 활짝 펴졌다가 오므라들었다가 뜨거운 것을 한가득 내뿜었다.

나는 신음 소리를 내면서 부르르 떨었다. 그때 그 손길이 내게 말을 걸어 왔다. 소리 없이 내 마음에다 대고 직접 말을 걸어 왔다.

"나는 음마천에 사는 활염나다. 황하수를 흘러 다니는 너는 누구인가."

나도 마음속으로 대꾸했다.

"나는 비채다. 올출탑목아의 딸이다."

활염나가 말했다.

"비채라. 나를 받아들이는 걸 보니 너도 인간은 아니군. 나처럼 겉으로는 인간으로 꾸미고 있지만 본질은 역시 요괴다."

"뭣이!"

나는 물고기처럼 생긴 활염나의 미끈한 머리통을 두 손으로 콱 움켜쥐었다. 활염나는 캑캑거리며 버둥댔다. 나는 활염나를 놔주었다. 활염나가 진저리를 쳤다.

"무시무시하게 힘이 세구나. 이왕지사 일이 이렇게 되었으니 서로를 부부로 받아들이는 게 어떠냐? 보아하니 너나 나나 서로를 감당할 수 있는 건 상대뿐인 것 같은데."

"까불지 마라, 물고기 주제에."

"흥, 평생 물속에 있을 거냐? 인간들과 어울려 살아가려면 우리가 필요할 거다."

"우리라고?"

활염나와 나는 물속에서 나왔다. 커다란 물고기였던 활염나에게 발이 생기고 손이 생기더니 머리도 생겼다. 그 꼴이 신기해서 쳐다보자니 활염나가 싱긋 웃었다. 훤칠하고 젊은 사내였다. 부려 먹기 딱 좋은. 나도 씩 웃었다. 활염나는 얼굴을 찡그렸다.

"시뻘건 피부에 누런 머리카락 하며 도깨비 같은 얼굴에는 살기가 등등하구나. 허리는 기둥처럼 두껍고 팔은 꼭 방망이 같아서 눈 뜨고 보기 힘들 정도로 못생겼다. 물속이라 제대로 보질 못했구나."

"시끄럽다. 방망이로 두들겨 패기 전에 조용히 해라."

우리는 묵묵히 걸었다. 곧 아늑하게 불을 밝힌 초가집이 나왔다. 발소리를 듣고 밖으로 나온 것은 어린 두 소년이었다. 활염나는 그들에게 두 팔을 벌리며 나를 소개했다.

"동생들아! 내가 형수님을 모시고 왔다. 인사해라. 이쪽은 소태세, 소금강."

"형수님이라고요? 아, 안녕하세요, 형수님. 제가 형 소태세입니다."

"안녕하세요? 소금강입니다."

나는 덩치가 제법 좋고 순하게 생긴 소태세와 체구가 작고 가녀린 소금강을 살펴본 뒤 인상을 찌푸렸다.

“안녕 못 하다. 이제 어떻게 인간들하고 살아간다는 건지 냉큼 말해 보거라.”

그러자 소태세가 두 손을 비비며 헤실헤실 웃더니 대꾸했다.

“그건 말이지요, 형수님. 물고기를 잡아서 인간들한테 팔면서 살아가면 됩니다. 장사를 하면 되는 것이지요.”

“고작 장사꾼이나 하라고?”

활염나가 말했다.

“우리 삼형제는 지금까지 그렇게 인간들과 조화롭게 살아왔다. 평화가 제일이지.”

나는 초가집의 기둥 하나를 뽑아 활염나의 등짝을 내리치며 외쳤다.

“평화 좋아하네! 내가 여기 온 이상 더 이상 평화는 없다. 삶은 전쟁이다. 누가 먹느냐 혹은 먹히느냐. 오직 그 둘뿐이다.”

기울어진 초가집 앞에 쓰러진 활염나는 일어나지 못했고, 소태세와 소금강의 얼굴은 하얗게 질렸다. 나는 활염나를 들어 일으키며 말했다.

“너희들의 그 멀건 낯짝에 핏기가 돌게 하고 가시 같은 몸통을 나처럼 우람하게 만들어 주지. 자, 소태세 너는 저쪽에 가서 인적 드문 곳에다 객점을 지어라. 소금강은 날 따라 부엌으로 들어오고. 어서!”

“예?”

"예에!"

소태세는 며칠 뒤 돌아와 객점이 다 지어졌다고 했다. 나는 객점을 한번 둘러보고는 활염나에게는 배로 강을 건너게 해 주는 척하며 사람들을 이곳으로 데리고 오라고 했다. 소태세는 손님들 비위를 맞추는 역할이었다.

그 후로는 판두면과 혼돈떡의 나날이었다. 두 개는 소금강의 요리법을 듣고 내가 직접 개발한 요리다. 야무진 손끝의 소금강은 역시 요리 실력이 뛰어났다. 삼형제는 내가 나타나기 전부터 잡은 물고기와 바꾼 곡식과 팔고 남은 물고기 뼈로 낸 육수로 만든 어 칼국수와 물고기 살을 뭉쳐서 만든 어묵탕을 인간들에게 팔고 있었다.

나는 이 두 가지를 인간 고기 버전으로 바꾸어 판두면과 혼돈떡이라는 메뉴를 개발했다. 판두면은 막칼로 인간을 쳐 죽여 만든 뼈와 살을 육수로 하는 국수 요리고, 혼돈떡은 스스로 짐을 바치고 물에 빠져 죽으면 건져서 만드는 만두 요리다.

객점에서 내는 요리는 딱 두 가지뿐이었지만 꾸준히 손님이 들었다. 다 삼형제가 노력한 덕분이었다. 처음에는 하루라도 때리지 않으면 말을 듣지 않던 그들도 인육 맛을 알게 된 뒤로 점점 얼굴에 피둥피둥 살이 오르고 고분고분해졌다.

나도 얼굴에 하얗게 분칠도 하고 연지도 찍고 금비녀에 파란 저고리와 붉은 치마로 단장하고는 객점의 여주인 행세를 했다.

망할 놈의 그 도사를 만나지만 않았어도. 나는 이를 바득 갈았다.

5.

꿈이었나. 고통에 찬 인간의 신음 소리가 들렸다. 나는 그제야 정신을 차리고 주변을 살폈다. 그랬었다. 택시 운전사. 교감. 유섭. 이곳은 유섭의 집이었다. 아파트라는 형태의, 집과 집이 포개어져 있는 요상한 곳.

나는 유섭을 묶어 놓은 안쪽 방으로 가 보았다. 교감은 나를 보자마자 흠칫 놀라며 침대에서 털썩 떨어져서는 엉덩이로 벽 모서리까지 물러났다. 입은 여전히 피투성이이고 너덜거린다. 그다지 보기 좋은 풍경은 아니다.

"사시수세소."

무슨 말을 하는지도 잘 모르겠다. 나는 침대에 걸터앉아 이번에는 어딜 먹어 볼지, 계속 먹고 싶긴 한 건지, 먹다 남긴 것을 심드렁하게 쳐다봤다.

그때 천장에서 소리가 났다.

쿵.

무슨 소리일까. 귀를 기울이자 또다시 들려왔다.

쿵 쿵.

쿵 쿵 쿵.

나는 유섭을 보았다.

"이거 무슨 소리야?"

유섭은 여전히 겁에 질린 표정으로 고개만 절레절레 저을 뿐이었다. 올라가 볼 수밖에 없나. 나는 성큼성큼 계단을 올라 윗집 문을 쾅쾅 두드렸다.

"이보시오."

쿵쿵거리는 소리는 멈췄지만 대답이 없었다. 다시 한번 두드리려는 찰나, 문이 걸쇠가 걸린 채로 열렸다. 문을 연 것은 사나운 눈매의 비쩍 마른 늙은 남자였다. 남자는 나를 노려보며 대꾸했다.

"누구쇼?"

나는 가만히 검지로 아래를 가리켰다. 그러면서 남자를 빤히 보았다. 거, 인상 더럽게 나쁘네. 내려다보니 손에 들린 건 은색 방망이? 눈이 마주친 남자가 슬그머니 방망이를 뒤로 감추며 물었다.

"근데? 뭐?"

내가 뭐라고 하려는데 남자는 휙 하고 뒤돌아보더니 냅다 외쳤다.

"시끄러워!"

누구한테 하는 말일까. 나는 다시 내려가려다가 또다시 쿵 하는 소리를 들었다. 이래서야 원. 해결하고 가야겠군. 나는 방금 전 두드린 문을 또 두드렸다.

"아, 왜!"

남자는 짜증스럽게 외쳤다. 남자가 도끼눈을 뜨자 나는 잠깐 요괴로 각성한 모습을 보였다. 남자가 반사적으로 힉 하고 움츠러들었다.

"좀 조용히 살자고."

남자는 황급히 고개를 끄덕였다.

아래로 내려온 나는 다시 유섭과 마주했다. 손이 묶인 채로 어디론가 기어가던 교감은 나를 보고 눈을 부릅떴다. 마침 배에서 꼬르륵 소리가 났다. 나는 교감을 보고 씨익 웃었다. 그러자 입 안 가득한 뾰족뾰족한 이빨에 교감은 기겁한 표정을 지었다.

그래, 공포에 질려라, 더욱 겁을 먹고 나쁜 마음을 품어라, 인간이여! 그래야 내가 먹는 보람이 있단다. 나는 유섭의 팔을 잡고 왕 물어뜯었다. 모조리 먹어 치우고 배를 두드리며 소파에 눕자 솔솔 잠이 왔다. 고기 맛이 심심해서인지 배가 더부룩했다.

까무룩 잠이 들자 꿈을 꾸었다. 꿈속에서 그 부인을 만났다. 사 부인이라는 여자. 희고 고운 살결에 덩치가 자그마한 그 여자. 한 입 거리도 안 될 여자가 그딴 도사를 데리고 있을 줄은 몰랐지. 사 부인을 윽박지른 나는 삿갓을 쓴 여자 도사를 만나게 되었다.

이름이 현원이라고 했던가? 현원은 제법 싸울 줄 아는 인간이었다. 구리 철퇴라니, 꽤나 강력했지만 나는 칼이 부러지자 맨주먹으로 달려들었다. 두들겨 맞던 현원이라는 작자가 가부좌를 틀더니 눈을 감고 손가락들을 요상한 여러 가지 모양으로 만들면서 기분 나쁜 소리를 중얼중얼 외웠다.

*옴- 아모가 바이로차나 마하 무드라- 마니 파드마 즈바라 프라바릇타야 훔- (ओं अमोघ वैरोचन महामुद्रा मणा पिद्म ज़्वाल प्रवर्ततय हूं)*

현원이 허리에 찬 주머니에서 꺼낸 모래를 나에게 확 뿌리자 나는 꼼짝도 할 수 없었다. 사 부인과 현원 일당이 도망치는 것을 보면서 움직이려고 미친 듯이 애를 썼지만 불가능했다.

겨우 몸을 움직일 수 있었던 건 반나절이나 지나 집에 온 활염나의 낯짝을 보고서였다. 내가 이 지경이 되었는데도 구하기는 커녕 물고기로 변신해 물속으로 도망친 작자였다. 도련님이라는 것들은 또 어떻고. 나는 행인들에게서 뺏은 말을 매어 두는 마구간으로 달려가서 순식간에 기둥 하나를 뿌리째로 뽑아서는 활염나를 있는 힘껏 내리쳤다.

머리가 깨지고 다리뼈가 아작 난 그놈을 보고서야 겨우 마비가 풀렸다는 것을 깨달았다. 그 장면을 목격한 소금강과 소태세는 말 한마디 하지 않았는데 그대로 내빼서 사 부인 일행을 찾아다녔다. 활염나는 며칠 동안 자리에서 일어나지 못했고.

그렇다고 내가 반성했는가 하면 천만에. 그저 나약한 것들과 함께 살아가려니 힘들 뿐이었다. 더군다나 소 형제는 멍청하게도 행인인 척 술수를 부린 현원에게 잡혀 소맷부리 속으로 들어가 버리고 말았다. 그뿐 아니라 현원은 객점으로 돌아와 활염나도 나도 잡아서 소맷부리 속에 넣었다.

하. 이 커다란 덩치를 어떻게 소맷부리 속에 넣었는지 현원에게 물어보고 싶다. 아주 죽는 줄 알았으니까. 거기다 사또인 마사영에게 넘기는 바람에, 코 밑에 까만 점이 난 마사영이라는 사내는 소금강과 소태세, 활염나는 그저 내 사주를 받았을 뿐이라며 실컷 매질을 한 뒤 일을 시키고 내 목만 뎅겅 잘라 버렸다.

하지만 나는 목만 남았더라도 데굴데굴 굴러서 도망쳤다. 구르다 보니 물에 퐁당 빠졌다. 마침 물속에 뛰어든 어떤 가난한 처녀가 있었다. 의식이 없어 이름도 알 수 없는 이 처녀는 마사영에게 유린당해 남편도 없이 아이를 가져 물속에 뛰어든 것이었다. 나의 혼은 머리를 버리고 그 처녀의 몸속으로 빙의해 유유히 헤엄쳐 나왔다. 사또를 죽이기 위해.

그때부터 나의 유랑 생활이 시작된 것이었다.

씁.

나는 침을 닦으며 소파에서 몸을 일으켰다. 이곳은 마른 땅이고 소파는 푹신하고 사방에는 피비린내가 나지만 뭐 내게는 달

콤한 향기. 그런데 왜 하필 떠올리기 싫은 그 도사의 꿈을 다 꾸었을까. 짜증을 내며 돌아눕던 나는 위층에서 나는 쿵쿵 소리를 들었다.

6.

올라가서 거칠게 문을 두드리자마자 어제의 그 늙은 남자가 나왔다. 왜 저렇게 인상이 더러울까 했는데 이제 알겠다. 나는 남자를 보며 나지막하게 말했다.

"조용히 살자고 했지?"

남자는 걸쇠 뒤로 흠칫 물러났다. 나는 걸쇠를 확 뽑아 버렸다. 그것만 뽑으려고 했는데 문짝까지 삐걱하고 뽑혀 버렸다.

쇠문을 내려놓고는 집 안으로 들어서자 상황이 한눈에 들어왔다. 구석에 쓰러져 있는 여자. 사내가 은색 쇠뭉치를 휘두르며 외쳤다.

"야! 너, 너, 너 뭐야? 이 아줌마가 미쳤나?"

나는 픽 웃었다. 사내가 쇠뭉치를 휘두르다 놓치고 말았다. 여자의 머리 근처에 떨어진 쇠뭉치가 바닥에 추락하며 쿵, 소리를 냈다. 큰 소리가 났는데도 머리가 하얗게 센 여자는 일어날 줄을 몰랐다.

나는 여자의 귀에다 대고 중얼거렸다.

"들어간다. 묻는 거 아냐."

몸으로 들어가자마자 여자의 삶이 나에게 펼쳐졌다. 여자의 이름은 근영. 근영의 일생. 징글징글할 정도로 전형적이었다. 스물세 살에 한 남자를 만나서 결혼했다. 일할 생각이 없는 남편을 위해 평생을 손이 닳도록 일했다. 아이들 셋은 다 키워서 독립시켰다. 아이들은 돈 좀 번다고 남편을 무시하지 말라며 밤마다 엄마를 발로 차고 손찌검하는 아버지를 제발 떠나라고 애원했다.

근영도 죽기 전에 제 발로 자신의 집에서 나왔다. 여전히 살아남기 위해 열심히 일하는 근영을 눈여겨본 남자가 있었다. 남자의 이름은 용길. 용길은 근영이 처음 받아 보는 사랑을 주었다. 잘해 주는 남자를 만나 본 게 처음이던 근영은 역시나 최선을 다했다. 하지만 결과는 똑같았다. 어느 날부턴가 용길도 근영을 욕하고 때리기 시작했다. 결국 근영은 이 남자의 쇠뭉치에 맞아 죽게 된다. 뭐? 덤벨이라고? 그래, 덤벨에 맞아 죽게 된다.

나는 고개를 갸웃하고는 용길을 보았다.

"남편이 아니네?"

아직도 사태 파악을 못 한 용길은 놀란 얼굴로 갑자기 쓰러진 택시 운전사와 몸을 번갈아 가며 쳐다보다 냅다 욕지거리를 했다.

"이거 뭐야? 이 여자 왜 이래?"

몸이 어깨를 으쓱했다.

“내가 나왔으니까.”

“뭐? 무슨 헛소리야?”

“놔둬, 쉬게. 때 되면 일어날 거야.”

“뭐가 뭔지. 아무튼 일어나면 당장 꺼지라고 할 거야. 지가 뭔데 껴들고 난리야?”

씩씩대던 용길은 휙 고개를 돌렸다.

“야, 너 근데 괜찮아?”

몸은 머리에서 흐르는 피를 천천히 닦았다.

“아아, 이거? 이 정도쯤이야.”

몸은 손에 묻은 피를 살짝 핥고는 인상을 찌푸렸다.

“으, 아까워.”

용길은 진저리 나는 표정을 짓더니 덤벨을 다시 주워 들고는 휘둘렀다.

“이거 완전히 맛이 간 거 아냐!”

턱. 몸은 용길의 손을 잡고 그대로 꽉 쥐었다. 사내가 비명을 지르며 덤벨을 떨어뜨렸다. 우직 하며 손목뼈가 부러져서 살갗을 뚫고 솟구쳤다. 용길은 밖으로 나오면 안 될 제 뼈를 보더니 단말마의 비명을 지르며 무릎을 꿇었다. 행동과는 달리 말투는 아직도 오만했다.

“보자 보자 했더니 미쳤냐!”

몸은 용길을 내려다보며 멱살을 콱 틀어쥐고 구석에 구르고 있는 덤벨을 턱짓했다.

"그러는 넌, 내 머리통 깨서 죽이려고 했냐?"

서늘한 몸의 눈빛에 용길의 시선은 갈 곳을 잃고 바닥을 헤맸다. 용길이 간사한 미소를 지으며 입을 열었다.

"왜, 왜 이래, 자기. 우리 자기 이런 사람 아니잖아."

"우리 자기가 어떤 사람인데?"

용길의 누렇고 탁한 눈동자가 깨진 구슬처럼 사방팔방으로 튀었다.

"그러니까 우리 자기는, 음…… 어…… 아…… 맞다. 그러니까, 어떤 사람이야?"

용길의 뻔뻔함과 무신경함에 기가 찼다. 이 몸의 순수함이 새삼 슬퍼졌다. 몸은 그대로 놈의 목을 졸랐다. 거칠고 앙상한 손이었지만 악력이 굉장했다. 그대로 용길은 기절했고, 몸은 뱃가죽을 찢어서 내장부터 먹어 치웠다. 나쁜 놈 고기는 믿고 먹을 수 있다.

꺼윽.

트림을 하고 있을 때 현관 벨이 울렸다. 아니, 문도 없는데 벨은 왜 누르나 싶어 현관을 쳐다보자 삿갓을 쓴 한 여인이 보였다. 꿈에서도 보고 싶지 않은 그 얼굴이었다.

"내 이러려고 꿈자리가 그리 뒤숭숭하던 것인가."

도사가 삿갓의 한쪽 끝을 들어 올리자 매서운 청회색 눈동자가 보였다. 도사라 나이도 안 먹는 모양인가. 천 년 전과 어찌 모습이 같은가. 본시 나이가 모호한 외모이기는 했다. 현원이 입을 열었다.

"내 평생 놓친 요괴는 너 하나뿐이었다. 비채, 이제 사라질 시간이다."

"나는 아니라고 생각한다."

현원의 짙은 눈썹 끝이 살짝 올라갔다.

"호오, 그래. 끝끝내 살아남아 이토록 사람들을 잡아먹고서도 할 말이 있는가?"

현원은 바닥에 쓰러져 곤히 자고 있는 연자 옆에 쌓인 뼈 무덤을 보았다. 내가 대꾸했다.

"변명해 보자면, 목만 살아남아 도망친 이후로 죄가 없는 인간을 먹어 본 적은 없다. 특히 관청에서도 보호해 주지 못하는 여자들의 복수를 대신해 죄를 저지르고도 잡혀가지 않고 오히려 잘만 사는 인간들을 씹어 먹어 왔지. 그래도 내가 사라져야만 하는가?"

"당연하다. 인간사는 인간들에게 맡겨야 하는 법. 죄인은 반드시 벌을 받고, 그것은 나라에서 할 일이다. 네가 사사로이 나선다고 세상이 바뀌는 것이 아니다."

현원은 또다시 손가락을 요상하게 만들며 무슨 주문을 외우려고 했다. 내가 외쳤다.

"잠깐만!"

현원이 고요한 눈빛으로 나를 쳐다보았다. 나는 필사적으로 항변했다.

"그렇다면 나라에서도 법으로도 지켜 주지 못한 여자들은, 오히려 내침을 당한 여자들은 세상을 어떻게 살아가야만 하는가? 네가 시원히 대답해 다오. 그러면 나도 사라질 터이니."

"네가 사라지지 못한 이유가 그것이더냐?"

"그래. 나는 태어나서부터 아무에게도 보호받지 못했다. 열 살 때부터 칼을 잡고 스스로를 지켜 왔지. 내가 수많은 몸을 떠돌며 계속 생각해 온 바가 하나 있다."

"무엇이더냐."

"버려진 자가 아무리 강해진다 한들 나 같은 요괴밖에 더 되겠는가? 하물며 강해지지도 못한 자들은 누가 지켜 줘야 하는가? 나는 인간이 아니기에 내 멋대로 살아왔다. 하지만 내가 옮겨 다닌 수많은 몸들은 '여자'라는 이유로 죽임을 당해 왔다. 나는 그들을 지키고 싶었다. 그들을 위해 다시 살았다."

나는 지금까지 천 년이 넘도록 혼령으로 살아오며 옮겨 다닌 몸들의 사건을 하나하나 이야기해 주었다. 여전히 긴장한 채로 서서 내가 무슨 수작이라도 부리지 않는지 주의 깊게 살피던 도사는 어느새 현관 문턱에 앉아 내 이야기에 귀를 기울였다.

이야기가 모두 끝나자 마침내 현원이 입을 열었다.

"네 말대로라면 이제 너는 단지 사리사욕을 위해 인육을 먹는 버릇을 고쳤단 말이구나."

"그렇다. 내 안에 화가 너무 많았다. 버림받은 분노를 그렇게 풀었다. 이제는 나쁜 놈만 골라 먹는다. 자, 이래도 나는 여전히 사라져야만 하는가?"

현원은 한동안 생각하더니 마침내 대답했다.

"네 말에 일리가 있어 이번에는 돌아가도록 한다. 하지만 나는 언제 어디서나 네가 다시 단지 탐욕을 채우기 위해 인간을 잡아먹는 건 아닌지 계속 살필 것이다. 그때는 내가 없앤다."

"그리해라."

현원은 소맷자락을 휙 접으며 나가 홀연 사라졌다. 저 소매에 들어가지 않아 천만다행이라고 생각하자 이 몸에 힘이 탁 풀려 풀썩 주저앉았다. 그 좁디좁은 곳에 다시 들어가는 건 사절이니까.

자, 내 이야기는 여기까지. 이 글을 읽은 당신에게도 나라도 법도 지켜 주지 않는 억울한 일이 생긴다면 나를 불러 주길 바란다. 아주 작은 소리라도, 마음속으로 내 이름을 부르기만 해도 듣고 달려갈 테니. 당신에게 빙의해 그 몹쓸 것들을 다 씹어 먹어 줄 테니까.

# 거미소녀의 함정

## 유미르

소설, 만화, 애니메이션, 영화, 드라마 등 매체를 가리지 않는 장르 덕후. 호러, SF, 미스터리, 스릴러도 좋아하지만, 로맨스나 코미디가 섞인 작품을 더 좋아한다. 믹스 장르를 선호하는 편이라 두 가지 이상의 장르가 섞인 소설을 쓴다. 「거미소녀의 함정」이 데뷔작이며, 앞으로 장편 위주로 발표할 계획이다.

1.

늦은 밤이었지만 여전히 공기는 열기를 머금고 있었다. 8월의 덥고 습한 공기 속에서 잔상처럼 느껴지는 물비린내가 후각을 자극했다. 길 위에는 전날 내린 비로 떨어진 나뭇잎들과 이름 모를 벌레 사체들이 나뒹굴고 있었다.

드문드문 서 있는 가로등 불빛에 의지하며 길을 걷고 있는 한 여성의 실루엣이 나타났다.

"대체 어디로 간 거야."

밤이 깊어 가는 시간, 아르바이트를 교대하고 집으로 가던 민서는 목이 말라 편의점에 들렀다. 자동문이 열리자 시원한 에어컨의 냉기가 몸을 감쌌다. 바로 음료수가 있는 냉장고로 가서 문을 열고 즐겨 마시는 에너지 드링크 캔을 찾아 손에 쥐었다. 계산대로 가서 돈을 내고 캔 뚜껑을 땄다. 목 안으로 넘어간 시원한 액체가 몸에 스며들었다. 기분이 좋았다. 그렇게 전부 마셔버린 음료수 캔을 쓰레기통에 넣으며 무심코 밖을 봤다. 유리 벽을 통해 보이는 바깥은 어둠과 습한 더위로 가득 찬 적막한 세상이었다.

"어?"

민서는 자기도 모르게 소리쳤다. 빠르게 지나가는 한 여성이 눈에 들어왔다. 그건 희수였다. 민서는 반사적으로 편의점 밖으로 뛰어나가 방금 봤던 여성이 지나간 방향을 보았다. 어두운 밤길이라 정확하게 어떤 인상착의였는지 파악할 수는 없었다. 다행이라고 해야 할지 모르겠지만, 다른 사람이 없어서 빠른 걸음으로 대학교 정문으로 향하는 한 여성을 금방 발견할 수 있었다. 민서는 홀린 듯 그쪽을 향해 달려갔다.

그렇게 학교 안까지 쫓아갔는데, 그 여성은 어느새 시야에서 사라지고 없었다. 그래도 좀 더 찾아보자는 생각에 걷기 시작했고, 이렇게 교정 안 깊숙한 곳까지 들어오게 되었다.

"희수야! 희수야!"

큰 소리로 이름을 불러 봤지만, 역시 대답은 없었다.

"내가 잘못 봤나? 분명히……."

휑한 교정 안에는 아무도 없었다. 처음부터 존재하지 않았던 것인지도 몰랐다. 낮에는 학생들로 가득 차 있었을 이 교정에 혼자 있다는 생각을 하니, 민서는 유튜브에서 봤던 '리미널 스페이스'라는 것이 떠올랐다. 한국어로는 '전이 공간'이라고 하며, 본래의 공간과 다른 제3의 공간 유형을 말한다. 쉽게 말하면 일종의 이세계 같은 것이다. 평소에 사람들로 가득 차 있는 공간이 텅 비어 있을 때 묘한 이질감과 공포를 느끼게 되는데, 그것이 리미널 스페이스의 특징이라고 한다.

혹시 지금 리미널 스페이스에 있는 게 아닐까. 내가 유튜브를 너무 봤나. 그런 생각을 하는데 눈앞에 무언가 휙 지나갔다.

"으악!"

깜짝 놀란 민서는 툭 튀어나온 무언가가 지나간 방향으로 시선을 돌렸다. 길고양이가 빠르게 반대쪽 수풀 속으로 들어가는 것이 보였다. 쓴웃음이 저절로 나왔다. 망상에 빠진 자신이 한심하게 느껴졌다.

그렇게 한동안 걷고 있는데, 눈앞에 무언가 보였다. 어두운 밤길이라 땅 위에 있는 그것을 쉽게 알아볼 순 없었지만, 분명히 새의 모양을 하고 있었다.

몇 걸음 다가간 민서는 그것이 죽은 까마귀임을 알 수 있었다. 온몸을 감싼 검은 깃털이 어둑한 곳에서도 윤기를 반짝였다. 다리며 부리며 눈이며 온통 검은색의 결정체였다. 특별한 외상은 보이지 않았지만, 미동도 없는 것을 보니 죽은 것이 분명했다. 그런데도 그 검은 존재는 아직도 살아 있는 것처럼 느껴졌다. 가까이 가면 푸드덕 날갯짓하며 달려들 것 같았다. 까만 구슬 같은 눈이 자신을 쳐다보는 것 같아 무서웠다.

그 자리에 서서 잠시 고민하던 민서는 눈을 꼭 감고 까마귀가 있는 쪽으로 발을 디뎠다. 다행히도 걱정했던 것처럼 까마귀가 달려드는 일은 없었다. 민서는 길 가장자리에 붙어 그곳을 통과했다.

한밤중에 이게 무슨 짓이지.

여자 혼자서 어둡고 으슥한 교정을 돌아다니는 건 결코 현명한 행동이 아니다. 그걸 알고 있었지만 어쩔 수 없었다. 편의점 안에서 희수를 본 순간부터 민서는 최면에 걸린 사람처럼 움직였다.

역시 잘못 본 거야. 정신 차리고 집에 가자. 교문이 어느 쪽이더라…….

민서는 멍해진 머리를 긁적이며 주위를 둘러봤다. 어디가 어딘지 알 수 없었다.

예체능 계열로 유명한 명성 대학은 본관과 별관을 중심으로 왼편에는 디자인학과 건물과 방송멀티미디어학과 건물이 있고, 반대쪽에는 무용과와 체육학과 건물이 있다. 학사 건물에서 좀 더 올라가면 기숙사 건물이 있고, 그 사이에 야외 운동을 즐길 수 있는 시설과 공원 부지가 있다. 그 부지와 기숙사 건물 사이에 작은 연못이 있는데, 괴담으로 유명한 곳이다.

민서는 일하고 있는 피시방에 온 학생들이 자기들끼리 신나서 떠드는 얘기를 들은 적이 있다. 그 연못은 '별들의 호수'라는 그럴듯한 이름을 가지고 있다. 하지만 실체는 달랐다. 그 연못에 빠져 죽은 사람의 유령을 목격했다는 괴담 때문에 사람들은 '지옥 연못'이라 불렀다. 전해 오는 이야기에 의하면, 어떤 교수가 여학생과 그렇고 그런 사이가 되었는데, 결국 그 교수에게 버림받은 여학생이 약을 먹고 빠져 죽은 곳이라고 한다. 그 이후로 술에 취해 캠퍼스를 돌아다니던 남자들이 익사하는 사건이 발생했고, 연못가에서 흐느끼는 여자 귀신을 목격했다는 얘기도 있다. 민서는 그런 얘기들을 믿지 않았지만, 그럴듯한 괴담이라고 생각했다.

잠시 후, 민서는 교문을 찾아 헤매던 자신이 어느새 그 연못 근처까지 와 있다는 것을 깨달았다. 괴담에서처럼 귀신에게 홀려 여기까지 온 것 같다는 생각이 들자 오싹했다.

"교문은 대체 어느 쪽이야."

마음이 급해졌다. 겨우 찾아낸 안내판에 나타난 길의 방향을 보니, 교문으로 가려면 그 연못을 지나야 한다. 민서는 연못을 향해 빠르게 걸었다.

잠시 후 도착한 연못은 물가 주위로 무성하게 늘어진 버드나무 가지들이 시야를 가리고 있었다. 어서 빨리 이 기분 나쁜 곳을 벗어나자는 생각에 발걸음을 재촉하려는 순간이었다.

"으으으으으."

어디선가 남자의 낮은 신음이 들렸다. 민서는 발길을 멈추고 반사적으로 고개를 돌렸다. 무심코 던진 시선이 한 곳에서 멈췄다. 희미한 가로등 빛을 반사하는 연못 건너편에 있는 한 남자와 눈이 마주친 것이다. 순식간에 온몸이 얼어붙는 것 같았다. 비명을 지르고 싶었지만, 충격 때문인지 소리가 나오지 않았다.

그 남자는 겁에 질린 표정이었다. 좀 더 자세히 보니 그의 몸이 무언가 줄 같은 것에 칭칭 감겨 있었다. 마치 커다란 누에고치에 몸이 박힌 듯한 모습이었다. 그 상태로 공중에 떠 있었다. 시계추처럼 흔들리는 것으로 보아 어떤 끈 같은 것에 매달려 있다는 걸 알 수 있었다.

민서는 무서웠지만, 자신이 혹시 잘못 본 것이 아닌지 확인하기 위해 조심스럽게 주머니에서 스마트폰을 꺼내 손전등 기능을 켜서 비추었다.

다음 순간, 그 남자의 몸이 주욱 끌어 올려지더니 어두운 나무 그림자 속으로 사라졌다.

푸드드드드드.

나뭇잎 떨리는 소리가 나고 풀벌레와 개구리 소리가 유난히 크게 들릴 정도의 고요함이 찾아왔다. 민서는 불빛을 위로 비췄지만 눈에 보이는 건 밤하늘 아래 뻗은 나뭇가지들뿐이었다.

"방금 내가 뭘 본 거지?"

자신의 눈을 의심한 민서는 기분 나쁜 생각을 떨쳐 버리려고 머리를 세게 저었다. 그리고 교문 방향을 향해 몸을 돌렸다.

"아악!"

반사적으로 비명을 지른 민서의 앞쪽 나무 그늘 속에 한 여성이 있었다. 주위는 겨우 사람이란 걸 알아볼 정도로 어두웠다.

"누, 누구세요."

민서가 떨리는 목소리로 물었다. 그 여성은 대답 없이 고개를 들더니 기지개를 켜듯 팔을 뻗었다. 두 팔이 주욱 늘어나면서 옆구리에서도 팔 같은 것이 주욱 나오더니 순식간에 다리가 여러 개인 괴물로 변했다. 그 괴물이 눈을 빛내며 이쪽을 노려봤다.

놀란 민서는 무조건 뛰기 시작했다. 어두운 대학교 교정을 미친 듯이 달렸다. 양쪽에 펼쳐진 가로수 나무들까지 괴물처럼 보였다. 나뭇가지들이 뻗어 나와 붙잡을 거 같은 착각마저 느꼈다. 그 괴물이 뒤쫓아오는 것 같았지만 확인할 여유는 없었다. 필사적으로 앞만 보고 달리던 민서는 드디어 교문을 발견하고 전력질주를 했다.

"하악. 하악. 하악. 하악. 하악."

학교 밖으로 나오자 멈춰 서서 거친 숨을 몰아쉬며 뒤를 돌아봤다. 아무도 없었다. 민서는 자신이 본 것이 전혀 이해되지 않았다.

한동안 그 자리에 멍하니 서 있던 민서는 아까 봤던 희수를 떠올렸다. 민서가 동생을 마지막으로 본 건 3년 전이다. 세 살 차이 여동생, 희수는 갑자기 가출했다. 그렇게 사라졌다. 잔인한 세상을 원망하며, 민서를 원망하며.

당시 민서의 고등학교 생활은 지옥 같았다. 애들한테 끝없는 괴롭힘을 당했다. 다들 보는 앞에서 치욕을 당했을 때는 죽고 싶었다. 그런 상황에서 어느 날 동생이 울면서 하소연했다.

"언니, 나 어떡해. 채팅하다가 이상한 사람한테 걸린 거 같아."

"이상한 사람이라니, 갑자기 그게 무슨 소리야."

"친구들하고 장난으로 어른들 속옷만 입고 사진을 찍은 적이 있는데 그걸 어떻게 구했는지 시키는 대로 하지 않으면 인터넷에 뿌리겠다잖아. 학교하고 집 주소까지 알고 있더라고. 그래서 하라는 대로 다른 사진을 더 찍어서 보내 줬는데……."

"다른 사진?"

"응, 그런 사진을 찍으라고 해서……."

"야! 너 미쳤어?"

"점점 요구가 심해지고 있어. 말 안 들으면 내 사진을 인터넷에 뿌리겠다고……."

"그렇지 않아도 사는 게 지옥인데 너까지 왜 이래."

"언니…… 나, 너무 괴로워. 죽을 거 같아."

"그럼 가서 죽든지. 귀찮게 하지 말고 나 좀 내버려 둬!"

결석도 해봤지만, 학교에 안 가도 애들의 괴롭힘은 멈추지 않았다. SNS로 끊임없이 협박당했다. 불안에 싸여 있던 민서는 앞에서 징징대는 희수가 짜증스러울 뿐이었다. 희수는 하염없이 울었다. 그것이 민서가 본 동생의 마지막 모습이었다.

민서는 자신의 모진 말 때문에 동생이 가출했다는 생각을 떨쳐 버릴 수 없었다. 그리고 희수의 환영은 자책감에 빠진 민서를 괴롭혔다. 꿈에서도 보였고 깨어 있을 때도 나타났다. 희수는 길거리 사람들 속에 섞여 있기도 했고, 뒷골목이나 건물 사이의 틈에도 있었다. 그때마다 이름을 부르며 쫓아갔지만, 다른 사람이거나 아무도 없었다.

결국 민서는 학업을 포기하고 집을 나왔다. 가출해서 살다 보면 혹시라도 희수를 만나게 될지 모른다는 생각이 들어서였다. 그렇게라도 하지 않으면 견딜 수 없을 것 같았다. 부모님도 말리지 않았다. 그저 슬픈 표정만 지었다.

집을 나온 민서는 새로운 삶을 살기로 했다. 전화번호도 바꾸고 SNS 계정도 전부 삭제했다. 그랬더니 고통스러웠던 기억들이 희미해지면서 오로지 희수 생각만 할 수 있게 되었다.

그렇게 가출해서 혼자 생활한 지 3년이 다 돼 간다. 집을 나온 민서는 다양한 아르바이트를 했다. 그러는 동안 가출 청소년들을 여러 명 봤다. 대부분 아무 데서 자고 끼니를 거르며 살고 있었다. 가끔은 헬퍼라는 사람들의 도움을 받기도 하지만, 개중에는 인신매매의 덫도 있고 위험했다. 희수가 그런 사람들에게 걸려 어딘가로 팔려 갔을지도 모른다는 생각을 하면 가슴을 찌르는 고통이 느껴졌다.

동생과 같이 찍은 사진을 볼 용기조차 나지 않았지만, 동생을 찾는 일은 멈출 수 없었다. 시간이 날 때마다 전국의 가출 청소년 밀집 지역을 찾아다녔다. 그렇게 몇 년이 지났지만 여전히 희수의 행방은 알 수 없었다. 하지만 민서는 집에 돌아가지 않았고, 대학 가는 것도 포기했다.

가출은 했지만, 민서는 부모의 도움을 받을 수 있었다. 아르바이트를 하거나 살 집을 계약할 때 미성년이라 부모의 동의가 필요했다. 그리고 성인이 되면서 겨우 독립할 수 있었다. 가출해서 2년 정도 되었을 때, 불안했던 부모님은 인제 그만 들어오라고 했다. 하지만 민서는 단호하게 거절했다.

현재는 낮에는 카페, 저녁에는 피시방에서 아르바이트를 하며 명성 대학교 부근 원룸에서 살고 있다. 여전히 쉬는 날에는 가출 청소년들이 모이는 곳을 찾아간다. 하루하루 그냥 사는 것 외에 더 먼 미래는 생각하지 않았다.

그렇게 시간이 흘렀고, 희수의 환영도 보이지 않게 되었다. 그날 밤까지는.

2.

4일 전, 명성 대학 부근 원룸 4층 404호.

한 중년 여성이 창밖을 보고 있다.

"비가 또 올 모양이네. 태풍이 올라온다더니."

"그러게."

"기숙사 나오니까 좋냐? 잘 있다가 갑자기 무슨 원룸이야. 빈 방을 금방 찾아서 다행이지만."

"엄마, 이제 가야 하지 않아?"

"알았어. 이 계집애, 방 구해 주니까 이제 나 필요 없다 이거지?"

"……."

"그나저나, 수영이 너 요즘 무슨 일 있니?"

"아무 일도 없어."

엄마의 물음에 수영은 기계적인 대답만 했다.

"무슨 일 있으면 이 엄마한테 말해 봐. 너, 일본 여행 갔다 온 후로 좀 이상해. 무슨 일이야. 남자 친구 문제야?"

"이상할 거 없어. 문제도 없고."

"그런데 왜 그래."

"왜 그러냐니."

"수영이 널 낳고 키워 온 이 엄마야. 그날 이후로 뭔가 이상해진 거 같아."

"그날?"

"일본의 전통 축제 본다고 갔던 그 시골 마을에서 하루 묵었던 날 말이야."

"그날이 어땠는데."

"기억 안 나? 산에서 무슨 제사 같은 거 하는 거 본다고 간 날. 거기서 한창 전통 의식 구경하는 중에 뭔가 본 거 같다고 갑자기 사라졌잖아. 그때 엄마가 얼마나 걱정했었는 줄 알아? 다행히 숙소에 왔더니 네가 있어서 안심했지만, 어디 갔었냐고 물어도 아무 대답도 안 하고."

"대답을 안 하긴, 그냥 쉬고 싶어서 왔다고 했잖아."

"엄마 혼자 두고 아무런 말도 없이 가 버린 거부터 이해가 안 돼."

"엄마, 그냥 삐져서 그러는 거 아냐?"

"삐지긴 누가 삐져. 아무튼, 그날 이후로 너 좀 이상해졌어."

"난 괜찮다니까 왜 자꾸 그래. 그런 얘기 그만하고 어서 가 봐."

"수영아……."

"빗방울이 조금씩 떨어진다. 운전해서 갈 길도 멀잖아."

"엄마가 걱정돼서 그래, 알지?"

"알아."

"아무래도 나랑 기도드리러 교회에 좀 가야겠어. 주말에 꼭 가는 거다."

"그래, 알았으니까 어서 가기나 해."

수영은 엄마 미숙을 원룸 앞에 세워 둔 차까지 배웅했다. 미숙은 걱정스러운 표정으로 차에 타더니 시동을 걸고 출발했다. 멀어지는 차를 바라보던 수영은 스마트폰을 꺼내서 어딘가로 전화를 걸었다.

[여보세요.]

"형준 오빠, 저 수영이에요."

[오, 수영이가 다 연락을 주고 이게 무슨 일이냐. 한번 만나자고 연락할 때는 씹더니.]

"죄송해요. 사과의 의미로 제가 술 한잔 살게요."

[술? 수영이 네가 웬일이냐. 나야 좋지만.]

"언제 시간 되세요?"

[나야 아무 때나 좋지. 그런데 너 지금 어디야? 방학이라 아직 부모님 댁에 있는 거 아냐?]

"좀 일찍 올라왔어요. 기숙사 나와서 원룸 구했거든요. 만나면 저희 집에서 한잔해요."

[그거 좋다. 집들이 겸 둘이서 한잔. 흠…… 내일은 약속이 있으니까 모레 보자.]

"좀 늦게 만나도 돼요?"

[나야 상관없지. 수영이가 보자는데 늦은 시간이면 어때. 하하하.]

"그럼 밤 12시경에 학교 연못에서 만나요."

[한밤중에 귀신 나온다는 그 연못에서?]

"네."

[왜 하필이면 밤늦게 거기서 만나자는 거야. 그냥 집에서 보면 되지.]

"저 만나기 싫으세요?"

[아, 그건 아니지만……. 알았어.]

"날씨도 더우니까 그런 데 가면 왠지 좀 시원할 거 같아요."

[아하, 그런 거였구나. 그럼 오케이. 거기서 보자.]

"네, 모레 봐요."

전화를 끊고 고개를 든 수영은 여전히 표정이 없었다.

쏴아. 쏴아.

한 방울씩 떨어지던 비가 갑자기 거세게 내리기 시작했다.

*

4일 후 저녁, 명성 대학교 앞 피시방 카운터.

모니터 앞에서 인터넷 기사를 보던 민서는 '일본의 지방 야산에서 한국인 여성으로 추정되는 시신 발견'이라는 제목의 기사를 클릭했다. 20대 정도로 보이는 여성이 얼굴이 심하게 훼손된 상태로 발견되었는데, 주머니 안에서 지역 행사에 관한 한국어

안내 책자가 나왔다고 한다. 현지 경찰은 한국인 관광객이 산짐승에게 변을 당한 것으로 보고, 한국 기관과 공조하여 지문이나 DNA 대조 등의 수사를 진행하고 있다고 한다.

"이, 이 남자야."

다른 기사를 살펴보던 민서가 작은 소리로 외쳤다. 모니터에 뜬 기사에는 명성 대학교 부근 야산에서 한 남자의 시신이 발견되었다는 내용과 사진이 있었다. 죽은 사람은 명성 대학교 학생이었다. 어떤 노부부에게 발견되었는데, 나뭇가지 사이에 복잡하게 엉켜 있는 실에 묶여 있었다고 한다. 그 모습이 하도 기괴해서 처음에는 누군가 마네킹으로 만든 설치 미술이 아닌가 착각했을 정도였다는 진술도 있었다.

민서는 그 남자의 얼굴이 떠올랐다. 어두컴컴한 밤, 연못 너머에 있던 그 얼굴. 그리고 기괴한 모습으로 변신한 여자. 생각만 해도 등줄기가 차가워지면서 자기도 모르게 눈을 질끈 감았다.

"무슨 일이야."

현호가 물었다. 현호는 민서가 일하는 피시방 점장이다. 민서보다 세 살 정도 많은데 피시방 주인의 아들이다. 대학교 졸업하고 취직을 했는데 직장이 맞지 않는다고 그만두고 새로운 직장 찾을 때까지 피시방 점장을 하기로 했다는데, 그냥 눌러앉은 것 같다.

"아, 네. 그게……."

"무슨 일인데 그래. 얘기하기 곤란한 건가?"

"아뇨, 곤란한 건 아닌데, 말씀드리면 저를 이상한 애로 보실 거 같아서……."

"민서 씨, 얘기 안 하는 게 더 이상해."

"무슨 꿈 꾼 거 같고 실감이 안 나네요."

"꿈 얘기야?"

"아뇨."

"그럼 뭔데."

"저 사실 어젯밤에 명성 대학에 갔었거든요."

"밤에 학교에 들어갔다고?"

"네."

"몇 시에?"

"일 끝나고 갔으니까 12시 넘어서죠."

"그런 시간에 여자 혼자 위험하게 거길 왜 가."

"그럴 일이 좀 있었어요. 아무튼, 이 기사 좀 보세요."

"기사?"

민서는 인터넷 기사를 띄워 보여 줬다.

"명성 대학교 뒷산에서 학생 시신 발견?"

"네."

"민서 씨가 밤에 학교에 들어간 거랑 이게 무슨 상관이……. 아, 그러니까 민서 씨가 밤에 학교에서 이 남자를 봤다는 거야?"

"맞아요."
"설마 살해 현장을 목격한 거야?"
"아뇨, 그건 아닌데 너무 말이 안 되는 걸 봤어요."
"뭐야? 연못에서 귀신이라도 본 거야?"
"저도 처음엔 귀신을 본 줄 알았는데……."
"오, 그럼 괴담 방송에 투고해 봐. 뽑히면 돈도 받을걸."
"그런데 그걸 귀신이라고 해야 할지 모르겠어요."
"그건 또 무슨 소리야."
민서는 현호에게 자신이 보고 겪은 걸 얘기했다.
"다리가 여러 개 달린 괴물? 명성 대학교 연못에서 그런 거 나온다는 소리는 못 들었는데."
"제 생각엔 그 괴물이 남자를 죽인 거 같아요."
"괴물이 남자를 죽여?"
"네."
현호는 잠시 생각하더니 입을 열었다.
"민서 씨."
"네?"
"혹시, 게임에 과몰입해서 꿈을 너무 실감 나게 꾼 거 아닐까?"
"게임이라고요?"
"사람을 죽이는 괴물이라니, 딱 게임이잖아."
"역시 점장님은 저를 이상한 애로 보시는군요. 괜히 말씀드렸네요.”

“아니, 그게 아니라, 사람이 너무 피곤하면 꿈과 현실이 헛갈릴 수도 있잖아.”

“저도 그게 꿈이었으면 좋겠네요.”

“그 괴물을 어디서 봤다고?”

어디에서 듣고 있었는지 한 여성이 카운터 쪽으로 고개를 불쑥 들이밀며 물었다.

“깜짝이야.”

“누구세요?”

두 사람이 놀라며 묻자 여성은 태연스러운 표정으로 말했다.

“누구긴 누구야, 손님이지.”

여성의 외모는 상당히 독특했다. 검은색의 개량 한복처럼 생긴 옷에 검은 모자를 썼는데, 얼굴은 미인형이지만 생김새나 목소리가 상당히 어린 느낌이었다. 하지만 말투는 어른 같았다. 머리카락을 은발로 염색해서 약간 혼혈 같은 인상이었다. 묘하게도 눈동자가 한쪽만 밝았다. ‘오드아이’라는 생각이 들었다. 은발의 머리카락도 자세히 보니 부분적으로 컬러풀한 색이 발했다. 홀로그램 염색이란 걸 알 수 있었다.

여성이 물었다.

“거미 괴물이라고 했지? 어디서 봤다고?”

“네?”

민서는 곤란한 표정으로 현호의 눈치를 봤다. 현호가 여성에게 말했다.

"손님, 여기서 이러시면 곤란합니다."

"지금 정말 곤란한 건 저 언니 같은데?"

여성은 재밌다는 표정으로 민서를 응시했다. 활짝 웃는 그 얼굴에서 오싹함이 느껴졌다.

"어젯밤에 명성 대학교 연못에서요. 그런데 제가 헛것을 본 거 같아요. 그러니까 이제 그만……."

"헛것 같은 소리 하네. 언니는 거미 요괴를 만난 거야."

"거미 요괴요?"

"저, 손님, 지금 게임 얘기하시는 거면……."

"오빠는 모르면 좀 가만히 있고."

여성이 현호에게 핀잔 주듯 말하자 현호는 갑자기 최면에 걸린 사람처럼 멍한 표정이 되었다.

"어떻게 거기에 나타났는지 모르지만, 그건 '조로구모'라는 일본의 거미 요괴야. 원래 그렇게 나쁜 짓을 하고 다니지 않는데 이상해. 이번 건 변종 같아. 자기가 본 인간과 똑같은 모습으로 둔갑하는 능력을 가진 것 같은데, 그 인간의 기억과 생각까지 흡수하면서 어두운 욕망을 끄집어내고 그 결과 끔찍한 일들이 벌어지는 거지."

모든 걸 꿰뚫어 보고 있는 듯한 여성의 말에 민서는 당황한 표정을 지었다. 자신이 겪은 일을 생각하면, 이 이상한 여성이 하는 황당한 얘기도 그냥 웃고 넘어갈 수는 없을 것 같았다.

"어두운 욕망요? 그런 걸 어떻게 아시죠?"

"보이니까 알지. 무당이 점치는 것과 비슷한 거야."

"무당이세요?"

"아니, 굳이 소개하자면 퇴마사라고 할까? 아무튼, 어두운 욕망에 대해서 설명해 줄게. 음…… 살면서 누군가 죽이고 싶도록 미워해 본 적 없어?"

민서는 학생 때 자신을 괴롭히던 애들이 떠올랐다. 이상하게도 그들의 얼굴은 기억나지 않았지만, 그 느낌만은 생생했다. 자신을 잔인하게 괴롭히면서 즐거워하던 그 표정이 떠오르자 갑자기 증오의 감정이 솟아올랐다.

"표정 보니 있군."

민서는 부정도 긍정도 할 수 없었다.

"인간 대부분이 그런 감정을 가지고 있으면서도 끔찍한 일을 저지르지 못하는 건 이성이라는 것이 있기 때문이지. 그런데 이 요괴에게는 없어. 그러니 자신이 흡수한 인간이 이성적으로 자제했던 행동을 과감하게 할 수 있는 거지. 게다가 이 요괴는 그걸 즐기고 있어, 게임처럼."

민서는 '게임'이라는 말에 현호를 힐끗 쳐다봤다. 뭔가 이상했다. 현호가 눈조차 깜빡거리지 않고 부동자세로 있는 것이다.

"아, 이 오빠는 내가 잠깐 쉬게 했어. 내가 가고 나면 다시 돌아올 거야. 물론 나에 대해선 전혀 기억하지 못할 거고."

"최면술인가요?"

"그렇다고 해 두지. 그나저나, 언니가 그걸 봤다면 조만간에 언니한테 찾아올 거야."

"저한테요?"

민서가 놀라며 물었다.

"그렇지. 명성 대학교에서 그런 짓을 저질렀다면 아마 아직도 근처에 있을 테니까."

"그럼 언젠가 저도 당할 수 있다는 건가요? 어떻게 하면 좋죠?"

민서는 겁먹은 얼굴로 여성에게 부탁하듯 물었다.

"나 같은 사람이 이럴 때를 위해서 존재하지."

민서는 고개를 갸우뚱했다.

"신도 인간도 아닌 존재들이 세상에서 말썽을 일으킬 때가 있거든."

"신도 인간도 아닌 존재들요?"

"응, 요괴란 신통력이 있지만 신이 되지 못한 불완전한 존재거든. 그래서 악한 성질을 가지고 있고, 보통 인간들은 상대하지 못해."

"그렇군요."

"그래서 나 같은 사람이 주술의 힘으로 상대를 하는 거지."

"그럼 저도 도와주실 수 있나요?"

여성은 미소를 짓더니 주머니에서 펜처럼 생긴 것을 꺼냈다.

"이건 겉보기엔 평범한 볼펜 같지만, 독침 형태의 주물이야."

"주물요?"

"주술이 걸려 있는 물건이지. 이렇게 해서 상대를 두 번 찌르면 돼."

여성이 펜의 뒷부분을 꾸욱 누르자 앞에서 날카로운 송곳이 튀어나왔다. 여성이 허공에 대고 찌르는 시늉을 했다.

"자, 이거 줄 테니 항상 몸에 지니고 있어. 알았지?"

"그냥 주시는 건가요?"

"아니지, 세상에 공짜는 없지. 그 요괴를 죽이면 내가 가질 거야. 잡으면 연락해."

여성은 이상한 문양이 그려진 명함 같은 걸 건넸다. 문양은 언뜻 태양처럼 생겼는데 원을 둘러싸고 있는 것을 자세히 보니 사람의 팔 모양이었다. 그리고 한문인지 아랍어인지 알 수 없는 글자가 찍혀 있었다.

"이거 어떻게 읽는 거죠? 손님 성함이라도……."

여성은 민서의 말을 들은 척도 안 하고 뒤돌아 나가 버렸다. 민서는 양손에 명함과 펜을 든 채 번갈아 보더니 주머니에 넣었다.

"꿈이 맞을 거야. 너무 심각하게 생각하지 마. 나도 가끔 게임을 하는 꿈을 꾸거든."

현호가 갑자기 마법에서 풀려난 사람처럼 민서를 보고 말했다. 여성이 끼어들기 바로 전까지의 기억만 남아 있는 듯했다. 민서는 그를 향해 어색한 미소를 지으며 고개를 끄덕였다.

퇴근 시간이 되어 피시방을 나온 민서는 원룸촌으로 향했다. 밖에는 비가 내리고 있었다. 다행히 전에 편의점에서 사 둔 우산이 있었다.

가는 길에 명성 대학교 정문 쪽을 봤다. 지난밤 사건으로 학교를 찾아온 기자들이 레인코트를 입고 누군가와 인터뷰를 하고 있었다. 지나가는 사람들에게 이것저것 묻고 있는 듯했다. 민서는 우산을 눌러 쓰고 눈에 띄지 않게 사람들 사이에 섞여 집으로 향했다.

잠시 후, 원룸에 점점 가까워지자 민서는 어서 집에 들어가 옷을 갈아입고 에어컨을 틀고 싶다는 생각이 간절해졌다. 비가 내리지만 후덥지근함은 완전히 가시지 않았기 때문이었다.

"다 왔어. 여기야."

문득 뒤에서 젊은 여자 목소리가 들렸다.

"수영이가 날 집까지 초대하다니 꿈만 같아."

이어서 들뜬 남자의 목소리도 들렸다.

민서는 소리가 들리는 방향으로 고개를 돌렸다. 젊은 남녀가 우산을 쓰고 자신과 같은 방향으로 걷고 있었다. 자세히 보지는 못했지만, 준수한 외모의 커플 같았다.

민서는 문득 불길한 느낌이 들었다. 뭐라고 말로 설명할 수 없는 이상한 기분과 함께 등골이 서늘했다.

갑자기 왜 이런 기분이 드는지 궁금해진 민서는 발길을 멈추며 주변을 둘러봤다. 그때, 뒤에서 걸어오던 그 커플이 민서 옆을 스쳐 지나갔다. 두 사람은 민서가 사는 원룸 맞은편 건물로 들어갔다. 건너편 원룸이다. 비번을 눌러 열리는 자동문 안으로 들어가면서 여자가 민서 쪽으로 반쯤 고개를 돌렸다. 민서의 시야에 여자의 옆모습이 들어왔다. 순간적으로 소름이 돋았다.

민서는 한동안 그 자리에 멍하니 서 있었다.

3.

늦은 저녁을 먹고 TV를 보며 휴식을 취하던 민서는 시계를 봤다. 저녁 9시가 조금 넘은 시간이었다. 창밖을 보니 비는 그친 듯했다.

맞은편 원룸 건물을 보자 아까 본 여자가 떠올랐다. 남자와 함께 안으로 들어가던 그 여자의 모습은 기시감과 함께 묘한 불쾌감을 불러일으켰다.

자기방어 본능으로 인간은 고통스러운 기억을 봉인한다. 고등학생 민서는 지옥에서 끝나지 않는 형벌을 받는 기분이었다. 그렇게 괴롭히던 애들의 얼굴은 마치 간유리로 막은 것처럼 기억 속에서 차단되었다. 그런데도 왜 그 고통과 불쾌함이 지금 떠오르는 건지 알 수 없었다.

아무 생각 하지 마.

머릿속에서 경고하듯 말했다.

민서는 에너지 드링크를 한 모금 마신 뒤 책상 위에 있는 노트북 전원을 켰다. 화면이 밝아지면서 윈도우가 시작되었다. 인터넷 브라우저를 열고 즐겨찾기에서 사이트 링크를 클릭했다. 전국 청소년 쉼터의 홈페이지였다. 민서는 거기서 입소자 명단과 새로운 소식이 없는지 살펴보았다.

희수를 찾는 일은 여전히 막막했다. 하지만 포기할 수 없었기 때문에 습관처럼 동생의 흔적을 찾아다녔다. 오늘도 역시 특별한 건 없었다. 민서는 접속을 종료하고 브라우저를 닫았다.

심심해서 유튜브 영상을 한참 보다가 무심코 시계를 봤다. 어느새 밤 12시가 넘었다. 방 안 불을 끄고 컴퓨터만 켜 놓은 상태라 창밖의 불빛으로 자연스럽게 눈이 갔다. 건너편 원룸 건물의 창에서 불빛이 새어 나왔다.

민서는 창가로 가서 커튼을 걷었다. 건물이 마주 보고 있어서 커튼이나 블라인드를 치지 않으면 사생활이 노출된다. 낮에는 채광을 생각해서 걷어 놓을 때도 있지만 밤에는 거의 모든 창문이 커튼이나 블라인드를 내리고 있다.

민서는 창밖을 멍하니 바라보던 중 어느 한 곳에 시선이 갔다. 민서의 방에서 반 층 정도 낮은 곳에 위치한 그 창문에는 블라인드가 쳐져 있었다. 그림자가 보였는데, 긴 머리의 여성 같았다. 이윽고 그 앞으로 남자의 그림자가 다가왔다. 여자에게 키스를 하는 것 같았다. 그리고 두 사람은 포옹했다.

"어?"

갑자기 블라인드에 비친 그림자가 이상해졌다. 여성의 몸에서 나뭇가지처럼 생긴 가늘고 기다란 그림자가 뻗어 나온 것이다.

"저건……."

지난밤 봤던 괴물이 떠올랐다. 몸에서 기다란 다리가 뻗어 나왔던 그 괴물이.

민서는 상상했다. 남자가 키스하느라 눈을 감고 있는 사이에 여자가 괴물로 변하는 장면이 머릿속에 그려졌다. 오싹한 기분을 느꼈지만 이상하게 변한 그림자에서 시선을 뗄 수가 없었다.

다음 순간, 불이 꺼지면서 그림자가 보이지 않았다. 그렇게 5분 정도 시간이 흘렀다. 민서는 불길함을 느끼며 책상으로 돌아와서 마시다 만 에너지 드링크 캔을 단숨에 들이켰다. 그리고 고개를 돌려 창밖을 봤다.

불이 꺼진 건너편 창은 어느새 블라인드가 올라가 있었다. 어슴푸레한 방 안이 시야에 들어왔다. 그리고 그 안에 어떤 형상이 보였다. 긴 머리의 여자였다. 어둠 속이라 형태는 희미했지만, 이쪽을 보고 있는 것 같았다. 조용히 이쪽을 응시하고 있는 그 여자의 입꼬리가 올라가 있었다.

민서는 심장이 멎는 기분이었다.

*

일주일이 지났다.

민서는 반복되는 일상 속에서 알 수 없는 불안을 느끼며 지냈다. 피시방에서 퇴근 준비를 하면서 자기도 모르게 한숨이 나왔다.

어젯밤에도 그 여자가 나오는 꿈을 꿨다. 그날은 기분 나쁜 미소를 보자마자 커튼을 치고 그대로 잠을 청했지만, 꿈에서는 달랐다. 어둠 속에 있던 그 여자가 민서를 향해 얼굴을 내밀며 천천히 창문을 열었다. 눈 한번 깜박이지 않고 자신을 바라보는 그 얼굴은 온몸을 얼어붙게 만들었다. 민서는 눈을 감고 싶었지만 마치 가위눌린 사람처럼 온몸이 마비된 느낌이었다.

창문을 활짝 연 여자는 가볍게 점프를 하더니, 원숭이처럼 창틀 위에 쭈그린 자세로 앉았다. 어린아이처럼 즐거움에 가득 찬 그 여자의 표정이 섬찟했다. 민서는 눈을 부릅떴다. 마치 육식동물에게 붙잡혀 꼼짝 못 하는 약한 짐승이 된 기분이었다.

다음 순간, 여자는 날다람쥐가 도약하듯이 팔과 다리를 크게 벌리며 이쪽을 향해 몸을 날렸다. 민서는 비명을 지르며 잠에서 깼다. 주위는 조용했으며, 건너편 건물 창문은 모두 불이 꺼져 있었다. 그 상태로 뜬눈으로 밤을 새우고 출근했다.

이상한 그림자를 본 그날도 찾아봤지만, 피시방에 왔던 그 이상한 여성이 준 명함이 보이지 않았다. 어딘가에서 떨어뜨린 듯했다. 민서는 자신이 본 것을 경찰에게 말해 볼까 했지만 미친 사람 취급당할 것이 뻔해 그만두었다. 의지할 사람은 그 여성밖에 없었다. 그 여성이 피시방에 다시 찾아오길 기대하는 수밖에 없었다.

피곤한 민서는 힘없이 시계를 봤다. 퇴근 시간이 되었다. 오늘도 그 여성은 오지 않았다. 한숨을 쉬고 있는데 교대 근무할 알바생이 도착했다.

"안녕하세요. 수고하셨습니다."

"네, 그럼 수고하세요."

형식적인 인사말과 함께 교대를 마친 민서는 피시방을 나왔다. 안에 있을 때는 에어컨 때문에 춥다고 느낄 정도였는데, 밖으로 나왔더니 저녁때인데도 후끈한 대낮의 열기가 느껴졌다. 하루걸러 하루씩 비가 내렸는데, 비가 안 내린 날도 습도가 높아서 여전히 덥고 불쾌했다.

민서는 편의점에서 저녁거리를 대충 사서 집으로 향했다. 원룸에 가까워지자 민서는 건너편 건물을 봤다. 그날 이후로 그 여자를 본 적이 한 번도 없었다. 한편으로는 다행이었지만, 혹시라도 갑자기 마주칠까 두려웠다. 그런 생각을 하며 원룸 출입문 비밀번호를 누르려 할 때였다.

"김민서?"

민서는 놀라서 반사적으로 몸을 들썩거렸다.

"김민서 맞지?"

왠지 익숙한 여자 목소리였다. 누군지 모르겠지만, 그 여자가 아니길 바랐다. 천천히 고개를 돌려 보니 건너편 원룸 건물 앞에 그 여자가 있었다. 미소 짓는 얼굴로 한쪽 손을 들어 민서를 불러세웠다.

"저를 아세요?"

"나야, 수영이. 같은 반이었는데 기억 안 나?"

"같은 반?"

"그래, 가람 고등학교 2학년 3반이었잖아."

민서는 당황한 표정으로 무슨 말을 해야 할지 망설였다.

"민서 너는 얼굴이 그때 그대로구나. 그래서 금방 알아봤나 봐."

그날 밤 이후 공포의 대상으로 꿈에서까지 나왔던 여자가 고등학교 동창이라니. 혼란스러운 민서는 멍한 표정으로 수영을 봤다.

"민서가 나를 잊을 리가 없을 텐데. 내가 그동안 너무 늙었나?"

"아, 아니야."

"이제야 기억난 거야?"

민서는 어색한 미소를 지으며 고개를 끄덕였다.

"별로 친하게 지낸 사람이 없었던 것 같은데, 나를 기억해 줘서 고마워."

"무슨 소리야. 우린 친했잖아."

"그랬나?"

"그럼, 당연하지. 갑자기 학교에 안 나와서 얼마나 걱정했는데."

"그랬구나."

"그동안 어떻게 지냈어? 혹시 너 이 원룸에 살아?"

"으, 응."

"어머, 이런 우연이. 나는 계속 학교 기숙사에 있다가 원룸으로 옮긴 건데, 민서가 사는 곳 바로 맞은편이라니. 우린 다시 만날 운명이었나 봐, 그치."

민서는 웃는 건지 우는 건지 알 수 없는 표정을 지었다.

"아 참, 민서 너도 명성대 다녀? 어떻게 같은 학교 다니는데 그동안 몰랐지?"

"아, 아니야. 나는 낮에는 다른 동네 카페에서 일하고 오후에는 학교 앞 피시방에서 일해."

"피시방?"

수영이 씁쓸한 미소를 지었다.

"응. 학교는 안 다녀."

"그랬구나."

수영은 살짝 표정이 굳더니 바로 미소 지으며 물었다.

"피시방에서 일하면 컴퓨터 좀 잘 알겠네."

"아냐. 프로그램 설치하고 윈도우 관리하는 정도가 다야."

"그 정도면 내 노트북 고쳐 줄 수 있겠네. 바이러스에 걸렸는지 상태가 안 좋거든."

"백신 프로그램 뭐 쓰는데? 사양에 맞게 최적화는 하고 쓰는 거야?"

"난 그런 거 몰라. 네가 좀 해 주라."

"지금?"

"응. 안 될까?"

"그건 아닌데……. 알았어. 가지고 나와 봐. 가져가서 한번 살펴보고……."

"내 방에서 고쳐 주면 안 돼?"

"어? 그게…… 안 될 건 없지만……."

"그럼 가자. 이쪽으로 와."

"알았어."

민서는 건너편 원룸으로 들어갔다. 수영은 가볍게 미소를 지으며 엘리베이터 버튼을 눌렀다. 단둘이 탄 엘리베이터 안에서 민서는 슬쩍 수영의 옆모습을 훔쳐봤다.

그날 기시감이 느껴진 이유가 이거였구나.

속으로 그렇게 생각한 민서는 어젯밤 꿈이 떠올라 오싹했지만, 결국 상상력을 부풀린 일종의 과대망상이었다는 결론에 이르렀다.

학교 연못가에서 봤던 괴물은 그 남자를 보고 놀라서 환영을 본 것일 수도 있고, 그날 밤 봤던 수영의 모습도 내 멋대로 그 괴물이라고 해석해 버렸기 때문일 수도 있어.

민서는 그렇게 생각했다. 기억은 잘 나지 않았지만, 고등학생 때 친하게 지내던 사이였던 것 같다고. 묘한 위화감이 느껴졌던 건 오랫동안 혼자 살아서 민감해진 경계심 때문일 수도 있다고.

속으로 그런 생각을 하는 동안 엘리베이터가 4층에 도착했다. 두 사람은 내려서 수영의 방을 향해 걸었다.

삐. 삐. 삐. 삑.

문 앞에 도착한 수영은 도어 록의 비밀번호를 누르고 안으로 들어갔다.

민서는 방 안을 둘러봤다. 대체로 깔끔한데 묘하게 생활감이 느껴지지 않았다. 방에는 소파 겸용 침대 하나와 테이블이 있었다. 수영이 말한 노트북은 그 테이블 위에 있었다.

"저거 보면 되는 거지?"

"맞아."

민서는 바로 소파에 앉아서 노트북을 살펴보기 시작했다. 옆에 앉아서 그것을 보고 있던 수영이 문득 생각났다는 듯 물었다.

"가족들하고는 일부러 떨어져 사는 거야? 나야 학교 때문에 어쩔 수 없이 이렇게 살지만, 민서는 학교도 직장도 아닌 아르바이트를 이런 곳까지 와서 하는 이유가 있는 거야?"

수영의 질문에 손을 멈춘 민서는 잠시 생각하더니 대답했다.

"응, 어쩌다 보니 그렇게 됐어."

"가족들하고 무슨 문제라도 있었어?"

민서가 대충 얼버무리고 넘어가려 했지만 수영은 집요하게 질문을 던졌다.

"그렇지 뭐."

"그랬구나. 무슨 문제인지 궁금한데, 얘기해 줄 수 없어?"

"음…… 별로 좋은 얘기도 아닌데, 듣고 싶어?"

"듣고 싶어. 오랜만에 만난 민서가 그동안 어떻게 지냈는지 궁금하거든."

"동생이 있었는데, 문제가 생겨서……."

"동생한테 무슨 문제가 있었어?"

"가출했어."

"어머, 그래서 아직도 못 찾았어? 언제 가출했는데?"

"3년 전에."

"내가 괜한 얘기를 꺼냈네."

"괜찮아. 이미 지난 일이야."

"동생이 왜 가출했는데?"

민서는 수영의 얼굴을 봤다. 그 얼굴에선 아무런 감정이 느껴지지 않았다. 고개를 돌려 잠시 생각하던 민서는 동생에 대한 얘기를 해 주었다. 조용히 듣고 있던 수영이 얘기가 끝나자마자 물었다.

"혹시 동생 사진 보여 줄 수 있어?"

민서가 자신의 스마트폰에 저장된 동생과 같이 찍은 사진을 열었다. 수영은 그 사진을 유심히 보더니 고개를 끄덕였다.

"그럼 노트북 고치는 데 집중 좀 할게."

민서는 이것저것 조작해 보더니 고개를 끄덕이며 말했다.

"하드웨어 문제는 아니고 소프트웨어에서 레지스트리가 좀 꼬인 거 같은데. 내가 좀 쓸 만한 소프트웨어를 가지고 있거든. 노트북을 가져가서 하는 것보다 원격으로 연결하는 게 좋을 거 같은데, 세팅 좀 해도 될까?"

"그렇게 해."

"그럼 몇 군데 체크 좀 하고 원격 세팅해 놓을게."

"고마워. 참, 내 정신 좀 봐. 집에 아무것도 없어서 대접할 게 없네. 잠깐 나가서 음료수라도 좀 사 올게."

"아냐, 나는 괜찮아. 일부러 나갈 필요 없어."

"아니야. 내가 일방적으로 부탁했는데 최소한 음료수라도 대접해야지."

"알았어. 그럼 OOO에너지 드링크로 부탁해."

"잠깐만 있어. 금방 갔다 올게."

수영이 밖으로 나가자 민서는 수영의 노트북에 원격으로 연결할 소프트웨어를 설치하고 드라이브 폴더를 확인했다. 바이러스 파일로 의심되는 수상한 것이 있는지도 체크했다. 시스템이나 소프트웨어에 관련된 폴더 외에 사진이나 동영상 등을 모아 놓은 폴더가 있었다. 민서는 내용이 궁금했지만, 사생활 침해라는 생각에 손대지 않기로 했다.

나머지 작업은 자신의 방으로 돌아가서 원격으로 최적화 소프트웨어를 설치하고 돌리면 된다. 할 일이 끝나자 주인이 없는 남의 방에 있다는 사실이 기분을 묘하게 만들었다.

민서는 방 안을 둘러봤다. 역시 생활감이라는 게 느껴지지 않았다. 취사도 하지 않는 것 같았고 자연스럽게 놓인 책이나 옷가지 등도 보이지 않았다.

꽤나 심심한 공간이라는 생각을 하며 스마트폰을 꺼내 들었다. 시간을 확인하고 나서 무심코 던진 민서의 시선은 천장 모서리 끝이 만나는 부분에 고정되었다. 그곳에는 거미줄이 있었는데, 거미는 보이지 않았다.

방 전체는 생활감이 느껴지지 않을 정도로 깔끔한 상태인데 거미줄이라니 이질감이 느껴졌다. 그 거미줄은 한쪽 벽에 있는 붙박이장 문까지 이어져 있었다. 갑자기 호기심이 생긴 민서는 붙박이장 문을 열어 보고 싶어졌다.

자리에서 일어나 그쪽으로 천천히 가서 문의 손잡이를 붙잡았다. 그때 수영이 문을 열고 들어왔다.

“벌써 다 했어?”

붙박이장 앞에 서 있던 민서는 흠칫 놀랐지만 바로 아무렇지 않은 척하며 대답했다.

“으, 응. 이제 내 방에 가서 나머지 작업을 하면 돼.”

“자, 이거면 될까?”

수영은 민서에게 에너지 드링크 캔을 내밀었다.

“고마워. 잘 마실게. 나는 이제 갈게.”

“시간 내줘서 고마워. 오랜만에 만나서 반가웠어.”

“그래, 나도 반가웠어. 바로 기억 못 해서 미안하고.”

민서가 미소 짓는 수영을 뒤로하고 방문을 열고 나가려는 순간, 뒤에서 수영의 목소리가 들렸다.

“아 참, 아까 물어보려고 했던 건데, 민서가 사는 방 창문이 바로 건너편 맞지? 일주일 전인가. 일부러 본 건 아니고, 그날 불 끄고 자려는데 밤하늘을 보고 싶어서 블라인드를 걷었다가 민서를 봤어. 그때 네 표정이 무슨 귀신이라도 본 것 같았는데. 그게 좀 웃겼어. 나는 금방 알아봤는데 넌 날 못 알아봤는지 바로 커튼을 치더라. 그래서 너를 다시 보게 될 기회를 찾다가 오늘 드디어 만나게 된 거야.”

“아, 그랬구나. 나는 모르는 사람과 눈이 마주치는 게 싫어서 그랬을 뿐이야."

"이해해. 밤늦게 건너편 창문으로 누군가와 눈이 마주치는 건 상대를 알고 모르고를 떠나 기분 좋은 경험은 아니지. 놀라게 해서 미안해."

"아, 아냐. 내가 널 괴물로 잘못 본 게 잘못이지."

"괴물?"

"아, 미안해. 밤늦게 피곤한 상태라 헛것을 봤나 봐."

"아니야. 그럴 수도 있지. 지금도 내가 괴물로 보여?"

수영은 민서를 보며 그날 밤에 본 것과 같은 미소를 지었다. 밝은 곳에서 본 그 얼굴은 전혀 느낌이 달랐다.

"아냐. 말도 안 되는 소리야. 아무튼, 미안해."

"그냥 해프닝인데 뭐. 오해가 풀려서 다행이야. 그럼 노트북 고치는 거 잘 부탁해. 나중에 밥 한번 살게."

민서는 어색한 미소로 인사를 하고 나와서 자기 방으로 돌아왔다. 긴장이 풀려서인지 갑자기 배가 고파졌다. 저녁거리로 편의점에서 산 삼각김밥과 컵라면을 꺼내서 김밥은 전자레인지에 넣고 전기 포트에 생수를 부은 다음 끓였다. 전자레인지에서 데워진 삼각 김밥을 꺼냈다. 물이 다 끓자 컵라면에 붓고 면이 불기를 기다리는 동안 노트북을 켰다.

민서는 원격으로 수영의 노트북에 접속해서 자신의 노트북에 있는 최적화 소프트웨어를 전송한 다음, 설치하고 열었다. 소프트웨어를 가동시켜 자동 최적화를 진행하고 있는 동안은 특별히 할 일이 없었다. 호기심이 발동하여 아까 발견한 사진과 동영상이 있는 폴더를 열었다.

수영이 친구들과 같이 찍은 사진들과 부모님과 함께 찍은 사진들이 있었다. 해외여행에서 찍은 기념사진과 음식들 사진도 잔뜩 있었다. 지극히 평범한 대학생의 모습들이었다.

그런데 그런 사진과 동영상 중에 이질감이 느껴지는 것이 하나 눈에 들어왔다. 동영상 파일 같은데 섬네일이 어딘가 어두운 숲 같은 느낌이었다. 민서는 궁금해서 그 파일을 재생했다. 어두운 밤길을 걷고 있는 듯한 영상이 시작되었다. 스마트폰으로 찍었는지 처음에는 화면이 심하게 흔들리더니 갑자기 한 남자의 얼굴이 나왔다.

민서는 놀라서 심장이 멎는 느낌이었다. 명성 대학교 연못에서 봤던 나무에 매달린 남자, 다음 날 뒷산에서 시신으로 발견되었던 바로 그 남자였다.

[왔구나. 얼마나 보고 싶었는데.]

남자가 환하게 웃었다.

[지금 나 찍는 거야?]

[네, 선배 만나는 거 기념으로 남겨 두려구요. 괜찮죠?]

수영의 목소리가 들렸다.

[그럼, 괜찮고말고.]

[많이 기다렸어요? 제가 좀 늦었죠?]

[수영이가 만나자는데 조금 기다리면 어때.]

[호호, 그래요? 여기 참 분위기 좋죠?]

[분위기? 귀신 나올 거 같은 분위기지만 수영이가 있는 곳이면 어디든 분위기는 최고지.]

[요즘같이 덥고 습한 여름에 이런 데 오면 시원하잖아요.]

[그래, 수영이 말이 맞아. 그럼 분위기 실컷 즐겼으니 이제 수영이네 가서 한잔할까?]

[좋아요. 그 전에 할 말이 있어요.]

[무슨 얘기, 여기 모기도 많은 거 같은데 들어가서 하면 안 될까?]

[잠깐이면 돼요.]

수영이 침착한 목소리로 남자를 달래듯이 말했다.

[알았어. 금방 끝나는 거지?]

[네.]

짧은 침묵이 흘렀다. 남자는 눈을 크게 뜨며 궁금하다는 표정을 지었다.

[강소영, 민혜진, 오윤하, 장영아, 김하나 알죠?]

[어? 네가 걔네들을 어떻게 알아? 이제 학교에도 안 나오는 애들인데.]

[그게 누구 때문일까요?]

수영의 목소리가 갑자기 차가워졌다.

[누구 때문이냐니, 갑자기 무슨 소리야?]

[선배가 그 애들한테 한 짓 다 알아요.]

[뭐? 갑자기 무슨 소리야?]

[소영이가 학과는 다르지만, 고등학교 때부터 내 절친이거든요.]

[내가 무슨 짓을 했다고 그래.]

[아무한테도 말 못 할 줄 알았죠? 말했다가는 찾아가서 가족까지 다 죽인다고 협박했으니까.]

[그년이 미쳤네. 미쳤어.]

남자의 표정이 험악하게 변했다.

[아씨, 이 미친년이 입을 함부로 놀려?]

그 전까지 성실해 보였던 남자의 얼굴이 일그러지면서 야비한 미소를 지었다.

[이렇게 된 거 너도 그 애들처럼 해 줄게. 여기 사람도 없고 좋네.]

남자가 이쪽으로 손을 뻗으려는 때였다.

[어, 너 뭐야!]

남자가 놀라며 뒤로 물러섰다.

[호호호호호호호호호.]

수영의 웃음소리가 들렸다.

[지금까지는 선배가 포식자였겠네요. 드디어 먹이가 되는 기분을 알 수 있게 되었군요.]

[어어억, 너…… 너 뭐…….]

아주 짧은 순간이었다. 남자를 향해 뭔가 뿌려졌다. 그리고 영상이 멈췄다.

민서는 너무도 충격적이라 석고상처럼 굳어 버렸다. 머릿속에서 혼란의 소용돌이가 휘몰아쳤다.

띵.

컴퓨터에서 알람음이 울렸다. 민서는 최면이 풀린 사람처럼 정신이 돌아왔다. 하지만 여전히 혼란스러웠다.

문득 생각나서 인터넷 브라우저를 열고 뉴스를 검색하여 그날 죽은 남자의 사진을 띄웠다. 역시 동영상 속의 남자와 같은 사람이었다.

어이없는 표정을 지으며 의자 뒤로 기대앉으려다가 다시 화면을 가까이 들여다봤다. 업데이트된 기사 중에 일본에서 사망한 한국인 여성의 신원이 밝혀졌다는 제목을 클릭했다. 그 기사의 내용은 충격적이었다. 죽은 한국인 여성은 명성 대학교 학생인 한수영이라고 쓰여 있었으며, 수영의 사진까지 나와 있었다.

"뭐가, 뭐가 어떻게 된 거야."

민서는 창문 커튼을 젖히고 수영의 방을 봤다. 블라인드는 올라가 있고 방 안은 어두컴컴했다. 그곳에는 아무도 없었다.

4.

민서는 뜬눈으로 밤을 새웠다. 그녀의 시선은 커튼이 쳐진 창문에 고정되어 있었다. 건너편에서 수영이 이쪽을 계속 보고 있는 기분이 들어 도저히 잠들 수 없었다.

머릿속이 혼란스러웠다. 연못에서 그 남자를 죽인 사람이 수영이라면 수영이 정말 그 괴물이란 말인가. 피시방에서 본 이상한 여자가 말한 대로 인간으로 변신하는 일본 요괴가 정말 존재한다는 말인가. 그것이 사실이라면 그 요괴가 수영 행세를 하며 다녔을 것이고, 남자를 살해했을 것이다.

그렇게 생각하니 지금까지 벌어진 모든 일이 설명되었다. 그 요괴가 진짜로 존재한다는 것을 믿을 수밖에 없는 상황이다. 하지만 여전히 믿기 어려웠다. 인간을 복사하는 요괴라니. 어렸을 때 봤던 공포 영화에나 나오는 이야기가 아닌가.

잠을 못 자서 머릿속이 몽롱한 민서는 하품을 크게 했다. 졸린 눈을 비비다가 자신이 손에 뭔가를 들고 있다는 걸 깨달았다. 볼펜같이 생긴 것을 계속 한 손에 쥐고 있었다. 그건 볼펜이 아니었다. 피시방에서 이상한 여자가 준 물건이었다. 주물이라고 했다. 주술이 깃든 물건. 요괴를 퇴치할 수 있는 물건. 민서는 자신이 이런 오컬트 소설에나 나오는 물건의 존재를 믿어야 한다는 사실에 긴 한숨을 쉬었다.

그렇게 멍하니 창문만 바라본 지 얼마나 되었을까. 점점 밝아오는 창밖을 보고 있으려니 오전 카페 아르바이트를 나가는 건 도저히 안 되겠다는 생각이 들었다. 스마트폰을 들고 카페 주인에게 전화를 걸었다. 몸이 안 좋아서 하루만 쉬고 싶다며 양해를 구했다.

갑자기 졸음이 몰려온 민서는 그 볼펜 같은 물건을 꼭 쥔 채 그 자리에서 잠이 들고 말았다.

잠든 민서는 꿈을 꿨다. 꿈에 희수가 나왔다. 그녀는 민서에게 와서 하소연하던 중학생 시절로 돌아가 있었다.

"언니, 나 죽고 싶어."

"그런 소리 하지 마. 이 언니가 우리 희수를 지켜 줄 거야. 아무런 걱정 하지 마, 알았지?"

민서는 그때 해 주지 못했던 말을 했다. 그동안 그날을 다시 돌리고 싶다는 생각을 얼마나 많이 했는지 모른다. 동생이 돌아오길 얼마나 간절하게 바랐는지 모른다.

"왜 그때는 그렇게 말 못 했어?"

"뭐?"

"왜 나를 지켜 주지 못했냐고."

"희수야……."

중학생 동생의 얼굴이 슬픈 표정에서 분노의 표정으로 바뀌었다.

"왜 그랬어, 왜!"

민서는 아무런 대답도 못 했다. 그때는 희수가 눈물을 흘렸지만, 지금은 민서의 눈에서 눈물이 하염없이 흘러나왔다.

"미안해."

희수가 차가운 눈빛으로 노려보더니 방문을 열고 나가 버렸다.

"희수야, 가지 마. 희수야!"

민서는 일어나서 희수를 붙잡으려 했지만 몸이 꼼짝도 하지 않았다.

"안 돼, 희수야. 가면 안 돼."

민서는 필사적으로 몸을 움직이려 했으나 소용없었다.

"안 돼. 어엉. 엉엉~."

절규와 통곡. 민서가 할 수 있는 건 그게 다였다.

띨리리리리리리.

민서가 잠에서 깨어난 건 핸드폰의 벨 소리 때문이었다. 눈을 뜨고 시계를 보니 오후 3시 10분이었다. 무거운 죄책감의 늪에서 다시 현실 세계로 끌어올려 준 전화벨 소리가 고맙게 느껴졌다. 얼굴 피부가 땅기는 느낌이 들어서 만져 보니 자면서 울었는지 눈물 마른 자국이 있었다.

민서는 비몽사몽한 상태로 스마트폰 화면의 통화 버튼을 눌렀다.

"여보세요."

[민서야, 엄마야.]

"어, 엄마. 갑자기 무슨 일이야?"

민서는 부모와 특별한 용건이 없으면 연락하지 않았다. 희수가 집을 나간 지 3년이 지난 지금까지도 부모는 민서에게 조심스러운 태도를 보였다.

[너 괜찮니? 별일 없지?]

"응. 무슨 일인데 그래."

[너 일하는 동네에서 사람이 죽었다는 뉴스를 봤거든. 아무래도 위험한 동네 같으니까 일한다고 밤늦게 다니지 마. 아니, 그러지 말고 이제 그만 집에 와라.]

"엄마."

민서는 잠시 생각에 빠졌다.

[왜, 민서야. 무슨 일 있어?]

"아무 일도 없어. 그리고 이 동네는 안전하니까 걱정 마."

민서의 말이 끝남과 동시에 밖에서 사이렌 소리가 울렸다.

[이게 무슨 소리야. 거기서 또 무슨 사고 난 거 아냐?]

민서는 스마트폰을 들고 창가로 가서 커튼을 걷고 밖을 봤다. 원룸 건물 밖에 경찰차와 구급차가 서 있었다. 건너편 건물 앞에 사람들이 몰려 있었다. 불길한 느낌이 뇌리를 스쳤다.

"엄마, 앞집에서 무슨 사고가 났나 봐. 나 이제 나가 봐야겠어. 나중에 전화할게."

[민서야, 조심…….]

민서는 엄마의 말이 끝나기도 전에 전화를 끊고 욕실로 가서 가볍게 양치하고 세수를 한 다음 외출복으로 갈아입었다. 4시부터는 피시방 아르바이트 시간이라 출근하기 전에 앞집에 무슨 일이 있는지 확인해 볼 생각이었다.

원룸 건물 문을 열고 나가자 웅성거리는 사람들이 보였다. 그 앞에는 구경꾼들을 통제하는 경찰들이 있었고 형사로 보이는 남자와 흐느끼고 있는 중년 여성이 있었다.

"도대체 뭐가 어떻게 된 건가요? 일본에서 죽었다는 말도 안 되는 소리에 여기까지 왔는데 이게 무슨 일이냐고요. 분명히 같이 귀국해서 집에 있다가 여기 원룸까지 차로 데려다줬는데."

중년 여성이 하소연하듯 말하자 형사가 당황스러운 표정을 지었다.

"어머님, 진정하세요. 저희도 현재 알아보고 있는 중입니다. 일본 경찰과 협조 수사 중에 어떤 오류가 발생했을 수도 있거든요. 목격자 증언과 CCTV 영상 등으로 한수영 씨가 귀국했다는 사실은 입증되었으니……."

"형사님, 제발 우리 수영이 좀 찾아 주세요. 전화도 안 받고 연락도 없는 것을 보면 나쁜 놈들한테 잡혀간 게 분명해요. 교회에서 친하게 지내던 오빠는 저렇게 끔찍한 일을 당하고……."

수영이 엄마는 갑자기 울컥해서 말문이 막혔다.

"우리 수영이까지 변을 당하면 어떡해요. 어서, 어서 빨리 찾아 주세요, 형사님~~~."

절규하는 수영이 엄마를 옆에 있던 여경이 달래며 경찰차에 태웠다.

구경꾼들 속에서 그 모습을 지켜보던 민서는 놀라움을 금치 못했다. 그리고 머릿속으로 상황을 정리해 봤다. 수영이, 아니 수영으로 변신한 요괴가 사라졌다. 일본에서 수영이 시신이 발견된 것을 알게 된 게 분명했다. 아마도 어제 민서가 왔다가 돌아간 후였을 것이다. 경찰이 자신을 찾아올 것을 미리 알고 자취를 감춘 것이다.

수영이 사는 원룸 현관에서 구급대원 복장을 한 사람들이 하얀 천으로 감긴 누군가를 들것 위에 싣고 나왔다. 그들은 곧바로 그것을 차에 태워 그곳을 빠져나갔다.

"사람이 죽었나 봐."

구경꾼 중 누군가 외쳤다. 옆에서 어떤 아줌마가 수군거리며 옆 사람에게 말하는 것이 들렸다.

"아까 그 방에 들어갔다 나온 경찰들끼리 하는 얘기를 들었는데, 이상한 모습으로 죽은 남자가 옷장에서 발견되었대."

"이상한 모습이라니?"

옆 사람이 맞장구치듯 질문을 던지자 그 사람이 잘 물어봤다고 눈을 반짝이며 말했다.

"온몸이 구겨지듯 팔다리 관절이 이상하게 꺾여 있었는데, 그 몸 위에 실이 칭칭 감겨 있었다지 뭐야. 무슨 거미줄 같았다나."

거미줄.

민서는 수영의 방 안에서 봤던 거미줄이 생각났다. 그리고 연못에서 봤던 그 남자도 떠올랐다. 수영은 그들을 죽이고 싶어 했고, 그들은 그 기억을 가진 요괴에 의해 살해당한 것이다.

민서는 오싹함을 느끼며 구경꾼 무리에서 빠져나와 피시방으로 향했다. 한여름 아스팔트에서 올라오는 열기가 유독 뜨겁게 느껴졌다. 갈증을 느낀 민서는 편의점에 들러 냉장고에서 에너지 드링크를 꺼내서 계산하고 바로 마셨다. 정신이 약간 드는 느낌이었다.

위잉~

손에 들고 있던 스마트폰이 울렸다. 엄마의 전화였다.

"여보세요."

[민서야, 별일 없지? 아까 들은 소리가 신경 쓰여서 전화했어.]

"응, 나는 괜찮아. 앞 건물에 사는 사람이 아파서 구급차를 불렀나 봐."

[아, 그랬구나. 다행이다.]

민서는 사실을 얘기하지 않았다. 살인 사건이라고 하면 엄마가 당장 와서 집으로 가자고 할 것 같았다.

"엄마, 나 하나 궁금한 게 있는데 물어봐도 돼?"

[궁금한 거? 뭔데, 말해 봐.]

"엄마 혹시 나 고등학생 때 같은 반이었던 한수영이라고 알아?"

[한수영? 네가 걔 얘기를 왜 해.]

"왜 하냐니, 친했던 애잖아."

[민서야, 너 지금 무슨 소리 하는 거야. 아무리 충격이 컸다지만 그것까지 잊어버린 거야?]

"잊어버리다니?"

[수영이 그 애는…… 민서 너를 가장 악랄하게 괴롭힌 애잖아. 그것도 아주 교묘하게. 증거도 증인도 없어서 학폭 신고도 못 했잖아.]

민서는 머리가 멍했다. 수영의 죽음을 안타까워했는데, 자신을 절망의 구렁텅이로 밀어 넣었던 장본인이었다니.

갑자기 머릿속에서 간유리가 걷히면서 고등학생 때 자신을 괴롭히던 애들의 모습이 선명하게 떠올랐다. 그들 중에 가장 즐거워하던 사람이 바로, 바로 한수영이었다.

민서는 얼빠진 표정으로 편의점 문을 나섰다. 시간을 보니 3시 53분이었다. 피시방으로 가기 위해 편의점 모서리를 따라 돌았다.

"언니?"

민서의 눈앞에 익숙한 얼굴이 놀란 표정을 하고 있었다.

"너…… 네가 왜 여기."

놀란 얼굴은 이내 울음을 터뜨릴 듯하더니 고개를 돌려 그 자리를 뜨려고 했다.

"희수야!"

민서는 돌아선 희수의 팔을 붙잡아 당기고는 두 손을 어깨에 올렸다.

"너 그동안 어디 있었어?"

민서가 따지듯 물었다.

"미안해, 언니."

희수는 고개를 숙이며 울먹였다. 민서는 희수에게 뭔가 말하려고 했지만, 갑자기 말하는 걸 까먹은 사람처럼 답답해졌다.

5.

"그동안 대체 어디 있었어."

민서는 원룸 안에서 희수와 마주하고 있었다. 티테이블 위에는 탄산음료 캔 두 개가 놓여 있었다.

"그냥, 여기저기."

희수는 민서의 물음에 힘없는 목소리로 대답했다.

"여기저기라니, 어디를 말하는 거야. 내가 청소년 쉼터를 얼마나 뒤지고 다녔는지 알아?"

민서의 말에 희수는 말없이 고개를 숙였다. 그때 전화벨이 울렸다.

"여보세요."

[민서 씨, 나 현호. 왜 출근 안 해?]

"아, 죄송해요. 갑자기 일이 생겨서 정신이 없었네요. 오늘은 출근 못 할 거 같습니다."

[아이참, 갑자기 그러면 어떻게 해. 곤란하게.]

"정말 죄송합니다. 그럼 내일 뵐게요."

[민서 씨, 무슨…….]

민서는 상대방이 말을 끝내기도 전에 전화를 끊었다. 작게 한숨을 쉬고 희수를 봤다.

"내가 그동안 어떻게 산 줄 알아? 어디서 사고 소식이라도 들으면 가슴 졸인 게 한두 번이 아니야. 아빠, 엄마랑 내가 얼마나 널 걱정하며 살았을지 생각이라도 해 봤어?"

"미안해, 언니."

"그래서 뭐 하고 살았는데."

"어떤 사람 집에서 살았어. 그 사람 하는 일 도와주면서."

"어떤 사람이라니. 혹시 그 뭐냐, 헬퍼인지 뭔지 그런 사람이야?"

"응, 뭐 그런 거."

"무슨 일을 도와줬는데?"

"장사하는 거 도와줬어."

"무슨 장사?"

"집에서 인터넷 쇼핑몰 하는 사람인데, 물건 받고 보내는 데 일손이 필요하다고 해서 그런 일 했어."

"남자? 여자?"

"여자. 옷 장사 하는 사람이야."

민서는 말없이 희수를 노려봤다.

"정말이야?"

"언니, 내 말 못 믿어?"

"너 같으면 가출해서 3년 만에 길거리에서 마주친 동생이 하는 말을 다 믿을 수 있겠어?"

"그러니까 미안하다고 했잖아."

희수가 짜증 내듯 말했다. 두 사람 사이에 잠시 침묵이 흘렀다.

"그래서, 이 동네는 무슨 일로 온 건데."

"심부름으로 왔어."

"그럼 다시 그곳으로 갈 거야?"

"가야지, 갈 곳도 없는데."

"언제까지 그렇게 살 건데."

"나도 몰라."

민서는 길게 한숨을 쉬고 나서 말했다.

"희수야, 언니는 그때 내가 외면한 거 후회하고 있어. 그래서 죄책감 때문에 이렇게 나와서 너 찾아다니며 살았고."

희수는 말없이 민서의 얼굴을 쳐다봤다.

"나랑 같이 집에 가자."

민서가 희수의 눈을 보며 말했다.

"이제 와서 집에 가면 엄마 아빠가 받아 줄까?"

"그럼, 나 못지않게 네 걱정 많이 한 사람이 엄마 아빠야. 다 용서하실 거야. 너나 나나 학교생활은 엉망이었지만 앞으로 새롭게 살 기회는 있을 거야. 공부도 다시 시작하면 돼. 같이 검정고시 공부해서 대학도 가고. 희수 네가 다시 시작해 준다면 이 언니도 그럴 수 있을 거 같아. 부탁이야, 응?"

희수는 민서의 얼굴을 한참 보더니 고개를 숙였다.

"언니, 미안해. 나 때문에 학교도 포기하고 혼자 살면서 고생하고."

"정말 미안하면 돌아와. 너만 돌아와 준다면 나도 용기 내서 살 수 있을 거 같아."

고개를 든 희수의 눈에는 눈물이 고여 있었다.

"고마워, 언니."

"그럼 희수는 언니랑 같이 집에 가는 거다, 알았지?"

희수는 울먹이며 고개를 끄덕였다.

"좋아. 그럼 엄마한테 전화한다."

"알았어. 나 잠깐 세수 좀 하고 올게. 울었더니 얼굴이 엉망이네."

"그래, 화장실은 저기야."

"응."

희수가 화장실 문을 열고 들어가는 것을 보며 민서는 엄마에게 전화를 걸었다.

[여보세요.]

"엄마, 나 민서."

[어, 민서야. 그렇게 전화 안 하던 애가 요즘 자주 통화하네.]

"그래서 불만이야?"

[아니, 신기해서 그렇지 뭐. 그나저나 너 무슨 일 있니? 목소리도 좀 달라진 것 같다.]

"무슨 일 있지."

[무슨 일인데?]

"엄마."

[응?]

"나 희수 찾았어."

[뭐?]

"그렇게 찾아다닐 때는 안 나타나더니 길 가다 마주쳤지 뭐야. 그동안 별문제 없이 살았나 봐. 다행이지? 그래서 집으로 데려가려고. 나랑 같이 가기로 했어."

[민서야?]

"응?"

[희수를 찾았다고?]

"그렇다니까. 엄마도 믿기지 않지?"

[그게 아니고…….]

"그럼 뭐야."

[너 정말 희수를 만난 거니? 꿈꾼 거 아니고?]

"그래, 꿈 아니야. 희수는 지금 화장실에 있어."

[민서야.]

"응?"

[지금부터 엄마가 하는 얘기 잘 들어, 알았지?]

"무슨 얘기?"

[이 엄마가 갈 테니까 너는 꼼짝 말고 거기 있어. 어디 나가지 말고.]

"희수랑 엄마한테 가려고 했는데 엄마가 데리러 오려고?"

[민서야.]

"엄마, 왜 자꾸 내 이름만 불러? 희수를 찾았다는데 기쁘지 않아?"

[희수는 죽었잖아.]

"뭐?"

[3년 전에 자기 방에서 목매달아 죽은 거 처음 발견한 게 너잖아. 그때 기절해서 쓰러진 다음 충격으로 기억 상실증 걸리고 정신 치료 받다가 의사 선생님이 동생이 죽은 집에서 분리되어 사는 게 도움이 될 수 있다고 해서 그렇게 혼자 살고 있는 거잖아.]

"엄마, 지금 무슨 소리 하는 거야. 나는 가출한 희수 찾으려고 이렇게 나온 건데, 희수가 죽다니."

[그건 네가 만들어 낸 기억이야. 그동안은 의사 선생님의 말씀도 있고 해서 어쩔 수 없이 네 말을 맞춰 줬지만, 더는 안 되겠다.]

"엄마, 왜 그래? 만들어 낸 기억이라고? 희수가 죽었다고? 왜 그런 말도 안 되는 소리를 하는 거지? 희수는 지금 화장실에서……."

그때 화장실 문이 열리면서 희수가 무표정한 얼굴로 나왔다.

[민서야, 엄마가 갈게. 그러니까…….]

민서는 순간적으로 현기증을 느끼며 들고 있던 스마트폰을 떨어뜨렸다.

[민서야. 민서야. 내 말 들리니? 민서야!]

희수가 차분히 걸어 나와 떨어진 스마트폰을 줍더니 버튼을 눌러 전화를 끊고 민서에게 내밀었다. 민서는 멍한 표정으로 스마트폰을 건네받으며 희수를 쳐다봤다.

그 순간, 갑자기 머리가 핑 돌았다. 어지러움을 느낀 민서는 스마트폰을 티테이블 위에 놓고 두 손으로 머리를 잡았다.

파노라마처럼 머릿속에 펼쳐지는 기억들 속에서 가장 먼저 떠오른 건 천장에 목을 매고 축 늘어진 채 흔들리는 동생의 시신이었다. 죽은 희수의 얼굴이 떠오르자 민서는 비명을 질렀다. 매일같이 학교에서 괴롭힘을 당하던 기억과 함께 절망하며 울던 희수의 얼굴이 떠오르자 수많은 바늘로 온몸을 쿡쿡 찌르는 듯한 통증이 느껴졌다.

그렇게 머리를 붙잡고 고통스러워하는 민서를 지그시 보기만 하던 희수가 피식 웃었다.

“역시, 사진만으로는 안 되겠네.”

그 말에 민서가 고개를 들었다.

“뭐?”

“네가 보여 준 그 사진 있잖아. 동생 사진 말이야.”

민서는 희수의 얼굴을 보며 눈을 동그랗게 떴다.

“아, 맞다. 나야, 수영이.”

희수의 얼굴이 지점토처럼 뭉개지더니 다시 형태를 잡으며 수영의 얼굴로 바뀌었다. 경악한 민서는 충격에 아무런 소리도 못 냈다.

“하하하, 너 표정 되게 웃긴다. 그러고 보니 고등학생 때가 생각나네. 그때도 그런 표정이었지.”

“너…… 너, 너 뭐야.”

민서가 쥐어짜 내듯 말했다.

“나, 수영이잖아. 한수영.”

“아냐, 넌…… 넌 괴물이야.”

“나 수영이 맞아. 수영이 기억을 전부 흡수했으니 나는 수영이야. 물론 내 안에 수영이만 있는 건 아니지만.”

희수에서 수영의 얼굴로 변한 괴물은 씁쓸한 미소를 지었다.

"나는 말이야, 일본 시골 마을에서 오랜 시간 동안 인간들의 공양을 받고 살아왔어. 그때는 제물로 바쳐진 사람의 기억을 구경하는 것만으로도 재밌었는데, 나중에는 그것도 질리더라. 그래서 그곳을 나와야겠다고 생각하던 차에 수영이를 만나게 된 거지."

괴물은 민서의 겁에 질린 얼굴을 보더니 다시 말을 이었다.

"믿기 힘든 얘기라는 건 알아. 아무튼, 나는 일본에서 수영이가 돼서 한국에 왔어. 내 안에는 수영이의 자아가 있는 셈이지. 그런데 이 한수영은 아주 재밌는 인간이더라고. 사람을 괴롭히는 걸 무척 즐겼지. 너를 괴롭힐 때를 생각하면 지금도 짜릿해. 그러고 보니, 너 나한테 고맙다고 해야지. 내가 수영이를 죽여 줬잖아. 네가 수영이를 얼마나 죽이고 싶었는지 말 안 해도 알아."

"아, 아냐. 그렇지 않아. 나…… 난 그냥……."

"괜찮아. 나한테는 솔직해져도 돼. 나, 그러니까 수영이도 죽이고 싶은 사람이 많더라고. 그래서 그 소원을 들어줬지. 그 학교 연못에서 만난 남자는 내가 본모습을 드러냈더니 살려 달라고 울면서 비는데 정말 볼 만했어. 그리고 그 교회 오빠인가 뭔가는 수영이 쫓아다니던 스토커였어. 정식으로 사귀자며 집으로 초대했더니 아주 좋아 죽더라. 정신병자 새끼들이지."

"그, 그다음이 나였구나."

"어머, 너 참 눈치가 빠르구나. 고등학생 때 좀 그렇게 눈치가 빨랐으면 괴롭힘 덜 당했을 텐데 말이야. 하하. 원래는 옛날처럼 널 좀 괴롭혀 주려고 했는데, 무슨 일이 있었는지 나를 까맣게 잊고 있어서 처음엔 놀랐어. 그래서 생각을 바꿨지. 그 상태로 좀 더 지켜보는 것도 재밌을 거 같아서. 그런데 갑자기 일본에서 수영이 시신이 발견되었다는 소식을 듣고 어쩔 수 없이 일단 네 동생이 되기로 했어. 그래서 일부러 너를 찾아온 거야, 우연을 가장해서."

"왜 하필이면 희수가 된 거지?"

"수영이 엄마가 자꾸 의심하잖아. 희수는 가출한 애라 그런 귀찮은 일은 겪지 않을 것 같았지. 그런데 이미 죽었다니. 그 충격에 너는 기억을 잃었다고? 왜 나를 기억 못 했는지 이제 알았네. 너도 참 재밌는 애구나."

괴물은 민서를 보며 씨익 웃는 표정을 지었다.

"결국, 이게 다 운명 아니겠어? 그렇게 생각하는 게 마음 편할 거야."

"우, 운명이라고? 희수가 그렇게 죽은 것도, 내가 그 충격에 기억을 잃고 사는 것도 다 운명이라는 거야?"

민서는 분노한 표정을 지었다.

"아니면 뭐, 저주라고 해야 하나?"

"너한테는 이 모든 게 놀이 같은 거야? 인간의 기억을 가지고 있다면서 인간이 그렇게 하찮게 느껴져? 생명이나 인격에 대한 존엄성 같은 건 없는 건가?"

"인격? 존엄성? 그래서 너는 그동안 그 인간적 대우를 잘 받으며 살았어? 한수영이란 인간도 그렇지만, 나는 인간이 같은 인간을 짓밟는 걸 수없이 많이 봤어."

"아무리 그래도 인간이 너 같은 괴물에게 장난감 같은 존재가 되는 건 용납할 수 없어."

"그래, 인간은 오로지 인간의 기준으로 생각하지. 인간들은 식용으로 사육하는 동물들에게 별 감정 없잖아. 그런 소리 해 봤자 나같이 인간이 아닌 존재에게는 소용없어. 인간이 고기 먹을 때 아무 감정 못 느끼는 거랑 같은 거야."

"그래서, 이제 내가 되겠다고?"

"그렇지. 희수로 살아 볼까 했는데 죽었다니 지금은 너만큼 적당한 대상이 없네. 그래도 바로 죽이지는 않을 거야. 먼저 뇌수에서 기억을 뽑아야지. 그런 다음 너는 소멸되고 나는 네가 되는 거야. 그럼, 시작해 볼까."

괴물은 기괴한 동작을 취하더니 몸을 웅크렸다 폈다. 옆구리에서 가늘고 기다란 다리가 뻗어 나오면서 여섯 개의 다리가 달린 커다란 거미의 형상으로 바뀌었다.

다음 순간, 거미 요괴는 민서를 무섭게 노려보며 달려들었다. 민서는 갑작스러운 기습에 피할 겨를도 없이 속수무책으로 서 있다가 뒤로 쓰러졌다.

"으윽."

거미 요괴는 민서를 덮친 상태로 노려보며 말했다.

"금방 끝날 거야. 그리고 너는 내가 되는 거니까 나로 살면 돼. 자, 그럼……."

요괴의 입에서 가늘고 뾰족한 침 같은 것이 나왔다. 그리고 민서를 들어 올리려고 몸을 밀착했다.

바로 그때.

"우욱."

거미 요괴가 움직임을 멈추더니 민서의 몸에서 떨어지며 뒤로 물러섰다. 민서의 손에 뭔가 들려 있었다. 그것은 주머니 속에 있던 펜 모양의 주물이었다.

"너…… 너, 뭐야."

민서가 힘없이 몸을 일으키며 말했다.

"네가 인간을 사냥하듯 요괴 사냥꾼이 있다는 거 알아? 얼마 전에 바로 그 요괴 사냥꾼을 만났어. 워낙 황당한 소리라 처음엔 믿지 않았지. 그런데 네가 그걸 믿게 해 줬어. 너를 죽일 수 있는 물건이라는 주물의 힘도 믿게 되었고. 오랫동안 인간을 희생시켜 가며 네 욕심을 채웠으니 이제 그 벌을 받아야지."

"이…… 이건 말도 안 돼."

"너한테 목숨을 잃은 인간들도 죽기 전에 바로 지금의 너 같았을 거야. 그러니 그 기분을 느껴 봐. 이제 한 번만 더 찌르면 끝나."

"안 돼!"

비틀거리던 거미 괴물은 전력을 다해 민서에게 돌진했다. 민서는 그 힘에 밀려 뒤로 넘어지면서 책상에 머리를 세게 부딪치고 그 자리에서 정신을 잃었다.

*

"언니."

민서가 눈을 떴다. 눈앞에는 교복을 입은 희수가 있었다.

"학교 가야지. 아직까지 자고 있으면 어떡해. 엄마가 빨리 밥 먹으래."

"어?"

민서는 벌떡 일어났다. 책상 옆에 서 있는 전신 거울 속 자신의 모습이 보였다. 그 모습은 고등학생 민서였다.

"희수야, 너 희수 맞지?"

민서가 동생을 붙잡고 얼굴을 들여다보며 말했다.

"그럼 희수지 누구야. 언니 아직 잠이 덜 깬 것 같은데 빨리 세수하고 밥 먹어."

"어? 어."

"그럼 나 먼저 가서 밥 먹는다."

"그래."

희수가 방을 나가자 민서는 다시 한번 거울을 봤다. 다시 봐도 자신은 고등학생 민서였다.

그게 꿈이었을까? 미래에 대한 꿈. 꿈 치고 모든 게 너무 생생한데.

욕실에서 거울을 들여다보며 민서는 그런 생각을 했다.

민서는 2층에 있는 방에서 나와 계단을 통해 1층 주방으로 갔다. 희수가 혼자 밥을 먹고 있었다.

"엄마는? 아빠는? 어디 가셨어?"

희수는 민서에게 눈길도 안 주고 민서의 질문에 대답도 안 했다.

"희수야, 내 말 못 들었어?"

민서는 여전히 대답을 안 하는 희수에게 다가가서 어깨를 잡으며 물었다.

"언니 말 안 들려? 다들 어디 가셨……."

"언니."

희수가 밥 먹던 걸 멈추고 젓가락을 식탁 위에 탁 내려놨다.

"왜, 무슨 일 있어?"

희수가 숙이고 있던 고개를 들며 민서를 노려봤다.

"니가 감히 나를 죽여!"

희수가 소리침과 동시에 얼굴과 몸이 변했다. 식탁 의자를 박차고 일어서더니 거미 괴물이 되었다. 그리고 입에서 거미줄을 뿜었다.

"아아악!"

민서는 비명을 지르며 눈을 떴다. 시야에 하얀 벽과 천장이 들어왔다. 이곳이 병실이라는 것을 금방 알 수 있었다. 민서는 병실 침대에 누워 있었다.

"깨어났나 봅니다."

처음 듣는 남자의 목소리였다. 이어서 한 남자의 얼굴이 시야에 들어왔다. 중년의 남자는 험악한 인상으로 민서를 못마땅하다는 듯 쳐다봤다.

"김민서 씨? 제 말 들리세요? 정신이 드세요?"

민서는 남자를 보자마자 얼굴을 찡그렸다.

"여기가 어디죠? 내가 왜 이렇게……."

"여긴 병원입니다. 머리를 다쳐서 입원 중입니다."

민서는 자신의 머리에 하얀 붕대가 감겨 있는 것을 깨달았다.

"머리를 심하게 부딪쳐서 뇌진탕으로 정신을 잃으셨습니다."

"의사…… 선생님인가요?"

그 남자는 의사 가운을 입고 있지 않았다. 민서의 질문에 당황한 표정을 지은 남자가 말했다.

"아, 이거 제가 실례했군요. 죄송합니다. 저는 강력반의 노진태 형사입니다. 김민서 씨 방에서 발생한 살인 사건을 수사 중입니다."

"제 방에서…… 살인 사건요?"

"네, 건너편 원룸에 살던 한수영 씨가 김민서 씨 방에서 사망한 상태로 발견되었습니다. 흉기로 보이는 물건에서는 김민서 씨 지문이 있었고요."

"저는 괴물의 배를 찔렀을 뿐입니다. 그 여자는 요괴예요, 거미 요괴."

"네? 거미 요괴? 그게 무슨 말씀이시죠?"

"인간을 재미로 살해하는 요괴예요. 그리고 저한테는……."

"김민서 씨, 지금 무슨 말씀을 하시는 겁니까? 이 여자가 거미 요괴로 보이시나요?"

민서는 형사가 내미는 죽은 여자의 사진을 봤다. 그 여자의 얼굴은 한수영이었다.

그때 뒤에서 둘의 대화를 듣고 있던 흰 가운의 남자가 다가와서 말했다. 그가 바로 담당 의사였다.

"아무래도 심한 정신 착란 증세 같습니다. 강한 현실 도피의 욕구가 허구의 이야기를 만들어 내는 건 자주 있는 일입니다."

형사는 고개를 끄덕였다.

"아, 그럼 좀 더 시간이 필요한 건가요, 제대로 된 진술을 들으려면?"

"네, 아무래도……."

"무슨 소리예요? 저는 분명히 봤어요. 그 괴물은 학교에서 남학생도 살해했어요. 그 여자 노트북에 증거가 있어요. 그 여자

방에 있을 겁니다.”

민서가 심각한 표정으로 말했다.

“죄송하지만, 수영 씨 방에서는 노트북이 발견되지 않았습니다.”

형사의 말에 민서는 당황했다.

“말도 안 돼. 그 여자는 괴물이에요. 제발 믿어 주세요.”

“의사 선생님 말씀대로 김민서 씨는 정신 착란에 의한 망상으로 괴물을 만들어 낸 겁니다. 그러니까 정신 차리시고…….”

“환자분에게 그렇게 말씀하신다고 바로 현실을 받아들이지는 못합니다. 당분간은 혼란을 겪을 듯하니 좀 기다려 보시죠.”

옆에 있던 의사가 만류하자 노진태 형사는 고개를 끄덕였다.

“왜 저를 미친 사람 취급하는 거죠? 저의 정신은 멀쩡하다고요.”

민서가 흥분한 목소리로 외쳤다. 의사가 형사를 뒤로 물리고 다가왔다.

“진정하세요. 일단 안정을 취하시는 게 중요합니다. 박 간호사, 안정제 좀.”

“네.”

뒤에서 간호사가 주사기를 가져와 의사에게 건넸다. 의사는 바로 민서의 팔에 주사를 놨다.

“안 돼. 그 괴물은 아직 안 죽었어. 어서 나를 풀어 줘.”

“현실 감각을 찾으려면 좀 더 시간이 필요할 겁니다. 일단 좀 쉬세요.”

"안 돼! 이대로 두면 안 돼!"

"네네, 잘 알겠습니다. 잠시 좀 쉬시면 마음이 편해지실 거예요."

의사가 차분한 목소리로 달래자 민서는 스르르 눈을 감았다.

"형사님, 환자 상태가 호전되면 다시 연락을 드리겠습니다. 오늘은 그만 돌아가시죠."

의사가 말하자 노진태 형사와 그의 부하로 보이는 형사는 고개를 끄덕였다.

"네, 그럼 김민서 씨가 다시 깨어나면 연락 부탁드립니다."

의사와 형사는 잠든 민서를 뒤로하고 병실을 나갔다.

*

국과수 시체 안치실. 문이 열리면서 흰색 가운을 입은 여자가 들어왔다. 핸드폰을 들고 통화를 하고 있었다.

"아니, 조직 검사 결과가 인간의 것이 아니라니, 그게 무슨 말씀이세요?"

부검의는 전화 상대의 설명을 들으며 미간을 찌푸렸다.

"제가 바로 피부 조직을 채취해서 라벨을 붙였는데 그게 어떻게 바뀔 수 있냐고요."

부검의는 전화 통화를 하면서 '한수영'이라는 이름이 적혀 있는 냉장고 문을 열고 여성의 시신을 꺼냈다.

"무슨 일을 그렇게 해요. 제가 조직 샘플을 다시 보내 드릴 테니 이번엔 제발 좀 제대로 해 주세요."

부검의는 혀를 차며 전화를 끊더니 냉장고에서 꺼낸 시신을 등지고 서서 조직 샘플을 담을 용기를 정리했다.

그때, 부검의 등 뒤에 누워 있던 수영의 시신이 스르르 일어나더니 다가왔다. 그것도 모르고 부검의가 채취 기구들이 담긴 쟁반을 들려는 순간, 뒤에 있던 수영이 손으로 부검의의 입을 막았다.

"으읍!"

놀란 부검의는 들고 있던 쟁반을 떨어뜨리며 입을 막은 손을 잡았다. 하지만 부검의는 그녀를 뒤에서 껴안듯 붙잡은 수영으로부터 벗어나지 못했다. 비명을 지르고 싶었지만 엄청난 힘으로 입을 틀어막고 있는 손을 뿌리칠 수 없었다. 마치 야생 동물이 사냥꾼의 덫에 걸려 꼼짝도 못 하듯 발버둥조차 치지 못한 것이다. 여자를 붙잡고 있는 수영의 얼굴에는 인간의 것이라고 생각되지 않는 사악한 미소가 떠올랐다.

잠시 후, 영안실의 문이 열리더니 흰색 가운을 입은 여성이 나왔다. 들어갔던 부검의의 모습 그대로였다. 한 손에는 샘플 케이스를 들고 유유히 병원 복도를 걸어가는 부검의의 얼굴에서 환한 미소가 피어났다.

부검의는 엘리베이터 앞에 섰다. 올라가는 화살표 등이 깜빡이더니 이윽고 문이 열렸다. 엘리베이터 안에는 선글라스를 쓴 은발의 여성이 서 있었다. 그 여성은 부검의를 보더니 미소를 지었다. 부검의는 약간 놀란 듯 멈칫했지만, 표정을 바꾸어 미소로 맞받아치며 힘있게 엘리베이터 안으로 걸어 들어갔다. 문 쪽으로 몸을 돌려 6층의 버튼을 눌렀다.

등 뒤에 서 있는 은발의 여성이 싱글벙글한 표정으로 부검의의 뒷모습을 보다가 '후훗' 하고 웃었다. 그러자 부검의는 순간적으로 험악한 인상이 되더니 얼굴이 무서운 요괴로 변했다.

"소용없어."

요괴가 몸을 돌리려는 순간, 은발의 여성은 재빨리 요괴의 등에 노란 종이를 붙였다. 그건 부적이었다.

"이 씨."

화가 난 요괴는 인상을 쓰며 입을 열다가 문득 멈췄다. 입꼬리를 과장되게 끌어 올리며 기괴한 미소를 지었다.

"켁켁켁켁켁켁켁켁켁켁켁켁켁켁켁켁켁켁켁켁켁켁켁켁켁켁켁켁켁켁켁켁켁켁켁켁켁켁켁켁켁켁켁켁켁켁켁켁켁켁켁켁켁켁켁켁켁켁켁켁켁켁켁켁켁켁켁켁켁켁켁켁켁켁켁켁켁켁켁켁."

요괴는 마치 고장 난 말하는 인형처럼 기계적인 웃음소리를 내더니 다음 순간 입에서 하얗게 긴 솜털을 쏟아 냈다. 몸을 가누지 못하고 비틀거리며 머리를 사방으로 저었다. 긴 솜털들은 마치 제설기에서 나온 눈처럼 사방에 뿌려졌다. 그렇게 발광하던 요괴는 몇 초 안 되어 동작을 멈추었다. 험악했던 얼굴도 무표정으로 바뀌었다. 은발의 여성은 아무런 말 없이 6층 버튼을 해제하고 지하 2층 버튼을 눌렀다.

지하 2층 엘리베이터 문이 열렸다. 지하 2층은 주차장 층으로 아무도 없었다.

"가자."

부검의의 얼굴로 돌아온 요괴는 무표정한 상태로 최면에 걸린 듯 은발 여성을 따라갔다. 그렇게 두 사람은 검은색 스포츠카를 타고 국과수 건물 밖으로 나갔다.

잠시 후 3층에서 엘리베이터 문이 열렸다. 젊은 남자 두 명이 엘리베이터에 타려다 놀라며 말했다.

"여기 왜 이래."

"어? 뭐야, 이거."

엘리베이터 안에는 솜사탕 기계가 흘린 것처럼 구석구석 거미줄들이 있었다.

이윽고 엘리베이터 문이 닫혔다.

# 벼랑 끝에서

## 홍정기

네이버 블로그에서 '엽기부족'이란 닉네임으로 장르 소설을 리뷰하고 있는 리뷰어이자 소설가. 추리와 SF, 공포 장르를 선호하며 장르 소설이 줄 수 있는 재미를 좇는 장르 소설 탐독가. 2020년 『계간 미스터리』 봄여름호에 「백색 살의」로 신인상을 받으며 등단했고, 2022년에 연작단편집 『전래 미스터리』와 단편집 『호러 미스터리 컬렉션』을 발표했다.

도저히 움직이지 않는 발끝을 뗐다.

한 발자국.

두 발자국.

다시 한번 고막을 찢을 듯한 굉음에 이어 더욱 강한 기세로 연기가 솟구쳐 올랐다.

나는 두 발을 땅에 붙이고 고개를 들어 밤하늘을 짙게 뒤덮은 연기를 바라봤다. 낭떠러지 아래서 피어오른 연기가 금세 머리 위 초승달을 뒤덮었다. 그제야 비로소 세상에 완벽한 어둠이 내려앉은 것 같았다.

간헐적인 폭발음. '타닥 타닥' 타오르는 소리와 함께 매캐한 휘발유 타는 냄새가 콧속을 찔렀다.

"끄아아아아아아……."

바람을 타고 들려오는 비명.

고통 속에서 몸부림치는 그의 모습이 떠올랐다.

끔찍한 생각을 떨쳐 내려 세차게 고개를 흔든다.

이내 처절한 비명이 잦아들고 그 사이를 주기적인 파도 소리가 메운다.

나는 심호흡을 하고 다시 다리에 힘을 줬다.

한 발자국.

두 발자국.

뭔가에 이끌리듯 벼랑 끝으로 걸어간다.

한 발자국.

두 발자국.

절벽까지 와 닿는 불의 열기에 얼굴이 따끔거린다.

난 대체 뭘 확인하려 하는 건가.

이유도 모른 채 내딛던 발걸음이 어느새 벼랑 끝에 가 닿았다.

*

두 시간 전.

제법 선선한 바람이 부는 10월의 어느 날.

도로를 삼킬 듯 울창하게 뻗어 있는 나무 사이로 쏟아지던 햇살이 잦아들고 서산으로 해가 기울자 산복 도로에는 금세 어두운 그늘이 드리웠다.

이제 막 해가 저물어 가는 초저녁이었지만 헤드라이트를 켜지 않고는 한 치 앞도 분간하기 어려웠다. 은색 포르쉐 파나메라의 보닛을 타고 물결치듯 흘러가던 빛의 점들이 순식간에 사라지고 그 자리를 칠흑의 어둠이 통째로 집어삼켰다.

차 밖까지 새어 나오는 신나는 일렉트로닉 댄스 음악과는 달리 차내 공기는 무겁게 가라앉아 있었다.

뱀 허리같이 구불거리는 산복 도로가 끝없이 이어졌다. 어둠 속에서 비포장도로의 진동에 맞춰 흔들리는 스마트폰 불빛이 쉴 새 없이 은혜의 얼굴을 오르내렸다. 내내 입술을 비죽 내민 채 뾰로통한 표정의 은혜가 마침내 입을 열었다.

"벌써 몇 시간째야. 안 가겠다는 걸 억지로 끌고 삼척까지 오더니…… 이게 뭐냐고."

투덜거리는 은혜를 향해 기남이 날카롭게 쏘아붙였다.

"씨발, 운전하는데 네가 옆에서 계속 주접을 떨어서 길을 잘못 들었잖아!"

"길은 지가 잘못 들고 왜 나한테 개지랄이야."

은혜가 중얼거리며 무릎 위에 얹은 샤넬 사첼백에서 던힐 담뱃갑을 꺼내 들었다. 자연스럽게 담배 한 개비를 입에 문 은혜를 보자 기남이 눈을 부릅떴다.

"야, 담뱃재 떨어진다고! 내가 차 안에서는 절대 담배 피우지 말라고 했지. 어?!"

기남은 운전대를 잡지 않은 오른손을 은혜를 향해 위협적으로 치켜들었다. 은혜의 얼굴에 기남의 손그림자가 드리운 순간, 은혜의 어깨가 크게 움츠러들었다. 은혜의 입에 물려 있던 담배가 떨어지고 차 안을 가득 채우던 음악 소리가 지워질 정도로 날카로운 비명이 울려 퍼졌다.

"꺄아아아아아악!"

새된 소리를 지른 은혜가 기남의 오른손을 붙잡고 드잡이를 시작했다.

"이, 이거 안 놔? 지금 운전 중이라고."

아닌 게 아니라 포르쉐는 좁디좁은 산복 도로에서 위태롭게 흔들리고 있었다. 당황한 기남의 목소리에 은혜가 더욱 거세게 매달렸다.

"또, 또 때리려고! 이럴 거면 왜 데리고 왔어, 이 망할 놈아."

은혜의 눈에서 눈물이 또르륵 흘러내렸다.

"다시는 안 때리겠다며? 한 번만 더 기회를 달라며! 널 믿은 내가 미친년이지. 흐흑."

흐느낌은 이내 오열이 됐다. 기남은 인상을 구기며 운전석 창문을 내려 길게 코를 들이마신 뒤 가래침을 뱉었다. 요란한

EDM은 꺼지고 차 안에는 불편한 정적만이 내려앉았다.

잠시 후 기남이 뒷머리를 긁적이며 말했다.

"아니, 네가 자꾸 날 긁으니까 그런 거 아냐. 내가 차에 예민한 거 뻔히 알면서……."

돌아오는 대답은 없었다. 한 번씩 코를 훌쩍이는 소리만이 차 안에 은혜가 타고 있음을 알리는 듯했다.

"어. 저기, 저."

은혜가 갑자기 전방을 향해 손가락질했다.

포르쉐가 끝없이 이어질 것 같던 임도를 지나 깎아지른 절벽 위 해안 도로를 달리고 있을 때였다. 누군가가 운전석 쪽 헤드라이트 불빛에 기다란 그림자를 드리운 채 어둠 속 도로가를 걷고 있는 것이 아닌가.

기남은 눈을 비볐다 다시 떴다. 헛것이 아니었다. 정말로 누군가가 깎아지른 낭떠러지 끝을 느릿느릿 걷고 있었다. 굽은 허리에 질질 끄는 발걸음. 어둠과 분간하기 힘든 검은색 상하의와 반대로 헤드라이트 불빛에 반사되는 백발의 머리통은 마치 머리만 허공에 둥둥 떠다니는 것처럼 보였다.

"뭐야, 저 미친놈은. 이 오밤중에 여긴 왜 있는 거야."

기남의 말끝이 낮게 떨렸다. 도저히 이해할 수가 없었다. 산복도로에 접어든 이후로 인가다운 인가는 지나친 적이 없었다. 저 노인네는 대체 어디서 튀어나온 것인가. 아니, 그보다 왜 이 시간에 이런 산길을 헤매고 있는 건가.

"오빠, 그냥 갈 거야?"

이런저런 생각에 빠져 있는 기남에게 은혜가 슬며시 물었다.

"미쳤냐. 저 영감탱이가 누군 줄 알고 차에 태워. 오밤중에 산길을 헤매는 거 보면 노망난 게 분명하다고."

신경질적으로 대꾸한 기남은 오히려 거세게 액셀을 밟았다. 포르쉐는 요란한 엔진음과 함께 벼랑 끝의 노인을 위협하듯 빠르게 스쳐 지났다.

기남은 그제야 후련한 듯 다시 운전석 창문을 내리고 걸쭉한 가래침을 뱉어 냈다. 은혜는 고개를 돌려 어둠 속으로 빠르게 사라져 가는 노인에게서 쉽사리 눈을 떼지 못했다.

그렇게 노인을 지나치고 얼마나 지났을까. 운전대를 붙잡은 기남이 연신 고개를 갸웃거렸다.

"이렇게 긴 해안 도로가 있었나."

절벽 위 해안 도로에 접어든 뒤로 차는 좀처럼 해안 도로를 빠져나가지 못하고 있었다. 내비게이션의 지도는 온통 파랬다. 해안 도로를 바다로 인식하고 있는 것이다. 이정표도 없어서 어디쯤 왔는지 확인할 수도 없었다. 언제부턴가 지나친 길을 계속 돌고 도는 것 같은 느낌마저 들었다.

"오…… 오빠…… 저, 저기……."

은혜가 다시 바들바들 떨리는 손가락을 들어 올렸다. 손가락이 가리키는 곳에 하얀 머리통이 어둠 속을 부유하고 있었다.

"뭐, 뭐야. 또 노인네잖아."

"오빠…… 아까 그 할아버지 아냐?"

기남의 등골에 식은땀이 주르륵 흘렀다.

그럴 리가 없다. 하지만 조금씩 가까워지는 노인의 모습은 분명 조금 전 지나친 노인과 같았다. 정말로 같은 사람? 쌍둥이? 설마……. 길을 잃은 건 그렇다 치자. 하지만 직진 길에서 지나친 노인네가 다시 차 앞에 나타날 수가 있단 말인가. 도저히 이해할 수가 없었다.

그때 은혜가 기남의 오른팔을 스윽 감았다.

"오빠, 우리 그냥 태워 주자."

뭔가 말하려던 기남이 애써 입을 다물었다. 오른팔을 거머쥔 은혜의 손끝에서 약한 떨림이 전해졌기 때문이다.

귀신에 홀린 건가. 그것도 은혜와 함께? 앞으로의 일을 생각했을 때 노인은 무시해야만 한다. 하지만 노인을 지나치면 언제까지고 이놈의 해안 도로를 달릴 것 같은 불길한 예감이 떠나지 않았다.

"오빠……."

기남은 한 번 더 옷깃을 잡아끄는 은혜 때문에 마음을 굳혔다.

"그래. 알았다, 알았어. 망할 영감탱이 목숨 한번 살리지 뭐."

기남은 속도를 낮춰 노인의 바로 옆에 차를 멈춰 세웠다. 운전석 창문을 내린 기남이 차갑게 내뱉었다.

“어디까지 가는지는 모르겠는데, 일단 타슈.”

걸음을 멈춘 노인이 천천히 고개를 들었다.

“괜찮겠는가?”

“마음 바뀌기 전에 얼른 타쇼.”

기남의 마음이 바뀔까, 은혜가 서둘러 거들었다.

“할아버지, 사양 말고 타세요.”

주름진 노인의 입꼬리가 히죽 올라갔다.

“흘흘흘. 뭐 그럼…… 사양은 않겠네.”

노인은 뒷좌석 문을 열고 느릿하게 은색 파나메라에 몸을 실었다. 기남은 뒷좌석 문이 닫히고 실내등이 꺼지기 전 슬쩍 백미러 너머로 노인을 살폈다. 얼핏 봐도 일흔은 족히 넘어 보이는 노인이었다.

빽빽한 백발에 핏기 하나 없는 창백한 얼굴, 주름진 초승달 같은 눈 사이로 언뜻 보이는 날카로운 눈동자. 분명 입은 웃고 있지만 묘하게 차가워 보이는 얼굴이었다.

순간 영감과 눈이 마주친 기남은 황급히 시선을 내렸다. 아주 잠깐이지만 맹렬한 적의가 담긴 시선에 신경이 타 버리는 것만 같았다.

“이 밤중에 어디 가시던 길이세요?”

당황한 기남을 두고 은혜가 어색한 침묵을 깼다.

*

뒷좌석에 푹 파묻힌 백발의 할아버지.

문득 돌아가신 할아버지가 떠올랐다.

우리 할아버지 머리도 저렇게 흰 눈이 내려앉은 것처럼 하얗게 셌었는데……. 뭐, 추억에 젖을 정도로 행복했던 기억은 아니다. 아니, 지독하리만큼 불행했던 기억이려나.

갑자기 기온이 영하로 곤두박질쳤던 고2 겨울.

욕실에서 목욕을 마친 할아버지가 급작스레 정신을 잃고 쓰러졌다. 뭐가 그리 급했던지, 할아버지는 바로 다음 날 마지막 유언도 없이 세상을 떠났다. 부모님을 대신해 준 유일한 보호자가 사라지자 세상엔 완벽히 나 혼자 남았다. 할아버지의 빈자리를 미처 실감하기도 전에 할아버지가 남긴 부채를 떠안았다. 사채업자가 학교까지 찾아와 협박했다. 주인집 아저씨는 월세 독촉을 하며 음흉한 눈으로 날 훑어봤다.

하루하루가 지옥이었다. 결국 도망치듯 집을 뛰쳐나왔고, 그대로 거리로 흘러들었다.

둥지를 떠난 새끼 새는 야수들의 먹잇감일 뿐이었다. 돈 한 푼 없는 나를 반기는 곳은 아무 데도 없었다. 세상이 냉정한 건 이미 알고 있었다. 하지만 거리는 내 예상보다 더욱 냉혹했다. 서로를 등치고 속여야만 살 수 있는, 강하지 못하면 도태되어 버리는 도시의 정글이었다.

우연히 섞여 들어간 가출팸은 나에게 원조 교제 사기를 종용했다. 제안을 거절하자 양아치 새끼들이 날 방 안에 가두고 집단으로 폭행했다. 거짓말 하나 안 보태고 정말로 맞아 죽기 직전, 맨발로 돼지우리 같은 방을 뛰쳐나오며 뼈저리게 깨달았다. 나는 먹이 사슬 중에서도 가장 밑바닥층인 최약자라는 걸.

그 뒤 얼치기들에게 이용당하느니 차라리 뒤를 봐주는 건달 옆에 있는 게 낫겠다는 생각이 들었다. 전봇대에 붙은 전단지를 보고 보도방에 들어갔다. 나를 본 실장 오빠는 얼굴이 반반하고 몸매가 쌔끈하다며 반색했다. 바로 그날부터 언니들과 함께 승합차를 타고 노래방에 갔다. 사회에 나와 얻은 첫 직업이 노래방 도우미였던 것이다.

밤새 일하고 받는 돈으로 위험한 거리 생활은 접을 수 있었다. 하지만 여전히 고달팠다. 일이 끝나는 새벽녘이면 몸도 못 가눌 정도로 취해 전봇대에다 비둘기 밥을 게워 냈다. 싱글거리던 실장 오빠는 나만 보면 노골적으로 2차를 종용했다. 역겨운 입 냄새를 풍기는 아저씨들은 시도 때도 없이 내 몸을 더듬고 농락했다.

이대로 얼마나 더 버틸 수 있을까, 그냥 확 죽어 버릴까 고민하던 그때. 우연히 도우미를 때려치우고 나간 친한 언니에게 연락이 왔다. 반가운 마음에 나간 자리엔 명품으로 몸을 휘감은 언니가 앉아 있었다.

"와, 언니, 몰라보겠다. 로또라도 맞았어?"

"로또는 무슨……."

"그럼 재벌 스폰이라도 잡은 거야?"

"얘는, 노래방 오는 꼰대들 어떤지 뻔히 알면서."

"그럼 뭔데. 언니, 나 궁금한 거 못 참는 거 알지? 어서 말해 봐."

"호호호. 알았어, 알았어. 너니까 말해 줄게. 너 BJ라고 알아?"

"BJ? 모르겠는데……."

"브로드캐스팅 자키라고, 인터넷 방송 같은 데서 방송하는 사람 말이야."

"아, 아프리카TV나 트위치 같은 데서 방송하는 사람?"

"잘 아네. 요즘 내가 그거 하잖아. 근데 말이야, 이게 생각보다 돈이 꽤 되더라고."

언니가 들려준 이야기에 귀가 솔깃해졌다. 몸매가 드러나는 옷을 입고 적당히 음담패설에 맞장구를 쳐 주다 슬슬 분위기가 고조되면 입고 있던 옷을 하나씩 벗어젖히면 그만이라 했다. 단지 그것뿐인데도 남자들은 미친 듯이 돈을 쏘아 댄다는 것이다.

처음엔 농담인 줄 알았다. 직접 만나는 것도 아니고, 그저 모니터 너머로 쳐다보는 것에 그 많은 돈을 쓴다고?

하지만 벗방 BJ에 대해 검색하면서 1회 방송에 수천만 원의 수

익을 올리는 BJ가 있다는 사실을 깨닫고 달리 생각하게 되었다. 최소 투자로 단시간에 최대 수익을 얻는 블루 오션이었다. 뭣보다 별다른 기술이 필요 없고 몸이 편한 일이라 구미가 당겼다.

그 뒤로 유명 BJ들의 벗방을 보며 그녀들의 스킬을 연구했다. 솔직히 연구랄 것도 없었다. 내가 그녀들보다 훨씬 잘할 자신이 있었다. 영상 속 BJ들과 견주어도 나는 몸매나 얼굴 어느 하나 빠지는 데가 없었다.

구역질해 가며 모아 둔 적금 통장을 깨 프로용 웹캠과 조명 그리고 마이크를 샀다. 모든 준비를 마친 나는 은혜라는 가명으로 방을 개설하고 마침내 실시간 방송을 시작했다.

결과가 어땠냐고?

성공. 내 예상을 훨씬 웃도는 대성공이었다.

섹시한 표정을 지을수록, 보일 듯 말 듯 아슬하게 벗을수록 수입은 수직으로 상승했다. 이제 더 이상 힘들게 도우미 생활을 할 필요가 없어졌다. 옷을 벗어 멍청한 남자들을 벗겨 먹는다. 참으로 웃기는 아이러니 아닌가.

"……지겨워서…… 클클클클……."

"네, 네?"

나도 모르게 되물었다. 착 가라앉은 할아버지의 목소리에, 과거에서 현실로 끌려 나왔다.

아, 어딜 가던 길이냐고 물어봤었지.

문득 기분 나쁘게 웃고 있는 할아버지가 눈에 들어왔다. 바싹 마른 통나무처럼 거무죽죽한 피부는 온통 검버섯과 주름들로 뒤덮여 있었다. 반달눈 사이로 서늘하게 빛나는 눈빛, 벌어진 입 사이로 보이는 싯누런 이가 묘하게 기분 나쁜 인상을 풍긴다. 할아버지와 마주하고 있자니 계속 오싹한 소름이 돋는 기분이랄까.

웃음기를 거둔 할아버지가 쇠를 긁는 목소리로 말했다.

"수백 년을 이곳에 있었지……. 이젠 지겨워. 떠나야겠어."

"하!"

터져 나오는 기남 오빠의 탄식에 그제야 할아버지에게서 시선을 뗄 수 있었다.

전방을 주시하며 운전하던 기남 오빠가 온통 인상을 찌푸리며 오른손으로 자신의 옆머리를 빙그르르 돌렸다. 무슨 말을 하는지 단박에 이해됐다. 할아버지가 미쳤다고. 노망난 할아버지를 차에 태운 것을 후회하고 있으리라.

기남 오빠의 화가 내게 쏠리기 전에 얼른 다시 할아버지에게 말을 걸었다.

"할아버지가 그렇게 오래 사셨어요? 호호호."

할아버지는 입을 가리고 웃는 나를 위아래로 천천히 훑더니 바짝 말라붙은 입술을 뗐다.

"자네들 생각보다 훨씬 오래 살았지."

할아버지는 잠시 쉬었다 말을 이었다.

"원래는 이곳을 떠날 생각이 없었어. 그런데 고을이 하나둘 사라지고 산을 깎아 길을 내면서 서서히 사람들 발길이 끊겼지 뭐야."

할아버지가 다시 누런 이빨을 드러내며 히죽 웃었다.

"사람들 죽이는 재미로 살아왔는데 이거 원, 영 사는 재미가 없는 거야……. 클클클…… 클클클클클……."

눈을 희번덕거리는 할아버지의 말이 어째서인지 농담 같아 보이지 않았다. 왜소한 체구의 할아버지에게서 강렬한 살기가 뿜어져 나왔기 때문이다. 노망이라며 대놓고 조롱하던 기남 오빠도 이번만은 아무런 대꾸도 하지 못했다.

"자네들 덕분에 이곳을 빠져나갈 수 있게 됐으니 미리 고맙다는 말을 해야겠네."

할아버지의 이해할 수 없는 말의 의미를 곱씹기도 전에 갑자기 상체가 앞으로 쏠려 조수석 글러브 박스에 머리를 처박았다.

"아야야……."

곡소리가 절로 나왔다. 나는 이마를 문지르며 정신을 차리려 노력했다.

운전을 이따위로 하냐고 악이라도 쓸 요량으로 고개를 돌렸는데, 언제 내렸는지 운전석은 텅 비어 있었다. 그사이 기남 오빠가 고래고래 소리를 지르며 뒷좌석 문을 벌컥 열었다.

"당장 내려, 이 미친 영감탱이야!"

아, 인내심이 바닥난 기남 오빠가 급브레이크를 밟고 차를 세운 거였구나. 이마나 문지르고 있을 때가 아니었다. 나는 서둘러 눈가에 고인 눈물을 훔치고 뒤쪽을 향해 엉거주춤 일어섰다.

"오, 오빠."

미처 말리기도 전에 기남 오빠는 할아버지의 멱살을 움켜쥐고 거세게 차 밖으로 끌어냈다. 할아버지는 내던져지듯 차 밖으로 끌려 나갔다.

"씨발, 재수 옴 붙었네. 빨리 꺼져 버려."

"어차피 자네들은 이곳을 벗어날 수가 없어…… 킬킬킬킬킬……."

열려 있는 뒷문 사이로 씩씩대며 서 있는 기남 오빠와 땅바닥에 주저앉은 할아버지가 보였다. 분을 못 이긴 기남 오빠가 할아버지를 구타하지나 않을까 걱정됐다. 할아버지가 기분 나쁘긴 하지만 그렇다고 미친 게 할아버지 탓은 아니지 않은가. 언제 터질지 모르는 기남 오빠 때문에 가슴이 두근거렸다. 애초에 할아버지라고 봐주는 종자가 아니었다. 저 새끼에게 여성과 아이 그리고 노인은 그저 부담 없이 짓밟을 수 있는 장난감일 뿐이었다.

"카악, 퉤! 다신 내 눈에 띄지 마. 알겠어?!"

몰래 안도의 한숨을 쉬었다. 그냥 넘어갈 요량인 듯했다. 천만다행이었다.

거칠게 침을 뱉은 기남 오빠는 그대로 운전석에 올라타 차를 출발시켰다. 나는 사이드미러로 멀어져 가는 할아버지를 오래도록 지켜봤다.

하지만 할아버지가 사라진 뒤에도 할아버지의 시선이 계속 나를 따라오는 것 같아서 뒷머리의 간질거림이 한참이나 계속됐다.

한바탕 소란이 끝나고 차는 다시 좁디좁은 비포장도로를 달리기 시작했다. 그렇게 얼마나 달렸을까. 뭔가 이상했다. 헤드라이트에 비치는 풍경들이 계속 반복되는 것 같았다. 해안 절벽을 끝없이 달리는 것 같은 기분이 좀처럼 떠나지 않았다.

*

곁눈질로 슬쩍 은혜를 훔쳐봤다. 굳어 버린 얼굴, 무릎 위로 그러모은 손이 한시도 가만히 있질 못한다.

눈치챘구나.

미친 영감탱이가 내리고 나서 차는 또다시 같은 절벽 길을 반복해 달리고 있다. 어느새 겨드랑이와 등짝에 흥건히 배어난 땀에 셔츠가 기분 나쁘게 달라붙었다. 내비게이션은 여전히 바다 위를 운행 중이다. 하아~ 망할 놈의 내비게이션. 이게 얼마짜린데 GPS 하나 제대로 못 잡는 거냐. 씨발, 기분이 엿 같다.

분노가 치솟는다.

망할 년.

이게 다 이년 때문이다.

이제껏 원하는 건 무슨 수를 써서라도 내 것으로 만들었다. 찢어지게 가난한 집에서 태어난 덕분에 자급자족하는 법을 배울 수 있었다. 무엇보다 빠르고 효과적인 폭력이라는 수단을 통해서 말이다.

학창 시절에는 폭력으로 원하는 거의 모든 것을 얻었다. 하지만 폭력으로 모든 것을 가질 순 없다는 걸 세상에 나오고서야 깨달았다.

돈. 머니. 재력.

힘의 논리 정점에 군림하는 돈이야말로 세상의 전부였다.

뒤늦게야 지극히도 기본적인 이놈의 진리를 깨닫고 좌절했다. 돈만은 내 뜻대로 할 수 있는 게 아니었기 때문이다. 하지만 얼마 안 가 생각지도 못한 사건이 일어났다. 아니, 사건이라기보다는 신이 내려 준 기회라고 하는 게 맞는 말이리라.

부모님이 갑작스러운 교통사고로 한날한시에 세상을 떠났다. 그동안 자라 오면서 내게 못다 한 빚을 한 큐에 갚기라도 하려던 건지. 사망 직후 내겐 전세 보증금과 약간의 사망 보험금이 쥐어졌다. 하나 빛 한 점 들어오지 않는 반지하의 전세 보증금으론 몇 달 치 생활비도 하기 어려웠고, 보험금이라 해 봤자 꼴랑 국산 승용차 한 대 살 정도의 푼돈이었으니 여전히 앞날은 막막하기만 했다.

'이 돈을 어쩐다.'

로또에 올인할까 주식을 살까 고민하던 차에 마침 차세대 전자 통화라는 비트 코인이 눈에 띄었다. 인생은 모 아니면 도 아닌가. 모두가 사기라던 비트 코인에 과감히 가진 돈을 전부 투자했다.

그리고 하늘 높이 내던져진 윷들은 돌고 돌아 내게 최고의 '모'를 선사해 주었다. 비트 코인이 내 예상을 웃도는 초대박을 친 것이다. 단시간에 평범한 월급쟁이로는 평생을 모아도 만질 수 없는 수십억대 자산가로 급부상했다. 하늘을 뚫을 정도로 치솟는 차트를 보며 세상을 향해 비웃었다.

그길로 뛰쳐나와 포르쉐 SUV를 뽑았다. 롤렉스 서브마린을 사고 톰 브라운 양복도 맞춰 입었다. 껍데기를 갈아치우자 자신감이 머리끝까지 차올랐다. 나를 업그레이드했으니 그에 걸맞은 여자를 찾기로 했다.

노트북을 켜고 평소 즐겨 보던 벗방 BJ에게 한 방에 2천만 원을 쐈다. 예상대로 그녀에게서 식사 한번 하자는 DM(Direct Message)이 날아왔다.

포르쉐에서 내리는 나를 본 은혜의 표정이 아직도 눈에 선하다. 그 표정만으로 게임은 끝났다. 밀당 따위 필요 없었다. 의자에 앉자마자 고액 수표와 함께 스폰서를 제안했다. 예상대로 은혜는 단박에 내 제의를 수락했다.

이제껏 원하는 건 무슨 수를 써서라도 내 것으로 만들었다. 하지만 여자의 마음만은, 은혜의 마음만은 내 것이 되지 않았다.

넘치는 돈으로 몸을 살 수는 있어도 마음만은 살 수가 없었다. 때때로 나를 바라보는 그녀의 싸늘한 눈빛은 비수가 되어 가슴에 꽂혔다. 사랑의 갈구는 조바심이란 감정이 더해져 오기와 집착으로 변모했고, 최종적으로 폭발적 분노에 이르렀다.

순간의 분을 참지 못해 폭력을 휘두르고 사과하는 일들이 반복됐다. 그런 일들이 반복될수록 차츰 그녀의 눈빛은 감정을 잃어 갔다.

은혜가 마음의 문을 완전히 닫아 버린 즈음, 믿었던 코인 시장의 대폭락이 시작됐다. 어떻게든 손해를 만회하기 위해 알트 코인에 투자했지만, 시장 전체의 침체기에는 장사가 없었다.

내가 개털이 된 것을 눈치챘는지, 아니면 인내심이 한계에 다다랐는지 모르겠다. 갑자기 잠적한 은혜는 달랑 문자 한 통으로 이별을 통보했다. 망할 년. 도저히 용서할 수가 없었다. 내가 그년한테 들인 돈이 얼마인데 날 떠나겠다고? 이렇게 된 이상 방법은 하나밖에 없었다.

내가 가질 수 없다면 다른 누구도 가질 수 없게 망가트리는 것.

그렇다. 죽여 버리는 것이다. 날 애태운 만큼 아주 고통스럽게 말이다.

그동안 만나 온 정이 있으니 마지막으로 여행이나 한번 가자고 꼬드겨 차에 태웠다. 멍청한 그녀은 꿈에도 모를 것이다. 이미 시신을 묻을 장소까지 사전 답사를 마친 상태라는 걸. 삼척의 인적이 드문 깊은 산속에 말이다.

그런데 어디서부터 잘못된 걸까. 내비게이션의 안내대로 차를 몰았건만 왜 임도를 벗어나 해안 절벽을 달리고 있는 것인가. 왜 이 절벽 길은 계속 반복되고 있는 것인가. 저 미친 노인네는 대체 어디서 튀어나온 건가.

조수석에 파묻혀 있는 은혜를 보자 참을 수 없는 분노가 치솟았다. 은혜를 모르는 주제에 은혜라는 이름을 달고 있는 년. 속으로는 변변찮은 놈이라며 나를 비웃고 있으리라.

"아우, 씨발. 정신 좀 차려라, 미친 내비 새끼야."

답답한 마음에 내비게이션 화면을 부서질 듯 두드리고 있을 때였다.

"오빠, 멈춰. 안 돼에에에에."

고막을 찢을 듯한 은혜의 비명에 고개를 든 순간, 은색 구체가 보닛 아래로 순식간에 빨려 들어갔다. 이어서 덜컹거리며 앞바퀴가 들리고 나뭇가지가 부러지는 것 같은 둔탁한 소리가 차 바닥에서 올라왔다.

얼굴에 몰려 있던 핏기가 순식간에 확 가셨다. 정수리가 따끔거릴 정도로 소름이 끼쳤다. 옆에서 은혜의 새된 비명이 계속됐다. 낭패감에 휩싸여 브레이크를 밟을 타이밍을 놓쳐 버렸다. 뒷바퀴로 앞선 진동이 다시 한번 액셀러레이터에 올린 발끝에 전달됐다.

이런 썩을…….

급히 액셀에 올린 발을 떼어 브레이크를 밟았다. 꽥꽥거리던 은혜의 비명은 이내 흐느낌으로 바뀌었다.

눈앞을 스쳐 갔던 은색 구체. 미친 노인네의 머리통이 분명했다. 계속 직진만 하는 차로 한참 전에 지나친 노인네를 들이받는 게 가능하기나 한 일일까. 하지만 이 상황에서 그따위 걸 따지는 게 무슨 소용이란 말인가.

머릿속이 백지가 된 것처럼 새하얘졌다. 충격으로 정신을 못 차리는 사이 옆에서 훌쩍이던 은혜가 갑자기 차 밖으로 뛰쳐나갔다.

그래, 진정하고 일단 노인네 상태부터 살펴보자.

나는 은혜를 따라 떨리는 손으로 운전석 문을 열어젖혔다. 밖으로 나오자 포르쉐 후미에 멀찌감치 서 있는 은혜가 덜덜 떨리는 손바닥으로 입을 틀어막고 있었다. 크게 부릅뜬 눈동자와 손바닥 사이로 새어 나오는 거친 숨소리.

역시……인 건가…….

나는 관자놀이를 짚고 고개를 좌우로 흔들었다. 재수 옴 붙었구나. 가래침을 뱉고 떨어지지 않는 발걸음을 떼어 뒷바퀴로 갔다.

"흡……."

어느 정도 마음의 준비를 했음에도 기괴하게 뒤틀린 영감탱이의 몰골을 목도하니 비명을 참을 수 없었다. 노인은 도저히 회생 가능한 상태가 아니었다. 꿈틀대는 몸뚱이는 그저 생명이 빠져나가기 직전 온몸의 근육들이 마지막 힘을 짜내 경련하는 걸로 보였다. 이마에 맺힌 식은땀이 볼을 타고 주르륵 흘러내렸다.

시체에 가까운 노인과 맞닥뜨리고 나서야 비로소 상황을 실감할 수 있었다.

망했다. 망했다. 망했다. 망했다. 망했다. 망했다. 망했다. 망했다. 망했다.

호흡 곤란이 오고 세상이 빙글빙글 도는 듯했다. 공황에 빠지는 사이 왼쪽 팔을 잡아당기는 힘에 신경질적으로 고개를 홱 돌렸다. 그곳에서 은혜가 잔뜩 겁먹은 얼굴로 나를 올려다보고 있었다.

"빠, 빨리 병원 데려가자. 할아버지 아직 숨 쉬고 있잖아."

이런 현실 감각 없는 년을 봤나. 병원? 당장 천지신명이 내려와도 이 노인네는 틀려먹었다고.

얼빠진 소릴 듣고 있노라니 공황이 씻은 듯이 사라졌다. 잔뜩 겁에 질린 얼굴로 조르는 은혜를 보자 부아가 치밀었다. 나는 반사적으로 주먹 쥔 손을 들고 소리쳤다.

"이 쌍년아, 이게 다 너 때문에……."

움찔한 은혜가 반사적으로 눈을 질끈 감고 두 팔로 얼굴을 가렸다. 그 꼴을 보는 순간 깜깜했던 머릿속에 빛이 번쩍였다.

그래, 어차피 죽이려던 거 아냐? 한 명이면 어떻고, 두 명이면 어때. 어차피 매한가지 아닌가.

나는 재빨리 주먹 쥔 손을 펴 손날로 바꾸고 은혜의 목덜미를 강하게 내리쳤다. 무방비 상태로 예상치 못한 일격을 받은 은혜는 그대로 땅바닥에 고꾸라져 정신을 잃었다.

절벽에 부딪혀 산산이 부서지는 파도 소리가 멀리서 들렸다. 그 사이로 질긴 숨을 몰아쉬는 노인의 가는 숨소리가 섞여 들었다.

나는 손바닥으로 두 뺨을 세차게 쳤다. 그 기세에 흐릿했던 정신이 번쩍 들었다.

땅바닥에 기절해 있는 은혜를 확인한 뒤, 트렁크 문을 열었다. 은혜를 파묻기 위해 미리 준비해 온 삽을 구석에 치우고 함께 준비해 온 은색 돗자리를 펼쳤다. 골프 장갑을 끼고 끈질기게 숨이 붙어 있는 노인네를 돗자리 위에 실었다. 목숨을 완전히 끊어 버릴까 잠시 고민했지만, 그냥 두기로 했다. 이미 시체나 다름없었다. 문제는 은혜였다. 깨어나 발광하기 전에 목숨을 끊어야 했다. 잠시 트렁크 구석에 놓인 삽에 눈길이 멈췄다.

아냐. 아냐. 성가시게 내 손을 더럽힐 게 뭐 있나. 차라리 노인네처럼 밟아 버리자.

결심을 마치고 다시 차에 올라탔다. 깜빡 잊고 트렁크 문을 열어 놨지만 별로 개의치 않았다. 은혜를 짓밟는 데 트렁크 문 따위는 문제 될 게 없었다.

파킹에 놓여 있던 기어를 후진 기어로 옮겼다. 차가 약하게 뒤쪽으로 흔들렸다. 브레이크를 밟는 발에 천천히 힘을 뺐다.

이제껏 비즈니스 관계 이상인 적이 없던 여자였지만, 막상 죽이려니 조금은 망설여졌다. 하지만 어쩌겠는가. 모든 건 내게 마음을 주지 않은 저년 탓이다. 오직 돈을 쓸 때만 여우같이 웃음 짓던 속물. 모든 건 저년의 업보이자 인과응보다.

나는 한 차례 크게 심호흡했다. 그리고 눈을 질끈 감고 액셀을 지르밟았다. 후진하던 포르쉐 뒷바퀴가 덜컹거리고 고통의 단말마가 귓가를 때렸다.

"씨발……. 이게 다 너 때문이야……. 너 때문이라고……."

나는 오디오 볼륨을 크게 높이고 그대로 앞바퀴가 덜컹거릴 때까지 액셀에서 발을 떼지 않았다. 차 안에는 요란한 EDM 음악이 흘렀다. 핸들을 붙잡고 발끝에 전해지던 그 불쾌한 감각을 곱씹고 또 곱씹었다.

이 정도면 죽었겠지.

하지만 질기게 숨이 붙어 있는 노인이 떠올랐다.

그래, 이번엔 확실하게 보내 버리자.

정신 사나운 음악은 꺼 버렸다. 나는 결연하게 기어를 전진으로 바꾸고 한 번 더 액셀을 밟았다.

덜컹. 우지지직. 덜컹. 뿌드드득.

처음 들리던 비명 대신 뼈가 부러지는 둔탁한 소리가 연이었다. 그제야 확신이 들었다. 이 정도면 분명히 죽었을 거라고.

한참 동안 핸들에 머리를 파묻고 있었다. 입 안의 쓴맛이 가시지 않았다. 고개를 드니 전면의 LED 시계가 자정을 조금 넘기고 있었다. 긴장이 풀리자 급격히 피로가 몰려왔다. 빨리 해치워 버리고 뜨끈한 사우나에서 몸을 지지고 싶었다. 차에서 내려 포르쉐 뒤로 걸어갔다.

"……어?!"

뭐지? 없다. 시신이. 은혜가 없어졌다.

죽지 않았다고? 목숨이 붙은 은혜가 내가 차에서 내리는 사이 바닥을 기어서 도망쳤다고? 그럴 리 없다. 그녀이 내지른 단말마를 두 귀로 똑똑히 들었다. 그걸로 부족해 확인 사살까지 했다. 은혜는 절대 스스로 움직일 수 있는 상태가 아니다.

나는 허둥지둥 휴대폰을 꺼내 플래시를 켜고 뒷바퀴 주변을 비췄다. 차 바닥과 주변을 샅샅이 뒤져 봤으나 은혜의 시신은 어디에도 없었다. 팔뚝에 소름이 쫙 돋았다. 영감탱이를 차로 치었을 때만큼이나 당황스러웠다. 귓속에서 비상경보 사이렌이 울려댔다.

순간 뒤통수에 싸한 느낌이 들었다. 천천히 몸을 돌려 트렁크에 휴대폰 플래시를 비춰 봤다.

"!!!!"

목소리조차 나오지 않았다. 엉거주춤하게 선 채로 한참을 얼어붙어 있었다.

플래시 불빛을 받아 반짝이는 은색 돗자리. 하지만 그 위에 있어야 할 영감탱이는 어디에도 없었다.

악몽. 지금 악몽이라도 꾸고 있는 건가.

현실적으로 일어날 수 없는 일이기에 더욱 혼란스럽고 당혹스러웠다.

"씨…… 씨발…… 이건 말도 안 돼. 말이 안 된다고……."

덜컥 겁이 났다. 단 1초라도 이곳에 있고 싶지 않았다. 이젠 복수고 뭐고 다 필요 없었다. 서둘러 트렁크 문을 닫고 도망치듯 운전석에 올라탔다. 미친 듯이 뛰어 대는 심장의 고동 소리가 차 안을 울리는 것 같았다. 이마에 맺힌 땀을 소매로 대충 훔치고 안주머니에서 담배 케이스를 꺼냈다. 떨리는 손으로 담배를 입에 물고 지포 라이터의 휠을 튀긴 순간.

일렁이는 불꽃 사이로 익숙한 실루엣이 눈가에 어렸다.

입에 문 담배가 툭 떨어졌다.

나는 천천히 눈동자를 조수석 쪽으로 돌렸다.

"히이이이이이이익!"

조수석에는 그토록 찾았던 은혜가 타고 있었다.

검붉은 피를 흠뻑 뒤집어쓴 피투성이의 은혜가…….

"뭐 해, 오빠? 펜션 안 가? 빨리 출발해. 나 피곤해."

아무렇지 않게 말을 건네는 은혜의 입가에서 피거품이 일었다. 눈앞에서 벌어지는 초현실적인 상황에 사고가 마비돼 버렸다.

"오빠, 얼른 가자니까."

관절 마디마디에서 기괴한 소리를 내며 은혜의 왼손이 내 오른쪽 허벅지 위에 놓였다. 이어서 허벅지 위로 타는 듯한 고통이 밀려왔다.

"흐아아악…… 아, 알았어. 추…… 출발할게."

생살이 찢기는 아픔에 눈물이 핑 돌았다. 은혜의 손톱이 허벅지 깊숙이 파고들었다. 이내 청바지 위로 붉은 피가 배어났다. 기어를 바꾸고 차를 출발시키자 은혜의 입꼬리가 미묘하게 올라갔다. 통증도 통증이지만 압도되는 공포에 숨을 쉴 수가 없었다.

은혜가 입고 있는 하얀 셔츠에 새카만 타이어 자국이 찍혀 있다. 움푹 함몰된 뒤통수에서 간헐적으로 피가 뿜어 나왔다. 셔츠의 팔꿈치 부분이 찢긴 사이로 부러진 팔뼈가 튀어나와 있다. 일반적이라면 이렇게 앉아 있을 수도, 말을 할 수도 없다. 영화에서나 보던 좀비라도 됐단 말인가.

혼란스러운 나는 안중에도 없는 듯 끝없이 펼쳐진 벼랑길에 시선을 고정한 은혜가 천천히 입을 뗐다.

"오빠, 기억나?"

나는 허벅지 통증을 참고 벼랑길에 온 신경을 집중하며 대답했다.

"뭐…… 뭐가."

"우리 백일 날, 오빠가 근사한 호텔을 예약해서 거기서 묵었잖아."

"그, 그랬었지."

"룸서비스로 스테이크도 먹고 샴페인도 마시고……."

뜬금없이 백일이라니. 뭔가 불안한 마음에 슬쩍 은혜의 얼굴을 살폈다. 하지만 시신과 다름없는 몰골의 은혜에게선 감정을 읽을 수 없었다.

"그때 사랑한다는 말을 안 해 준다고 내 뺨을 때렸잖아. 그치?"

그랬던가. 솔직히 잘 기억나지 않는다.

다시금 허벅지로 격통이 밀려왔다. 나는 이를 악물고 통증을 참아 냈다.

"은혜야…… 미, 미안해……. 내가 잘못했어."

"그다음엔 선물로 준 명품 가방을 바라보는 만큼 오빠를 사랑스럽게 보지 않는다고 내 배를 주먹으로 때렸었지."

꽉 다문 이빨 사이로 비명이 터져 나왔다.

"흡…… 악! 으…… 은혜야…… 미, 미안해……."

그녀가 이야기를 이어 갈수록 통증은 더해 갔다. 허벅지에서 흘러내린 피로 바짓단이 축축하게 젖어 들었다. 은혜의 손을 떼려 노력해 봤지만, 허벅지 깊이 파묻힌 손가락은 꿈쩍도 하지 않았다. 눈물이 줄줄 흘러내렸다. 정신이 아찔해져 갔다.

"흐흐흑. 미안해. 용서해 줘……. 정말 미안해……. 흐으윽……."

어린애처럼 울음이 터져 버렸다. 나는 두 손을 모아 싹싹 빌며 은혜에게 애원했다.

이제껏 자신이 당한 학대들을 담담히 이야기하던 은혜가 처음으로 고개를 돌렸다. 그리고 난 그녀의 빛을 잃은 공허한 눈과 마주쳤다. 그녀의 양쪽 입꼬리가 눈에 띄게 올라갔다. 입술 사이로 드러난 날카로운 이빨이 번뜩였다.

나는 숨 쉬는 것도 잊은 채 끝을 알 수 없는 그녀의 블랙홀 같은 눈동자를 바라봤다. 마침내 그녀의 낮은 목소리가 그대로 내 머릿속에 박혀 들었다.

"미안해하지 않아도 돼."

다음 순간 시간이 느려진 듯 그녀의 입술, 목소리가 슬로 모션처럼 느려졌다.

"오. 빠. 도. 똑. 같 . 이. 당. 할. 거. 니. 까."

"……뭐?"

그녀의 말뜻을 미처 헤아리기도 전, 오른쪽 허벅지에서 격심한 통증이 일었다. 그녀의 손톱이 뼛속까지 닿는 느낌에 온몸에 소름이 돋아났다. 미처 비명을 지를 새도 없이 액셀을 밟고 있는 허벅지에 엄청난 압박이 전해졌다. 그녀가 나의 오른 다리를 힘으로 찍어 누른 것이다. 그리고 그 힘은 포르쉐의 액셀러레이터에 고스란히 전달됐다.

"끄아아아아아아아아아악!"

터져 나오는 비명이 들리지 않을 정도로 포르쉐의 엔진에서 굉음이 들려왔다.

지면을 헛도는 타이어에서 희뿌연 연기가 피어올랐다.

피투성이의 은혜가 이상한 소리를 내며 목뼈가 없는 것처럼 고개를 빠르게 앞뒤, 좌우로 흔들어 댔다.

이 순간 내가 할 수 있는 일은 없다는 걸 깨달았다.

틀렸다. 끝이다. 죽는다.

내가 죽인 은혜와 함께.

마침내 포르쉐가 팽팽하게 당겨진 시위를 벗어난 화살처럼 빠르게 튕겨 나갔다.

나는 모든 것을 체념하고 고개를 창밖으로 돌렸다.

그 순간 차창 밖으로 스쳐 가는 실루엣에 두 눈을 부릅떴다.

뭐, 뭐지. 이게 대체 무슨 상황이란 말인가.

창밖에 은혜가 서 있다.

뭔가에 놀랄 때면 손등으로 입을 가리는 바로 그 모습으로 나를 쳐다보고 있는 은혜가.

그럼 지금 내 옆에 앉아 있는 은혜는 뭐지?

무수한 물음표를 남긴 채 포르쉐는 창밖에 서 있는 은혜를 지나 벼랑 끝으로 돌진했다.

마침내 차가 도로를 벗어나자 중력을 거슬러 몸이 붕 떠올랐다.

어두운 밤하늘을 가르던 포르쉐는 이내 끝을 모르는 칠흑 같은 바다로 방향을 틀었다.

나는 여전히 오른쪽 무릎 위에 놓인 은혜의 손가락 하나하나를 느끼며.

앞 유리창으로 빠르게 다가오는 거대한 암초에 눈을 질끈 감아 버렸다.

*

"빠, 빨리 병원 데려가자. 할아버지 아직 숨 쉬고 있잖아."

확실히 '아직' 숨은 쉬고 있었다. 하지만 병원에 간다고 살릴 수 있을까. 지금은 그런 걸 따질 때는 아닌 것 같았다. 어차피 할아버지는 오빠가 치었다. 내가 오빠에게 경고까지 한 것도 블랙박스에 찍혀 있을 것이다.

솔직히 꼴좋다고 생각했다. 돈 좀 벌었다고 세상을 다 가진 듯 기고만장하더라니. 미친 싸이코 새끼. 빵에서 콩밥이나 처먹는 동안 새출발하자. 그동안 오로지 돈 때문에 붙어 있었을 뿐, 처음부터 이성적인 매력은 단 1도 없었다.

휴. 한심하다. 저렇게 허둥대는 꼴이라니. 대체 언제까지 넋을 놓고 있을 셈인가.

나는 멍하니 서 있는 오빠의 팔을 다시 잡아끌었다. 순간 갑자기 오빠의 눈빛이 돌변하더니 버럭 소리를 질렀다.

"이 쌍년아, 이게 다 너 때문에……."

또, 또 시작이다. 냅다 주먹질을 하려는 오빠에 맞서 재빨리 얼굴을 막았다.

나 때문이라니. 지금 이게 내 탓이라는 거야?

갑작스러운 책임 전가에 혼란스러운 그때.

"억……."

예상치 못한 목덜미의 통증과 함께 정신이 아득히 멀어졌다.

"아야야……."

머리가 깨질 듯이 아팠다. 눈을 뜨자 땅바닥이 울렁거려 구역질이 날 것 같았다. 왼 볼을 타고 올라오는 흙바닥의 냉기에 몸서리가 쳐졌다.

내가 왜 쓰러져 있지…….

잠시 생각을 정리하자 조금 전의 일들이 주마등처럼 머릿속을 스쳐 갔다.

"아…… 이 미친 새끼…… 아야……."

부아가 치밀었다. 다짜고짜 날 때려 기절시키다니. 무슨 속셈이란 말인가.

그때 자동차 문이 거칠게 닫히는 소리가 났다. 뒤이어 차 머플러에서 흘러나오는 매캐한 배기가스가 코를 찔렀다.

설마.

어떤 가능성이 뇌리를 스쳤다. 인정하고 싶지 않지만, 그 쓰레기라면 충분히 떠올릴 법한 가능성이…….

일단 그쪽으로 생각이 미치자 정신이 번쩍 들었다.

누워 있을 때가 아냐. 이대로 있다간 죽을지도 몰라.

나는 누운 채로 재빨리 몸을 데굴데굴 굴려 도로 끝, 절벽과 맞닿은 고랑 사이에 몸을 숨겼다.

봤을까? 못 봤을까?

심장이 미친 듯이 요동쳤다. 나는 그대로 바지 주머니를 뒤졌다.

아, 망했다.

낭패감이 밀려왔다. 휴대폰을 차에 두고 내린 것이다. 이 상태로는 신고할 수가 없다.

머리 위로 포르쉐의 엔진음이 낮게 으르렁거렸다. 내가 몸을 숨긴 걸 들켰다면 놈은 백 퍼센트 차에서 내릴 것이다. 하지만 아무리 기다려도 엔진음 외에 다른 소리는 들리지 않았다. 계속 이대로 숨어 있어야 할까. 내가 사라진 것을 눈치채면 놈은 이 주변을 샅샅이 뒤질 텐데…….

위험하지만 그렇다고 달리 방법도 없었다. 나는 놈에게 들키지 않도록 아주 조심스레 고랑 위로 고개를 내밀었다.

어머…… 저게 뭐야?

내 두 눈을 의심했다. 놈의 차에서 도저히 믿을 수 없는 일이 벌어지고 있었다. 문이 열린 트렁크 안에서 뭔가가 기어 나와 땅바닥에 철퍼덕 떨어졌다. 잠시 후 스멀스멀 도로 끝을 향해 기어가는 그것은 더 이상 인간의 모습이 남아 있지 않은, 그저 흉측하게 뒤엉킨 고깃덩어리였다.

대체 저 상태로 어떻게 움직이는 걸까.

배 속에서 신물이 올라와 구역감이 일었다. 구역감을 잠재우려 숨을 크게 들이마셨다 내쉬었다. 할아버지였던 고깃덩이는 온 힘을 다해 포르쉐 뒷바퀴를 가로지르고 있었다.

바로 그때 정차해 있는 포르쉐의 브레이크 등이 툭 꺼졌다.

아, 안 돼…….

포르쉐가 빠르게 후진을 시작했다.

뿌드드득. 콰지지직.

"꾸웨에에에에에엑!"

할아버지의 끔찍한 비명이 절벽에 반사돼 메아리처럼 울려 퍼졌다. 너무나 끔찍한 소리를 가만히 듣고 있을 수가 없었다. 나는 다시 고랑에 몸을 숨긴 채 두 손으로 귀를 막고 눈을 질끈 감아 버렸다. 그럼에도 맞닿은 귀와 손바닥 틈 사이로 할아버지의 비명이 파고들어 나를 괴롭혔다.

바닷바람을 타고 바닷가 특유의 짠 비린내가 올라왔다. 문득 주변에 내려앉은 정적에 퍼뜩 눈을 떴다. 바깥 상황이 궁금해 견딜 수 없었다. 나는 다시 고랑 밖으로 살며시 고개를 들었다.

포르쉐는 여전히 그 자리에 그대로 서 있었다. 활짝 열려 있던 트렁크는 닫혀 있었다. 더욱 흉측한 모습으로 짓이겨져 있을 거라 생각했던 할아버지는 자리에 없었다. 놈이 할아버지의 시신을 수습한 걸까. 왜 출발하지 않는 걸까. 없어진 날 찾고 있는 걸까.

머릿속으로 수만 가지 생각이 떠밀려 왔다.

언제까지고 숨어 있을 수는 없다. 그렇다고 놈에게 순순히 당할 수도 없다. 이 지옥 같은 도로를 빠져나가기 위해선 놈의 차가 필요하다.

문득 고랑에 모인 크고 작은 돌들이 눈에 들어왔다. 나는 여러 종류의 돌 중 끝이 뾰족하고 휘두르기 좋은 크기의 돌멩이를 주워 들었다.

그래, 할 수 있어. 속전속결이다.

나는 자세를 낮춰 빠르게 포르쉐로 달려갔다. 가까스로 들키지 않고 운전석 바로 뒤에까지 다가갈 수 있었다. 운전석 창문 너머로 앉아 있는 기남 오빠의 뒷모습이 보였다.

그런데 뭔가 이상했다. 꼿꼿이 앉아 있는 기남 오빠의 자세도 부자연스러웠거니와 기남 오빠 너머 조수석에 다른 누군가가 있었기 때문이다. 눈을 작게 뜨고 기남 오빠 옆에 앉은 사람을 보려는 찰나, 갑자기 기남 오빠가 미친 듯이 비명을 질러 댔다. 전혀 예상치 못한 비명에 깜짝 놀란 나는 들고 있던 돌멩이를 손에서 놓쳤다.

"은혜야…… 미, 미안해……. 내가 잘못했어."

"흡…… 악! 으…… 은혜야…… 미, 미안해……."

"흐흐흑. 미안해. 용서해 줘……. 정말 미안해……. 끄으으윽……."

당최 무슨 상황인지 감조차 오지 않았다. 비명과 함께 힘겹게 내게 사과를 하는 기남 오빠를 보며 알 수 없는 위화감과 불안감에 휩싸였다.

내가 다가오는 걸 알고 있던 걸까.

하지만 놈은 여전히 못 박힌 듯 정면만을 응시하고 있었다. 참혹한 비명이 이어졌다.

무서웠다. 차 안에서 무슨 일이 벌어지고 있는 것인가. 더 이상 참을 수가 없었다. 나는 들키든지 말든지 운전석 창문에 바짝 고개를 들이밀었다.

바로 그때 포르쉐가 굉음을 내기 시작했다. 지면을 헛도는 바퀴에서 미친 듯이 연기가 피어올랐다.

차가 튀어 나가려던 찰나.

겁에 질린 기남 오빠가 내 쪽으로 고개를 돌렸다. 나를 알아본 기남 오빠의 눈이 크게 떠졌고, 곧이어 얼굴이 엉망진창으로 일그러졌다.

나는 머리를 한 방 맞은 듯 커다란 충격에 빠졌다.

기남 오빠의 뒤에서 나를 바라보는 그 얼굴이 내 동공에 각인

됐다. 백발이 피에 절어 붉게 물든 채 입꼬리가 찢길 정도로 만면에 가득 미소를 짓고 있는 할아버지의 얼굴이.

나는 손등으로 입을 틀어막았다.

충격적인 잔상을 남긴 채 기남 오빠와 할아버지를 태운 차량이 벼랑 끝으로 튕겨 나갔다. 차는 포물선을 그리며 절벽 아래로 사라졌고, 그 직후 커다란 굉음과 함께 연기가 치솟았다.

나는 밤하늘에 무섭게 퍼지는 검은 연기를 망연히 바라봤다. 그리고 도저히 움직이지 않는 발끝을 뗐다.

한 발자국.

두 발자국.

다시 한번 고막을 찢을 듯한 굉음에 이어 더욱 강한 기세로 연기가 솟구쳐 올랐다.

나는 두 발을 땅에 붙이고 고개를 들어 밤하늘을 짙게 뒤덮은 연기를 바라봤다. 낭떠러지 아래서 피어오른 연기가 금세 머리 위 초승달을 뒤덮었다. 그제야 비로소 세상에 완벽한 어둠이 내려앉은 것 같았다.

간헐적인 폭발음. '타닥 타닥' 타오르는 소리와 함께 매캐한 휘발유 타는 냄새가 콧속을 찔렀다.

"끄아아아아아아……."

바람을 타고 들려오는 비명.

고통 속에서 몸부림치는 그의 모습이 떠올랐다.

끔찍한 생각을 떨쳐 내려 세차게 고개를 흔든다.

이내 처절한 비명이 잦아들고 그 사이를 주기적인 파도 소리가 메운다.

나는 심호흡을 하고 다시 다리에 힘을 줬다.

한 발자국.

두 발자국.

뭔가에 이끌리듯 벼랑 끝으로 걸어간다.

한 발자국.

두 발자국.

절벽까지 와 닿는 불의 열기에 얼굴이 따끔거린다.

난 대체 뭘 확인하려 하는 건가.

이유도 모른 채 내딛던 발걸음이 어느새 벼랑 끝에 가 닿았다.

저 멀리 바다 위 우뚝 선 암초에 짓이겨진 포르쉐가 붉게 타오르고 있었다.

그 순간 두 귀를 의심했다.

탁탁. 탁탁탁탁탁.

이해할 수 없는 소리에 무심코 시선을 절벽 아래로 떨어트렸다.

"아……."

그다지 동요하지 않는 나 자신이 놀라웠다.

시선이 끝나는 곳에 흠뻑 젖은 할아버지가 손과 발을 놀리며 미친 듯이 절벽을 기어오르고 있었다.

평소였다면 다리에 힘이 풀려 그 자리에 주저앉았을 것이다. 하지만 어째서인지 비명 대신 웃음이 새어 나왔다.

그래, 이미 나는 알고 있었는지도 모른다. 도로에서 할아버지와 마주친 바로 그 순간부터 기남과 내 운명은 이렇게 정해져 버렸다는 걸.

나는 절벽 끝에 무릎을 꿇고 할아버지를 향해 두 팔을 활짝 벌렸다.

할아버지는 얼굴 가득 환한 미소를 지어 주었다.

# 폐기물

## 김선민

한국콘텐츠진흥원이 주최한 콘텐츠 원작 소설 창작과정 1기에 선정되어 판타지 장편소설 『파수꾼들』을 출간하며 데뷔했다. 괴담·호러 전문 레이블 '괴이학회'를 운영하며 도시괴담 소설집 시리즈를 제작했고, 『명신학교에 오신 걸 환영합니다』, 『월면도시』, 『괴이한 미스터리』, 『오래된 신들이 섬에 내려오시니』 등 다양한 장르 앤솔러지를 기획, 공저했다. 현재 청강대 웹소설전공 교수로 재직 중이다.

가끔 그런 생각이 들 때가 있었다. 누군가가 나를 먹여 주고 재워 주고 입혀 주면 정말 좋겠다는 생각. 특히나 야간에 혼자 아르바이트를 하고 있을 때면 그런 생각이 더욱 강하게 들었다. 깔끔하게 처리해 둔 쓰레기통을 노숙자들이 헤집어 놓고 간 현장을 볼 때면 더더욱 그랬다.

"아이씨, 진짜……."

나는 더럽혀진 쓰레기통을 보며 새어 나오는 욕을 꾸역꾸역 목구멍 안으로 집어삼켰다. 그러고는 쪼그려 앉은 채 쓰레기통 주변에 널려 있는 쓰레기들을 다시 정리했다. 이전에 노숙자에게 모아 뒀던 폐기를 한번 줬다가 점장에게 혼난 뒤로는 따로 챙겨 주지 않았는데, 그 이후로 노숙자가 내가 보지 않을 때 수시로 쓰레기통을 뒤지며 이 난리를 쳐 놓는 것이었다. 아무래도 폐기를 주지 않는 것에 대해 앙심을 품고 일부러 이러는 것 같았다.

'하여간 그때 괜히 쓸데없는 짓을 해 가지고서는.'

내 코가 석 자인데 주제넘게 오지랖을 부리며 폐기를 한번 줬다가 야간일 때마다 이런 꼴을 당하니 한숨이 절로 나왔다. 어떻게든 주변을 치우고 마감을 칠 준비를 하고 있는데 건너편 골목에서 그림자가 어른거렸다. 나는 손을 탁탁 털고 고개를 쑥 내밀어 뭔가 하고 골목 어귀를 바라봤다. 골목 쪽에 봉고차 한 대가 서 있었는데 꽁지에 한쪽만 붉은빛이 깜박거렸다.

순간적으로 가로등에 희미하게 비친 불빛 사이로 뭔가가 보였다. 축 늘어진 노숙자를 사내 두 명이 봉고차 안쪽으로 힘겹게 옮기고 있는 모습이었다.

"어?"

놀란 내가 뭔가를 더 하기도 전에 사내들은 노숙자를 뒷좌석에 싣더니 재빨리 차를 몰고 가 버렸다. 차 번호판을 보거나 노숙자를 잡아간 사내들의 특징을 파악하기에는 지나치게 짧은 시간이었다. 나처럼 오지랖 넓은 사람들이 길 가다가 잠든 노숙자를 편안한 보금자리로 옮겨 주기 위해 벌인 일일 수도 있었지만, 아무리 생각해도 그럴 것 같지는 않았다.

결국, 나는 이번에도 평소처럼 되도 않는 오지랖을 부리고 말왔다. 마감이 끝나고 새벽 해가 어슴푸레하게 떠오를 때쯤 근처 파출소로 가서 내가 본 것들을 경찰에게 말한 것이다.

"아, 그니까요. 분명히 남자 둘이 노숙자를 봉고에 태워서 갔다니까요."

하지만 경찰들은 새벽부터 찾아온 나를 아주 귀찮은 태도로 대했고, 대충 서류 몇 장을 던져 주고 본 것을 일단 다 쓰라고 했다. 말하는 투를 보아하니 내가 아무리 열심히 써도 곧장 쓰레기통으로 직행할 것 같기는 했지만 일단 양심상 열심히 쓰기는 했다. A4용지 한 장을 거의 꽉 채울 때쯤, 직급이 어느 정도 되어 보이는 머리 벗겨진 장년의 경찰관이 믹스커피 하나를 들고 내 쪽으로 다가왔다.

"아이고, 많이도 쓰셨네. 어디 좀 봅시다."

경찰관은 내가 쓴 내용을 쭉 훑어보더니 이내 고개를 끄덕이며 옆에 있는 다른 경찰관에게 말했다.

"그러고 보니까 저번에도 신고 하나 들어오지 않았어? 실종 신고?"

경찰관의 말에 내가 깜짝 놀라며 되물었다.

"실종 신고요? 다른 실종 사건도 있었어요?"

그러자 앞에 있는 다른 경찰관이 역시나 귀찮다는 표정을 지으며 말했다.

"이쪽 관할이 아니라 정확하지는 않습니다."

믹스커피를 마시던 경찰관이 고개를 저으며 대답했다.

"으음, 아니야. 내가 그때 듣기로는 거기도 노숙자가 없어졌다고 했던 것 같은데."

경찰관은 내가 쓴 내용을 훑어보고서는 다 마신 종이컵을 구기며 나에게 말했다.

"학생, 이거 내가 좀 더 알아볼 테니까 걱정 말고 들어가요. 안 그래도 내가 한번 쭉 둘러보려고 했거든. 뭔가 나오면 연락할 테니까."

의외로 내 말을 믿어 준 경찰관 때문에 나는 어느 정도는 안심하고 다시 집으로 돌아갈 수 있었다. 졸린 것을 참고 이 정도 진술을 했으면 내 책임은 어느 정도 다 했다고 생각했기 때문이다. 기다리다 보면 경찰관이 이 사건에 대해 뭔가 알려 줄 것으로 생각했는데, 그 이후로 1주일이 지나도 아무런 연락이 없었다.

그렇게 2주일이 더 지나고 나서 나조차 사건에 대해 거의 잊고 있을 때쯤 갑자기 경찰서에서 전화가 왔다. 나에게 연락을 한 이유는 3주 전에 있었던 노숙자 실종 사건에 대해 묻기 위함이었다.

가만히 있다가 왜 이제야 연락을 했나 했더니 그사이에 실종된 사람이 몇 명 더 있었던 모양이었다. 내가 봤던 것과 마찬가지로 실종된 사람들은 거의 노숙자였다. 그렇다 보니 경찰들도 수사를 적극적으로 하지는 않은 것 같았다. 근데 문제가 생겼다.

새롭게 생긴 실종자는 노숙자가 아닌 평범한 아이였는데, 그 아이가 이 지역 유지의 손자였던 것이다.

지역 유지의 손자가 실종되자 그제야 경찰들이 부랴부랴 다시 사건을 재검토하면서 나에게까지 연락이 온 것이었다. 지역 방송은 물론이고, 곳곳에 유지의 손자를 찾는 사람에게는 보상금 10억 원을 지급한다는 전단지가 깔렸다. 손자가 실종된 지역 유지는 경찰서장은 물론 지역에서 힘 있는 사람들과 깊은 관계를 맺고 있었기에 경찰들은 눈에 불을 켜고 실종된 아이를 찾을 수밖에 없었다.

나는 조사 과정에서 경찰들이 심각한 표정으로 나누는 대화를 듣고 얼추 상황이 어떻게 흘러가는지를 파악할 수 있었다.

'그때 내가 얘기했을 때는 귓등으로도 안 듣더니.'

진술할 것을 모두 진술하고도 한참 동안 잡혀 있으면서 저절로 관련 내용이 귓속으로 흘러들어 왔다. 그리고 늦은 밤이 되어서야 겨우 경찰서에서 풀려날 수 있었다. 다시 집으로 돌아가 좀 쉬려고 하는데 머릿속에서 한쪽만 붉은빛을 내던 낡은 봉고와 축 처진 채 끌려가던 노숙자, 10억 원이라는 거금이 떠나지를 않았다.

'10억 받으면 일단 학자금 대출 다 갚을 수 있고, 아파트 하나 살 수 있고, 또……. 잠깐, 그거 한 번에 받으면 세금이 얼마나 나오려나.'

지역 유지는 나한테 10억을 준다고 한 적이 없는데 어느새 나는 돈을 받았을 때 내야 할 세금 걱정까지 하고 있었다. 결국, 그날은 이런저런 생각을 하다가 잠을 설쳤다. 아침에 일어나니 영 개운치가 않았다. 부스스한 얼굴로 겨우 씻고 새롭게 시작하기로 한 알바를 하러 밖으로 나왔다. 그런데 그때 내 앞에 예상치 못한 것이 나타났다.

“어, 저거?”

이전에 편의점 앞에서 노숙자를 끌고 갔던 봉고가 골목 어귀를 서서히 돌고 있는 것이었다. 낮에 보니 한쪽이 깨져 있는 후미등이 더 분명하게 보였다. 나는 가야 할 알바를 집어치우고 곧장 몸을 숨기며 봉고를 따라붙었다. 급하게 핸드폰을 꺼내 봉고차의 번호판을 찍은 뒤 바로 경찰에 신고해야겠다는 생각을 했다. 그런데 불현듯 머릿속에 스치는 것이 있었다.

‘10억.’

실종된 손자를 찾으면 10억을 준다던 전단지가 퍼뜩 떠올랐다. 112를 누르려던 내 손가락이 통화 버튼 위에서 멈췄다. 나는 핸드폰을 다시 주머니에 넣고서 은밀하게 봉고의 움직임을 따라갔다. 골목 어귀를 돌아다니던 봉고가 불현듯 다시 차를 돌려 큰길가로 나가는 것이었다. 이를 본 나는 급하게 길가로 나가 택시를 잡았다. 다행히 지나가던 택시가 다급한 내 손짓을 보고 바로 멈춰서 몸을 실을 수 있었다.

"아저씨, 지금 저기 저 봉고 따라가 주세요. 들키지 않게요."

내 말에 택시 기사 아저씨가 무슨 일이냐며 꼬치꼬치 캐물었다. 사실대로 말할까 했지만, 자칫 그랬다가 경찰에 신고해서 10억을 놓치게 될 수도 있으니 다른 얘기로 둘러댔다.

"애인이 바람피우는 것 같아서 몰래 쫓고 있는 거예요. 이해 좀 해 주세요."

택시 기사 아저씨는 내 말을 듣고 고개를 끄덕이더니 능숙하게 봉고 뒤를 쫓았다. 나는 봉고에게 들키지 않을까 조마조마해하면서 아니다 싶으면 바로 경찰에 신고하기 위해 핸드폰에 112를 찍어 놓고 뒷좌석에서 허리를 세운 채 대기를 하고 있었다. 하지만 봉고는 내가 탄 택시의 존재를 전혀 눈치채지 못한 듯 외곽 쪽으로 빠지는 길을 탔다. 이를 본 택시 기사가 혀를 차며 말했다.

"어휴, 뭔 바람을 북한까지 가서 피우나. 어디까지 가는 겨."

택시 기사의 투덜거리는 소리를 들으며 나는 긴장을 늦추지 않고 봉고차의 움직임을 살폈다. 그런데 그때 봉고차가 도로 바깥쪽으로 빠졌다. 이를 본 택시 기사가 내 쪽으로 고개를 돌리며 물었다.

"저기까지 따라가믄 들킬 텐데, 어떻게 할 거여?"

"저쪽에 뭐가 있나요?"

"글씨, 예전에는 공장이 쭉 있었지. 근데 지금은 뭐가 없을 텐디."

나는 택시 기사에게 일단은 다시 시내로 돌아가 달라고 말했다. 괜히 따라붙었다가 들키면 더 골치 아플 것 같았기 때문이었다.

공장을 확인하고 시내로 돌아온 나는 그 자리에서 담배 열 개비를 연달아 피웠다. 생각을 오래도록 하고 나서 결국 한 가지 결론을 내렸다.

'씨발, 그 10억 내가 먹어야겠다.'

경찰에 신고해서 이 사실을 알려야 할지, 아니면 내가 직접 손자를 찾아서 10억을 받아먹을지를 고민하다가 혼자서 돈을 다 먹을 방법을 선택한 것이다. 나는 마지막 담배를 바닥에 내던지고 신발 바닥으로 불씨를 비벼 끈 뒤 다시 집으로 돌아갔다.

장롱 안쪽에 깊숙이 넣어 둔 두꺼운 옷을 꺼낸 뒤 신문지와 골판지들을 안쪽에 덧댔다. 애를 납치해 공장에 둔 놈들이라면 꽤 많은 수의 무리가 진을 치고 있을지 모르기에 철저하게 방비를 하려 했다. 옷을 챙긴 뒤 무기가 될 만한 것들을 찾아봤다. 제일 먼저 챙겼던 것은 식칼이었지만 어차피 내가 조폭도 아니고 그 상황에서 칼을 제대로 휘두를 수 있을 것 같지도 않았다.

처음에는 인터넷에서 화염병 만드는 법을 검색해 만들어 보려 했는데 생각보다 어려워서 포기하고 주변에서 쉽게 구할 수 있는 폭죽 몇 개만 사서 가방에 챙겨 넣었다. 어차피 위협용으로만 쓸 생각이었기에 진짜 화염병을 만들 필요까지는 없을 것 같았다. 혹시 몰라 부탄가스와 휴대용 토치, 라이터 정도만 챙겨서 가방에 같이 넣어 뒀다.

그러고는 렌털 서비스로 오토바이 한 대를 빌렸다. 택시를 타고 가면 눈치를 챌지 몰라 오토바이를 타고 몰래 잠입해서 아이를 찾은 뒤 재빨리 태우고 나올 생각이었다.

"후우."

막상 실행에 옮기려니까 손이 벌벌 떨렸다. 공장 안에 어떤 놈들이 있을지 상상이 가지 않았기 때문이었다. 온몸에 문신한 조폭 수십 명이 진을 치고 있으면 어쩌나 하는 생각에 등 뒤에서 식은땀이 삘삘 흘렀다. 그럼에도 불구하고 혼자서 공장에 들어가려 한 이유는 결국 돈 때문이었다. 10억으로 할 수 있는 것들이 머릿속에서 빙빙 돌자 두려움이 사라지는 기적이 일어났다.

'정 안 되면 경찰에 신고하지 뭐.'

긴장해서인지 배가 고프지 않아 진한 커피만 한 잔 마시고 짐을 챙긴 뒤 오토바이 위에 올라탔다. 핸드폰을 켜니 알바 사장이 전화를 몇 통이나 한 기록이 떠올랐다. 10억이 생기면 이 지긋지긋한 알바도 끝이라는 생각에 사장의 연락을 고스란히 무시하고 오토바이를 몰았다.

이미 해가 진 지 오래라 사방에 어둠이 깔려 있었다. 아까 택시를 타고 갔을 때도 을씨년스럽다고 생각했는데 늦은 밤에 보니 아무것도 없는 황무지와 군데군데 서 있는 전신주들이 더욱 스산하게 느껴졌다. 한참을 달리다 보니 저 멀리 폐공장이 어슴푸레하게 보였다.

나는 헬멧 속에서 다시 숨을 고르고서 천천히 공장 가까이로 오토바이를 몰아 갔다. 너무 가까이 가면 소리 때문에 들킬 것 같아 근처에 대 놓고 내려서 주변을 살폈다. 다행히 주변에 인기척은 느껴지지 않았다. 나는 챙겨 온 가방을 메고 천천히 공장 쪽으로 다가갔다.

공장이 생각보다 규모가 크다는 걸 알 수 있었다. 몇 걸음 더 갔더니 안쪽으로 들어가기도 전에 엄청난 악취가 났다. 난생처음 맡아 보는 악취에 헬멧을 쓰고 있음에도 머리가 어지러웠다. 쓰레기 처리장이라고 착각할 만큼 지독한 냄새였다.

겨우 악취에 익숙해진 나는 몰래 공장 뒤쪽으로 가서 들어갈 수 있는 문이 있는지를 찾았다. 워낙 큰 건물이었기에 문이 여러 개 있을 것 같았다. 예상대로 건물 뒤쪽 측면에 열려 있는 문을 발견했다. 오랫동안 방치되어 있었는지 문은 완전히 녹이 슨 상태였다. 나는 긴장을 애써 감춘 채 문 안쪽으로 천천히 들어갔다.

어두운 복도가 쭉 펼쳐져 있었다. 머리에 쓴 헬멧이 답답하고 시야를 가려 당장이라도 벗고 싶었다. 하지만 그랬다가 뒤에서 날아든 쇠 파이프에 머리통을 맞고 조폭들에게 장기가 털릴지도 모른다는 생각에 꾹 참았다. 챙겨 온 라이트로 시야를 확보한 뒤 복도를 걸어갔다. 처음에는 단순히 지역 유지의 손자를 구해서 10억을 차지한다는 것이 계획이었는데, 이곳에 들어오는 순간 뭔가가 잘못됐다는 생각을 버릴 수가 없었다.

'젠장, 그냥 경찰에 신고하고 말걸.'

신고만 해도 몇백만 원의 포상금을 탈 수 있었는데 10억에 욕심을 부리는 바람에 이곳까지 오게 된 것이 후회스러웠다. 하지만 이미 일은 벌어져 어쩔 수 없었다. 죽이 되든 밥이 되든 뭔가 얻어 가야 덜 억울할 것 같았다.

복도를 따라 천천히 걸어가니 안쪽에서 더 강한 악취가 풍겨왔다. 숨을 참으며 복도 끝까지 걸어갔다. 계속 걸어가자 복도가 끝나는 지점에서 희미한 불빛이 번쩍이는 것이 보였다. 나는 곧장 라이트를 끄고 몸을 웅크린 채 복도를 기어서 불빛이 있는 곳으로 향했다.

복도가 끝나는 곳에 이르자 나는 살짝 고개를 내밀어 안쪽에 무엇이 있는지를 확인했다. 놀랍게도 그곳에는 축구장만 한 거대한 공간이 있었고, 그 안은 엄청난 양의 폐기물들로 가득 차 있었다. 나는 비로소 이 지독한 악취가 어디서 나는 건지 깨달았다. 공장 안쪽에 이런 쓰레기와 폐기물들이 쌓여 있을 거라고는 아무도 상상하지 못할 것이다.

'이게 다 뭐야.'

폐기물이 쌓인 공간 곳곳에 긴 장대를 세우고 조명을 올려놓은 것이 불빛의 정체였다. 불빛은 있으나 사람의 인기척은 전혀 느껴지지 않았다. 왠지 모를 호기심이 생긴 나는 몸을 낮춘 채 폐기물이 쌓여 있는 곳으로 향했다. 그러고는 핸드폰을 꺼내 이 광경을 모두 찍어서 영상으로 담았다. 그렇게 영상을 찍는 데 집중하고 있을 때였다.

갑자기 공장 건물 앞쪽에서 요란한 소리가 나더니 문이 옆으로 갈라지며 열렸다. 나는 놀라서 재빨리 폐기물들이 쌓여 있는 곳 뒤쪽으로 숨었다. 이윽고 바깥쪽에서 덤프트럭 몇 대가 연달아서 들어왔다. 덤프트럭에는 엄청난 양의 폐기물들이 가득 실려 있었는데, 비어 있는 공간에 폐기물들을 부려 놓고는 바로 다른 출구를 통해 바깥으로 나갔다. 나는 숨어서 이 상황을 지켜보며 모두 영상으로 찍어 뒀다. 납치당한 아이를 찾으러 왔다가 느닷없이 폐기물 불법 투기 현장을 목격하게 된 것이었다.

'내가 잘못 쫓은 건가.'

분명 노숙자를 태운 봉고를 쫓았다고 생각했는데, 착각해서 전혀 다른 곳에 온 것일 수도 있겠다는 생각이 들었다. 그 순간 나는 긴장감이 풀려 버렸다. 납치범들과 조폭들이 있는 무시무시한 범죄 소굴이 아니라 불법 쓰레기장일 뿐이라는 사실에 나의 망상이 우습게 느껴졌다. 당장이라도 손에 쥘 것처럼 생각했던 10억이 한순간에 산산이 날아가 버리자 긴장감과 함께 의욕마저 사라져 버렸다.

'배고프다.'

긴장이 풀리자 허기가 먼저 몰려왔다. 쓰레기에서 풍겨 오는 악취를 이겨 낼 만큼 허기가 지자 나는 지친 몸을 이끌고 자리에서 일어났다. 집으로 돌아가 대충 라면이나 끓여 먹고 잠이나 자야겠다 싶었다. 꽤 괜찮은 알바 자리를 허무하게 날려 버렸으니 사장에게 무릎 꿇고 빌든, 아니면 다른 자리를 찾든 해야 할 것 같았다.

왔던 길을 되돌아가 나가려는데, 갑자기 바깥에서 말소리가 들려왔다. 깜짝 놀란 나는 그 자리에서 멈춰 섰다. 인기척을 죽인 채 귀를 기울여 보니 아까 덤프트럭을 끌고 온 기사들인 듯싶었다. 나는 들킬지 몰라 밖으로 나가지도 다시 안쪽으로 들어가지도 못한 채 그들의 말을 들을 수밖에 없었다.

"후우, 이번 주 건 이제 다 끝난 거지?"

"예, 급한 건 오늘로 마무리됐습니다."

"에이, 시팔. 장 사장 그 새끼는 왜 일정을 이렇게 빡빡하게 잡아서 고생하게 만들어."

"요즘 물량이 잘 안 빠져서 그런 거 아니겠습니까. 요새 저쪽 동네 재개발로 소화해야 할 물량은 많은데 처리가 영 시원찮습니다."

"참나, 어차피 고생은 우리가 하고 장 사장 쪽은 그냥 그 요괴 새끼들 풀어만 놓으면 되는 건데 뭐가 힘들어서 처리가 이렇게 밀려."

사내가 꺼낸 '요괴 새끼들'이라는 말에 잠시 말소리가 끊어졌다. 그러다가 다른 목소리가 다시 말을 이어 갔다. 아까보다는 낮은 목소리였다.

"안 그래도 그거 말인데, 장 사장 쪽 애들 얘기 들어 보니까 요즘 문제가 꽤 있답디다."

"문제? 문제가 있긴 뭐가 있어. 그냥 냅두면 처먹기만 하는 요괴 새끼들이."

"그게 그렇지가 않은가 봐요. 이 새끼들도 입맛이라는 게 있는지 폐기만 처먹으면 빌빌거리고 힘을 못 쓴다는 거예요."

"뭐? 에라이, 요괴 새끼들이 뭔 맛을 알아. 그냥 주는 대로 처먹으면 되는 거지. 참나."

나는 기사들의 말을 들으면서 의문이 생겼다. 요괴라거나 폐기를 처먹는다는 말이 잘 이해가 가지 않았던 것이다. 그렇게 몇 마디 대화를 나누던 기사들이 담배를 다 피웠는지 자리를 뜨려고 했다. 그런데 그때 예기치 못한 일이 일어났다.

"잠시만요. 안 그래도 저번에 여기 문 닫고 가랬는데 깜박했네요."

그러더니 내가 들어온 문을 닫고 걸쇠를 채워 버리는 것이 아닌가. 나는 굳게 닫혀 버린 녹슨 철문을 보고도 목소리를 내지 못했다. 기사들이 자리를 뜨고 주변이 조용해지자 재빨리 다가가서 문을 열어 보려 했다. 하지만 예상대로 문은 꿈쩍도 하지 않았다.

'젠장.'

문이 잠겨 버린 바람에 나는 다른 출구를 찾아야만 했다. 이곳이 납치범들의 소굴은 아니었지만 불법 투기를 하는 사람들이라고 해서 친절할 것이라는 생각은 들지 않았다. 나는 어쩔 수 없이 다시 폐기물들이 쌓여 있는 공간으로 돌아갔다. 그곳에서 열려 있는 문을 찾아 빠져나갈 생각이었다.

산처럼 쌓여 있는 폐기물들을 지나 아까 덤프트럭들이 들어온 문을 살폈다. 문이 있는 것은 맞았지만 아무리 밀어도 열리지 않았다. 기계로 제어를 해야지 사람 손으로 밀어서 열 수 있는 무게가 아닌 듯했다. 꼼짝없이 폐기물과 함께 이곳에 갇혔다는 것을 확인하자 허기가 더 이상 느껴지지 않았다.

'여기서 나가야 한다.'

다른 출구를 찾는 수밖에 없었다. 다른 쪽 벽과 연결된 통로가 있는지를 확인하기 위해 더듬더듬 뒤쪽으로 향했다. 그런데 그때였다. 내가 가려던 벽 쪽에서 요란한 소리가 나는 것이었다. 거대한 기계가 굴러가는 소리가 굉음을 내며 공간 안쪽에 울려 퍼졌다. 문이 열린 줄 알고 눈을 동그랗게 뜬 채 그곳으로 향하던 나는 전혀 예상치 못한 것을 목격하고 말았다.

처음에는 문을 열고 나온 것들이 거대한 소라고 생각했다. 멀리서 그림자에 비친 윤곽만 볼 때는 그것밖에 머릿속에 떠오르는 것이 없었다. 하지만 장대 위에 놓인 조명에 그것들의 모습이 정확하게 비치자 소가 아니라는 것을 곧장 깨달았다.

'뭐야, 저게.'

아까 덤프트럭 기사들이 말한 '요괴 새끼들'이 무엇인지를 명확하게 알 수 있었다. 안으로 들어온 그것들은 네 발로 걷는 것들도 있고 두 발로 걷는 것들도 있었는데, 전반적으로는 뱀 머리를 한 요괴의 모습을 하고 있었다. 피부에는 우둘투둘한 비늘이 돋아 있었고 몸은 사자나 호랑이 같은 짐승을 닮아 있었다. 팔이 유독 길고, 큼지막한 입에는 날카로운 이빨이 돋아 있었는데 어떤 것들은 생김새가 악어를 닮았고, 어떤 것들은 주둥이가 뾰족한 새의 부리처럼 생겼으며, 또 어떤 것은 검고 푸른 문양에 뒤덮여 생김새를 알아보기 힘들었다.

정체를 알 수 없는 요괴들은 모두 '비비-' 하며 구슬픈 목소리로 울면서 폐기물 산 곳곳을 어슬렁어슬렁 걸어 다녔다. 그런데 그때 요괴들 목에 걸린 검은 목걸이에서 강한 스파크가 튀었다. 그러자 요괴들이 몸을 부르르 떨더니 입을 쩍 벌리고는 폐기물들을 먹어 치우기 시작했다. 날카로운 송곳니와 단단한 이빨로 쇳덩이고 플라스틱이고 가리지 않고 죄다 씹어 먹어 삼켰다.

먹는 속도가 어찌나 빠른지 순식간에 폐기물들이 줄어드는 것이 눈에 보일 정도였다. 누구 생각인지는 모르겠지만 놀랍게도 이 요괴들을 이용해 불법 투기된 폐기물을 처리하고 있는 것이었다. 그제야 나는 아까 덤프트럭 기사들의 대화가 무슨 내용인지를 이해할 수 있었다.

'맙소사, 이런 미친 생각을 하다니.'

기괴한 괴물이자 요괴라고 불러야 할 법한 존재를 마주한 것도 놀랍지만, 이를 이용해 처분하기 어려운 폐기물을 없애고 있다는 것이 믿어지지 않았다. 요괴들은 자신의 몸집보다 훨씬 더 많은 양의 폐기물들을 무리 없이 먹어 치웠다. 하지만 폐기물을 먹어 치우는 것이 몸에는 좋지 않은지 그들의 몸에 붙어 있던 비늘들이 우수수 떨어지는 것이 보였다.

폐기물을 삼키던 요괴 하나가 고개를 치켜들더니 송곳니를 내밀며 사납게 울부짖었다. 그러자 이번에도 영락없이 목걸이에서 스파크가 튀었다. 요괴에게도 전기는 통하는지 녀석은 괴로운 듯 온몸을 바르르 떨다가 힘없이 고개를 숙이고서 다시 폐기물을 먹었다.

요괴들이 공간에 있는 폐기물의 절반쯤을 먹어 치운 뒤에야 닫혔던 문이 다시 열렸다. 요괴들은 나왔던 곳으로 어슬렁어슬렁 되돌아갔다. 비비- 하고 우는 구슬픈 소리가 문이 닫힐 때까지 공간에 울려 퍼졌다.

뒤에서 이 광경을 모두 핸드폰으로 찍은 나는 놀라운 광경에 제대로 뭔가를 생각할 수가 없었다. 찍은 영상을 유튜브에 올리면 사람들이 모두 CG로 만든 가짜 영상이라고 댓글을 달 것이 분명했다. 세상에 진짜 요괴가 있다고 믿는 사람은 없기 때문이었다. 하지만 내가 본 것은 그 어떤 거짓도 섞여 있지 않은 사실 그 자체였다.

요괴들이 돌아가자 고요해진 공간에서 나는 다시 벽을 짚으며 출구를 찾았다. 저런 요괴들을 강제로 붙잡아 놓은 이들이 평범할 리가 없었기에 한시라도 빨리 이곳에서 나가고 싶었다. 필사적으로 벽을 짚고 돌아다니던 중 나는 요괴들이 빠져나간 통로의 문이 완전히 닫히지 않은 것을 발견했다. 지금으로서는 출구가 이곳밖에 없는 상황이었기에 위험을 무릅쓰고 우선 그곳으로 가 보기로 했다.

몸을 낮춰서 살짝 열려 있는 문과 바닥 틈으로 들어가니 역시나 이곳에도 복도가 길게 이어져 있었다. 조심스럽게 몸을 낮추며 복도 안쪽으로 걸어 들어갔다. 그런데 반대편에서 사람의 고함이 크게 들리는 것이었다. 나는 들키지 않도록 벽에 딱 붙어서 고함이 나는 곳으로 향했다. 복도 끝으로 향하니 폐기물들이 쌓여 있던 곳과 비슷한 구조의 거대한 공간이 나타났다.

내가 지나온 복도가 두 개의 건물을 연결시켜 놓은 통로인 듯 싶었다. 공간 안쪽을 힐끔 보니 아까 봤던 요괴들이 갇혀 있는 십여 개의 우리가 있었다. 그곳에는 반대쪽 공간과 달리 요괴의 우리를 제어하는 시스템과 이를 관리하는 직원들이 있었다. 요괴들을 감시하는 감시 카메라와 이를 실시간으로 보여 주는 상황판까지 벽 한쪽에 붙어 있었다.

그런데 이상하게도 우리에 갇혀 있는 요괴들의 모습이 정상적이지 않았다. 대부분이 비늘이 죄다 뜯긴 듯 빠져 있었고, 얼굴과 몸에 흉한 수포가 잔뜩 난 채 우리 바닥에 쓰러져 있었다. 그런 요괴들의 우리 앞에서 머리가 벗겨진 키 작고 배 나온 사내가 공장 점퍼를 입은 다른 직원들의 정강이를 발로 차며 소리를 내질렀다.

"이 병신 같은 새끼들아! 관리를 이딴 식으로 해서 우리 공장 밥줄 다 끊기면! 개새끼들아, 그러면 내가 가만히 있을 것 같아!"

직원들에게 화를 내며 고래고래 소리를 지르는 남자가 이곳의 사장인 듯했다. 다른 직원들은 사장의 말에 고개만 푹 숙인 채 아무 말도 못 하고 있었다. 사장이 씩씩거리며 우리에 갇힌 요괴들을 가리켰다.

"사람을 먹이로 주면 기운 차릴 거라면서! 근데 뭐야. 이 새끼들이 왜 피죽도 못 처먹은 비루먹은 망아지처럼 이 지랄을 하고 있냐고! 노숙자를 지금 몇 명이나 처먹였는데 계속 저 지랄이야!"

사장이 눈이 시뻘겋게 달아오른 채 악다구니를 쓰며 바들바들 떨었다. 그러자 직원 중 직급이 높아 보이는 이가 앞으로 나와서 조심스럽게 말을 했다.

"사, 사장님, 저희 생각에는 아무래도 좀 회복의 시간이 필요한 게 아닌가 싶습니다. 보양하라고 이번에는 노숙자 말고 더 어린애들을 잡아서 먹였으니 차차 괜찮아질 겁니다."

그 직원의 말을 들은 나는 순간 눈동자가 번쩍 뜨였다. 사라진 노숙자들과 실종된 유지의 손자. 단순히 유괴나 납치된 것이 아니라 이곳에 있는 요괴들의 먹이가 된 것이다. 폐기물을 처리해야 할 요괴들이 힘을 잃자 사람을 먹여서 힘을 되찾게 한 뒤 다시 일을 시키려 한 것이었다.

'미친 새끼들.'

나는 목구멍에서 튀어나올 것 같은 구역질을 억지로 참았다. 사람을 납치해서 요괴들의 먹이로 주다니. 그런 끔찍한 짓을 했는데도 사장이 걱정하는 것은 오로지 하나였다. 기일 안에 제대로 폐기물들을 처리하는 것. 요즘 밀려드는 물량은 많은데 처리할 요괴들이 제대로 삼키지를 못하니 성질이 난 것이었다.

핸드폰을 들고 나는 그 장면을 죄다 찍었다. 납치 사건의 범인이 자신의 범행을 고백한 것이나 다름이 없었기에 나는 소리를 제대로 담기 위해 더 몸을 내밀며 사장의 얼굴이 잘 찍히도록 했다. 그런데 너무 과몰입했는지 그만 균형을 잃고 그 자리에서 넘어지고 말았다. 요란스럽게 넘어지면서 소리를 내는 바람에 직원들에게 성질을 내던 사장이 고개를 돌렸다. 그리고 곧장 나를 발견했다. 그는 벗어진 머리까지 새빨갛게 변하더니 직원들을 향해 소리쳤다.

"저 새끼 잡아!"

그 말에 고개를 숙이고 있던 직원들이 너 나 할 것 없이 달려왔다. 나는 급히 일어나서 복도 반대편으로 도망가려 했다. 하지만 이런 상황이 되니 몸이 말을 듣지 않았다. 발이 미끄러지면서 휘청거렸고 뒤에서 쫓아온 공장 직원들에게 붙잡히고 말았다. 얼마나 열심히 뛰었는지 가쁘게 몰아쉬는 직원들의 숨소리가 귓가에 선명하게 들렸다.

이곳에 오기 전 상상했던 것과 달리 공장에 있는 사람들은 온몸에 문신이 가득한 조폭들이 아니라 어디서나 평범하게 볼 수 있는 사람들이었다. 이런 사람들이 요괴들을 키우고 있고, 사람을 붙잡아 먹이로 던져 줬다는 것이 믿기지 않았다.

"이거 놔!"

나는 내 몸을 붙잡은 직원들을 뿌리치기 위해 발버둥 쳤지만 아무리 평범하게 생겨도 성인 남자 몇 명이 팔을 잡고 어깨를 찍어 누르자 도저히 도망칠 수가 없었다. 뒤에 있던 다른 직원들이 내 발을 양쪽으로 붙잡고 들어 올리더니 그대로 사장 앞까지 끌고 갔다.

사장은 나를 보더니 냅다 뺨부터 올려 쳤다. 얼얼한 통증이 뺨에서 시작해 얼굴 전체로 퍼졌다. 그래도 분이 풀리지 않은 사장이 반대쪽 뺨도 때리고 발로 내 아랫배를 걷어찼다. 살면서 다른 사람에게 이렇게 무분별한 폭력을 당해 본 것은 처음이었기 때문에 통증도 통증이었지만 정신적인 충격이 더욱 커서 정신을 차릴 수가 없었다. 사장은 넋이 나간 표정으로 나를 바라보며 소리쳤다.

“이 개새끼가. 너 뭐야. 기자야? 경찰이야? 여기 어떻게 기어 들어 왔어.”

눈을 부라리며 윽박지르는 사장은 영화 속에서 봤던 조폭보다 더 무서웠다. 옆에서 나를 붙잡고 있는 직원들은 무표정하게 나를 바라보며 움직이지 못하도록 팔과 무릎으로 찍어 누르고 있었다. 머리가 벗어진 사장은 붙잡힌 나를 내려다보며 미간을 구긴 채 직급이 높은 직원에게 손짓했다.

“젠장, 야, 김 실장. 이제 어떻게 할 거야. 똥파리 새끼까지 꼬였는데.”

“사장님, 걱정하실 것 없습니다. 토막 쳐서 애들에게 보양식으로 던져 주면 증거도 안 남고 애들도 기운 차려서 스케줄 맞추는데 더 도움이 될 겁니다.”

김 실장이라 불린 직원의 말을 들은 사장은 곰곰이 생각하다가 이내 고개를 끄덕였다. 나는 정신이 번쩍 들어서 주위를 둘러보며 소리쳤다.

“자, 잠깐만요! 살려 주세요! 저 다른 데 가서 말 안 할게요!”

나는 필사적으로 살려 달라고 빌었다. 하지만 사장이나 김 실장이라는 사람은 내 말을 전혀 듣지 않고 앞으로 어떻게 공장을 운영해야 할지 미래적인 이야기를 나누는 데 여념이 없었다. 나를 붙잡고 있던 다른 직원들은 팔을 풀어 주기는 했으나, 도망치지 못하도록 사방에서 나를 단단하게 지키고 서 있었다.

'씨발.'

돈 좀 벌어 보겠다고 왔다가 쥐도 새도 모르게 요괴의 보양식이 될 상황이었다. 나는 이 상황을 어떻게든 벗어나기 위해 머리를 굴리고 또 굴렸다. 그때 가방에 넣어 가지고 온 폭죽과 부탄가스가 생각났다. 뭐가 어떻게 되든지 간에 일단 이놈들의 시선을 끌어서 여기서 빠져나가는 게 급선무였다.

나를 지키고 선 다른 직원들이 눈치채지 못하도록 나는 웅크린 자세로 조심스럽게 가방에 손을 넣어 부탄가스에 끼워 놓은 토치의 레버를 돌려 가스가 흘러나오도록 했다. 그러고는 주머니에서 라이터를 꺼내 기회를 봤다. 이들의 시선을 완전히 끌 수 있도록 폭죽을 던질 곳을 물색한 것이었다.

긴장감에 숨을 가쁘게 몰아쉬며 나는 가스가 흘러나온 가방 속에 손을 집어넣고 그대로 라이터를 켰다. 칙칙 소리와 함께 라이터에 불이 붙으면서 가스가 가득 찬 가방 안쪽에서 불길이 치솟았다. 동시에 나는 불길이 붙은 가방을 곧장 요괴들이 있는 우리를 향해 던졌다. 불이 붙은 가방이 우리 쪽으로 날아가자 예상대로 사장은 물론 직원들이 모두 그곳으로 시선을 돌렸다.

"씨발! 저거 꺼! 빨리 꺼!"

사장이 고래고래 소리를 지르자 직원들이 죄다 불을 끄기 위해 몰려갔다. 그런데 그때 가방에 붙은 불이 폭죽에도 옮겨붙었는지 요란스럽게 폭죽이 터지기 시작했다. 가방에서 튀어나온 불꽃과 폭음 소리가 공간 전체에 시끄럽게 울려 퍼졌다.

갑작스럽게 터진 폭음에 우리에 있던 요괴들이 흥분하더니 난동을 부리기 시작했다. 우리에 머리를 박고 몸부림치는 요괴들을 보며 사장이 다시 소리쳤다.

"이 병신 새끼들아! 빨리 전기 스위치 켜! 빨리!"

본래 우리를 설계했을 때는 항상 우리의 철창에 전기가 흐르도록 만들어 뒀을 것이다. 하지만 요즘 전기세가 올라가면서 원가 절감을 위해 사장은 철창에 흐르던 전기를 꺼 두고 요괴들이 난동을 부리려 할 때만 스위치를 켜서 얌전히 하도록 지시를 내려 둔 모양이었다. 그리고 이 결정은 돌이킬 수 없는 비극을 불러왔다. 급하게 직원이 달려가서 전기 스위치를 다시 켜려던 순간 맹렬하게 우리에 머리를 부딪치던 요괴 중 하나가 철창을 부수고 밖으로 튀어나왔다.

밖으로 튀어나온 요괴는 평소에 어슬렁거리던 것과 달리 두 발로 서서 누구보다 빠르게 공중으로 뛰어올랐다. 그러더니 큰 입을 쩍 벌리고 전기 제어 장치 앞에 선 직원의 상반신을 그대로 씹어 삼켰다. 하반신만 남은 직원의 몸에서 피 분수가 솟구쳐 올랐다.

직원을 삼킨 요괴는 다시 입을 벌려 제어 장치를 한입에 씹어 삼켰다. 쇠든 플라스틱이든 그 무엇이든 삼킬 수 있는 요괴에게 제어 장치를 씹어먹는 것쯤은 아무것도 아니었다. 그들을 구속하던 장치가 사라지자 사장은 물론 직원들의 얼굴이 새하얗게 질렸다. 사장이 떨리는 목소리로 김 실장에게 말했다.

"기, 김 실장, 뭐 해. 빨리 긴급 상황 버튼 눌러. 빨리!"

하지만 안타깝게도 긴급 상황 버튼은 제어기 바로 옆에 붙어 있었다. 그리고 그 제어기는 이미 요괴의 배 속으로 들어간 지 오래였다.

우리에 갇혀 있던 다른 요괴들도 하나둘씩 철창을 부수고 나오기 시작했다. 힘이 없는 요괴들은 다른 요괴들이 철창을 씹어 삼켜서 밖으로 꺼내 줬다. 십여 마리의 요괴들이 서서히 사장과 직원들이 있는 곳으로 걸어왔다. 이를 본 사장이 요괴들을 향해 소리쳤다.

"물러서! 이 짐승 새끼들아! 다 죽어 가는 걸 살려 주고 먹여 주고 키워 줬더니, 이놈들이 은혜도 모르고 어딜 이빨을 들이밀어!"

사장은 집에서 키우던 개에게 하던 대로 우선 윽박부터 질렀다. 개는 사장의 고함에 꼬리를 말고 겁을 먹었지만, 요괴들은 그렇지 않았다. 그들은 붉은 눈동자를 번들거리며 서서히 사장 쪽으로 다가왔다. 거대한 몸집의 요괴들이 날카로운 송곳니를 보이며 다가오자 그제야 사장이 당황하며 손을 흔들었다.

"자, 잠깐! 이러지 말자고. 원하는 게 있으면 내가 들어줄게. 일단 물러나. 어서 물러나라고. 그러지 않으면 진짜 뜨거운 맛을 볼……!”

사장의 말이 다 끝나기도 전에 가장 앞에 있는 요괴가 뛰어들어 그의 머리통을 씹어 삼켰다. 목이 뜯겨 버린 사장의 몸에서 피가 분수처럼 치솟아 올랐다. 그러자 옆에 있던 김 실장과 다른 직원들의 얼굴과 몸에 그 피가 모두 튀었다. 직원들은 피 분수에 적셔진 자신들의 얼굴을 보며 비명을 내질렀다.

요괴들은 쓰러진 사장의 몸쪽으로 다가가 사지를 찢고 내장을 파먹기 시작했다. 사장의 몸은 순식간에 그 자리에서 해체되어 사라져 버렸다. 요괴들은 자신이 입에 물고 있던 사장의 육신을 병든 동족들에게 나눠 줬다. 사장의 몸을 받아먹은 병든 요괴들은 놀랍게도 서서히 피부의 색이 돌아오더니 몸에 퍼진 수포도 가라앉기 시작했다.

*“부정한 자의 살과 피.”*

*“그것을 원하노라.”*

*“내놓아라, 부정한 자를.”*

숨어 있던 나는 비비- 울려 퍼지는 소리 사이에 섞인 희미한 말소리를 들었다. 진짜 요괴가 한 말인지, 내가 만들어 낸 환청인지 구분하기 어려웠다.

중요한 것은 그게 아니었다. 사장의 피와 살을 받아먹고 몸을 일으킨 병든 요괴들까지 합류하자 그 숫자가 배로 늘어났다. 요괴들은 피에 젖은 다른 직원들을 보며 이빨을 들이밀었다.

직원들은 그런 요괴들을 보며 몸을 덜덜 떨거나 오줌을 지렸다. 하지만 그렇다고 해서 요괴들이 그들을 용서할 리가 없었다. 비명과 함께 직원들은 모두 갈기갈기 찢겨 요괴들의 배 속으로 들어갔다. 그리고 나는 이 모습을 숨어서 모두 핸드폰 카메라로 찍었다. 직원들을 모두 찢어서 먹어 치운 요괴들은 다시 비비- 하고 울더니 몸을 날려 어딘가로 사라졌다.

나는 텅 비어 버린 수십 개의 우리와 곳곳에 피가 흩뿌려진 자국을 멍하니 바라보다가 옆에 출구가 있다는 것을 깨닫고 터덜터덜 밖으로 나왔다. 저 멀리서 해가 떠오르는 것이 보였다. 나는 뒤를 돌아서 폐공장을 한번 보고서는 숨겨 둔 오토바이를 타고 곧장 집으로 돌아왔다.

집에 도착한 나는 그대로 쓰러져 의식을 잃었다. 다시 깨어났을 때는 꼬박 하루가 지나 있었다. 겨우 몸을 일으킨 나는 심한 탈수 증상에 거의 죽기 일보 직전이었다. 급하게 물을 마셔 수분을 채운 뒤 냉장고에 있는 음식을 허겁지겁 먹었다. 그러고는 다시 기절하듯 쓰러져서 잠들었다가 깨어나기를 반복했다. 그렇게 3일이 훌쩍 지나가자 겨우 정신이 들었다. 하지만 여전히 귓가에 울리는 비비- 소리는 지워지지 않았다.

그날의 기억들을 애써 잊으며 방에 틀어박힌 채 핸드폰만 만

지작거리던 나는 인터넷상에 뜬 기사 하나를 접하게 되었다. 폐공장에서 다량의 불법 투기 쓰레기가 발견되었는데, 그 안에는 방사성 물질을 포함한 폐기물까지 있었다는 기사였다. 하단에 첨부된 사진은 내가 있었던 그 공장과 비슷한 실루엣이었다. 나는 그 기사의 창을 애써 닫고서 다시 이불을 몸에 둘둘 감고는 베개에 머리를 처박았다. 여전히 내 귓가에는 비비- 소리가 떠나지를 않았다.

# 광원공포증

## 이시우

호러 소설 창작 그룹 괴이학회의 창립 멤버로 딥러닝 AI 회사의 프로그래머로 일하며 작품들을 집필 중이다. 장편 『이계리 판타지아』와 『과외활동』, 개인 단편집 『넷이 있었다』를 출간하였고 『단편들, 한국 공포문학의 밤』에 「이화령」을, 『출근은 했는데, 퇴근을 안 했대』에 「솔의 눈 뽑아 마시다 자판기에 잡아먹힌 소년 아직도 학교에 있다」를 수록하였다.

0.

두려움에 관해 이야기해 보자. 지극히 평범한 사람을 광기로 몰아붙이고 제아무리 강대한 사람도 쓰러트리고 마는 그런 두려움.

모두 제각각의 이유로 온갖 다양한 것들을 두려워해 본 적이 있을 것이다.

나는 어렸을 적에 뱀을 무척이나 두려워했었다. 뱀에게 물렸다거나 하는 특별한 경험이 있었던 것은 아니다. 뱀을 직접 본 건 어렸을 적 동물원의 튼튼한 유리 벽 너머에서 실눈을 뜨고 곁눈질로 바라본 것 딱 한 번뿐이다. 나에게 별다른 위해를 가하지도 않았고 제대로 마주 대해 본 적도 없었지만 난 뱀이 두려웠다. 생김새도 그렇지만 그 특유의 꾸물거리는 움직임이 알 수 없는 거부감을 불러일으켰다.

두려움이란 건 결국 그런 게 아닐까 한다. 뚜렷한 계기도, 마땅히 두려워해야 할 그 어떤 연원도 없지만, 남들은 알 수 없는 저마다의 이유로 특정 대상을 두려워하는 그런 것 말이다.

뱀의 경우라면 그래도 보편적인 편이라 할 수 있겠다. 봉제 인형, 정확히는 눈을 뜨고 있는 봉제 인형이 너무나 두려워서 집에 있는 모든 인형의 눈을 잡아 뜯어 버린 사람의 이야기를 들은 적이 있다. 한평생 의식하지 못하고 살다가 어느 날 갑자기 인형들의 시선이 두렵게 느껴졌다는 거다. 특별한 계기가 있었던 것도 아니란다. 인형을 모두 내다 버린다는 선택지도 있었지만, 그 인형들이 자신의 시야 밖에서 존재한다는 그 상황을 견딜 수 없었다고 한다. 자신의 감시 안에 두려움의 대상을 두는 편이 두려움을 통제하는 데 더 나을 거란 판단에서 나온 결정이었다고.

처음 들었을 때 이상한 이야기라고 생각은 했었다. 하지만 이내 수긍할 수 있었다. 내가 아무런 이유도 없이 뱀을 두려워한 것과 크게 다를 것도 없었다. 두려움이란 그런 것이다. 어느 날 갑자기 이유도 없이 머릿속에 뿌리를 내리고 쉽사리 사라지지도 않는 보기 싫은 잡초 같은 것이다.

이렇듯, 난 대체로 세상 모든 사람이 각자 두려움의 대상을 품고 있다고 생각한다. 하지만 두려움이 머릿속에 자리 잡는 게 불가능해 보이는 사람도 세상엔 분명 존재한다는 것도 안다.

그런 사람 아니, '그래 보였던 사람'에 대해 이야기를 해 보려 한다. 많은 이야기가 그렇듯 이건 내 이야기가 아니다. 내 친구의 이야기다. 내 친구, 시운이에 대해 말하기 전에 나의 두려움에 대해 이야기를 조금만 더 해 보겠다. 나는 더는 뱀을 두려워하지 않는다. 다른 것을 두려워한다. 어렸을 적에 뱀을 두려워했던 것과 비교도 안 될 정도로…… 그러니깐 죽도록 두려워한다.

1.

시운이는 눈에 띄는 존재였다. 더는 새로운 친구를 사귈 수 없을 거란 두려움에 사로잡힌 채 들어간 중학교 1학년 교실에서 처음 보았을 때부터 그랬었다. 학창 시절을 돌이켜 보면 그런 존재 한 명은 있지 않은가. 키도 체구도 또래의 아이들을 압도하는 그런 존재 말이다.

시운이는 자신의 우월한 신체가 가져다주는 위압감을 효과적으로 활용할 줄 알았다. 그렇다고 또래 아이들을 괴롭혔다거나 한 건 아니다. 그저 자신이 학교라는 좁은 울타리 안 사회에서 그 누구도 두려워할 필요 없고, 오히려 그들을 두렵게 만들 수 있지만 그러지는 않을 거라는 걸 자연스럽게 어필할 줄도 아는 아이였다.

학창 시절의 시운이를 묘사하자면 '조용하고 스스로를 내세우려 하지 않는 아이'라고 하는 게 정확할지도 모르겠다. 물론 자신을 내세우려 하지 않아도 항상 주변인들의 눈에 띌 수밖에 없는 존재도 있다. 말수가 많지도, 적극적으로 남에게 다가가지도 않았지만, 시운이 주변에는 늘 친구가 되고 싶은 아이들이 많았다. 개중 몇 명은 시운이의 존재감을, 그러니깐 그런 존재와 친하다는 사실 자체를 유리하게 활용하려는 것처럼 보이기도 했다.

그때는 나와 시운이, 우리 둘의 관계가 조금 달랐다. 나는 시운이와 그 주변에 늘 맴도는 아이들, 마치 불빛에 이끌려 온 벌레 떼처럼 부산스럽게 요란을 떠는 그네들이 꼴 보기 싫었다.

자신을 바라보는 내 시선을 눈치챈 것인지 아니면 내 머릿속을 읽기라도 했는지 시운이도 나를 썩 달갑게 대하지는 않았다. 서로가 서로에게 최고의 친구는 아니었던 우리의 관계는 신기할 정도로 길게 이어졌다. 그렇게 중 1 때부터 시작해서 고등학교 3학년 때까지 나는 시운이의 키와 덩치가 나날이 커지고 그 주변에 들러붙는 아이들이 갈수록 늘어나는 걸 그저 멀리서 지켜보고만 있었다.

고등학교를 졸업하고 나는 의대에 진학하고, 시운이는 군대에 입대하고 나서야 우리의 비루한 우정은 끝이 났다. 무슨 특수

부대에 자원입대했다고 들었었는데, 참 어떤 면에서든 그답다고 생각했다. 그 뒤로 시운이를 다시 만나게 될 거라고는 기대하지 못했다. 죽기 직전의 회상 속에서나 우연히 떠오르는 어린 날의 추억처럼 머릿속 한 곳에 파묻혀 자연스럽게 잊힐 그런 인연일 거로 생각했었다.

2.

사회적으로 자립을 하고 난 뒤 굳건히 쌓아 올린 토대 위에서 내정된 죽음까지 확정된 지리멸렬한 길을 걷는 많은 이들의 인생을 조금이나마 다른 방향으로 뒤트는 계기가 되는 몇 안 되는 이벤트인 동창회에서 시운이와 나는 다시 만났다.

처음에는 그가 좀처럼 내 존재를 인지하지 못하는 것처럼 보였다. 내 얼굴에서 떠오르는 이름이 없었는지 묘하게 나를 피하는 눈치였다. 그가 나를 한눈에 알아볼 거라곤 생각하지 않는다. 반면 나는 시운을 한눈에 알아볼 수 있었다. 그럴 수밖에 없었던 것이, 대부분 굽어진 어깨를 귀 위로 올리기도 힘들고 얄팍해진 다리가 늘어진 뱃살에 가리어질 나이대에 군살이라곤 하나 없이 근육질의 거구를 유지할 수 있는 사람이라면 시운이밖에 생각나지 않았기 때문이다.

긴 세월의 공백을 어떻게 메웠을지 쉽사리 떠올릴 수 있는 그의 몸매와 달리, 시운이의 얼굴에는 알 수 없는 그림자가 드리워져 있었다.

시운이는 학창 시절에도 좀처럼 얼굴에 웃음기가 감돌지 않았던 학생이었다. 그 당시 나이에 맞는 표현인지 모르겠지만 근엄한 느낌이었다. 그러던 표정이 왠지 쓸쓸하고 우울한 것으로 바뀌어 있었다.

어쩌면 그런 얼굴의 변화에 이끌렸었는지도 모르지만, 애써 반가운 표정으로 다가서는 나를 작은 경계와 그보다는 더 큰 미안함으로 맞아 준 시운은 그리 어렵지 않게 내 이름을 떠올렸다. 그리고 우리는 동창회 자리의 모두가 마땅히 그러하듯 이내 서로의 근황을 공유하게 되었다.

경찰의 수난 구조대라는 직업은 그에게 썩, 아니 아주 많이 어울리는 직업처럼 들렸다. 반면 '정신과 의사'라는 내 소박한 타이틀에 그는 작은 의문을 표했었다.

"네가 그런 것에 관심이 많았었던가?"

'그런 것'이 무엇인지는 모르겠지만, 어렸을 적부터 타인의 '두려움'에 대해 관심이 있었다는 내 답변에 그는 바로 사과하며 그러고 보니 아주 잘 어울린다는 칭찬을 건네 왔다. 도대체 무엇이 잘 어울린다는 말인가. 나는 애써 따져 묻지 않았다.

그날은 있지도 않은 서로 간의 추억을 억지로 지어내 몇 마디 더 말을 나누다 서로 명함을 교환하고 헤어졌었던 거 같다. 그 뒤로 다시 시운이를 만나게 될 거라곤 기대도 예상도 하지 않았다.

내게 먼저 연락을, 그것도 연락이라고 할 수가 있다면, 해 온 건 시운이었다. 그의 화려한 존재감을 생각하면 뒤늦은 청첩장은 기쁘기는커녕 오히려 나의 화를 불러일으켰다. 한참이나 어려 보이고 시운이의 존재감에 무척이나 어울려 보이는 신부의 모습은 학창 시절 내 마음속 깊은 곳에 묻어 두었던 작은 감정을 건드리기에 충분했다.

딱 거기까지일 거란 예상과 달리 시운은 꾸준히 내게 연락을 해 왔다. 기대도 못 했었던 그의 첫 집 집들이에는 놀랍게도 나만 초대했다. 집이 좁아서 많이 부르기 애매했다는 굳이 할 필요는 없는 변명과 함께.

나는 생각도 못 했었던 만족감을 느꼈다. 학창 시절 시운이 주변의 아이들이 느꼈던 감정을 뒤늦게라도 공감하는 것 같았다. 새신부가 쉴 새 없이 따라 주는 술잔에 거나하게 취해서 학생 때 '아이들 간의 미성숙하고 얄팍한 관계'와는 비교할 수 없는 성숙하고 진취적인 관계라 벅차했던 게 기억난다.

그 뒤로도 시운이는 꾸준히 내게 연락했다. 그의 인내심은 보통 6주를 넘어서지 않았다. 만취한 채로 '얼굴 보기 힘들다'라며 화를 내는 그의 전화를 나는 어느새 기다리게 되었다. 언제부터인가 주기적으로 가지는 둘만의 술자리에서 시운이가 털어놓는 소소한 불안감, 고민 같은 걸 듣는 것도 좋았다. 다른 이들은 모르는 그의 이면, 그걸 내가 알고 있다는 게 기이한 만족감을 주었다.

하지만 뒤늦게 형성된 둘의 관계를 즐기는 와중에도 결국 나를 사로잡고 있었던 건 그의 '두려움'이었던 것 같다. 이 눈부신 광원 같은 존재에 드리워지는 그림자의 근원에는 도대체 뭐가 있을까? 아니, 그런 게 있긴 할까?

3.

누군가 '친구란 같은 취미를 공유하는 사람이다.'라고 정의한 게 기억난다. 동의하지는 않지만, 굳이 반박하고 싶지도 않다. 그 정의에 따르자면 시운이와 내가 진짜 '친구'가 된 건 같은 취미인 스쿠버다이빙을 공유하고 나서부터라고 할 수 있다. 수많은 격정과 사랑에 기반한 관계가 그렇듯 시운이의 '충만하고 행복하고 영원할 것만 같았던 신혼'이 오르막길의 정점을 넘어선 무렵부터였던 것 같다.

버디 다이빙을 먼저 제안한 건 시운이었다. 거절할 이유가 없었다. 온갖 소리들에 포위된 나에게 유일하게 완벽한 정적을 제공하는 안식처로서 다이빙을 즐기는 나와 달리 그 자체가 업인 시운이었지만, 그 역시 그 무렵에는 나름의 고독의 성채가 필요한 것처럼 보였다.

깊은 수심 속에서의 시운은 글쎄…… 여전히 눈에 띄는 존재였다. 처음으로 함께 다이빙을 하러 간 고성 바닷속, 20m만 내려가도 시야가 좀처럼 확보되지 않는 그곳에서도 시운은 눈에 띄었다. 다이빙 컴퓨터의 형광 불빛보다 더 밝게 빛난다고 생각했었던 게 기억난다.

그와 함께 다이빙하는 '버디'로서는 안심이 되는 일이었다. 반대로 시운에게 나는 그다지 안심이 되는 버디가 아니었는지 모르겠다. 함께 수심을 타는 내내 미묘하게 경직된 채 줄곧 내게서 시선을 떼지 않는 시운을 보고, 그때는 그저 아직 다이빙 경험이 많지 않은 나를 염려하는 줄만 알았다.

그 뒤로 한참이나 더 이어진 둘만의 '취미 공유' 뒤에, 애써 환영받는 불청객처럼 시운이 부부와 함께 탁 트인 필리핀 바다에서 함께 다이빙을 즐긴 뒤에야 나는 알게 되었다. 그도 두려워하는 게 있다는 걸. 그러면 안 된다는 걸 알면서도 시선이 가는 곳을 회피하고자 애써 어딘가에 시선을 고정하고 있다는 걸 말이다.

그러니깐 이건 결국 두려움에 관한 이야기다.

4.

둘만의 취미 공유 뒤에 이어지는 뒤풀이 자리를 우리는 '반성회'라 불렀었다. 그날의 다이빙에 무엇을 실수하였는가, 거기에서 배울 수 있는 것은 무엇인가를 논하는 그런 반성회였다.

몇 번째인가의 반성회에서 처음으로 내가 두려움에 관해 물었을 때가 생각난다.

"내가 뭘 무서워하냐고? 글쎄, 이런저런 거 많지. 우리 부모님들 나이 드시면서 쇠약해지시는 것도 무섭고…… 한강에 뛰어내린 사람들 보면 내가 적시에 구하지 못하면 어떡하나…… 뭐 그런 생각도 하고."

'아니, 너는 두려움에 대해 이야기하고 있지 않다.'

그의 대답을 듣고 나서 처음으로 든 생각이었다. 그가 '무서워한다'라고 대답한 그 무엇도 두려워해야 할 것이 아니다. 우리가 인정하고 받아들이고 감내해야 할 불편한 무엇에 지나지 않는다. '두려움'과는 한참 거리가 먼 것이다.

시운은 자신의 두려움을 털어놓기를 꺼리고 있다. 나는 그렇게 생각했다. 하지만 캐묻고 싶지는 않았다. 6주 간격보다는 한결 짧아진 만남이 된 정기적인 반성회마다 나는 시운이에게 '그의 두려움'에 대해 물어봤다.

'그의 두려움'은 직장 후배들에 대한 '염려'에서 불안한 대한민국의 미래를 거쳐 갈수록 힘들어지는 결혼 생활에 대한 것으로 바뀌어 갔다. 이야기를 나누면 나눌수록 더 개인적인 감정에 대한 토로로 변해 가는 것이 만족스럽기는 했다. 하지만 그 역시 결과일 뿐이라는 생각이 들었다. 두려움은 결과가 아니다. 파국적인 결과를 빚어내는 원인이고 동력이다.

"나보고 무당이라도 찾아가래더라. 그게 싫으면 너한테 상담받거나."

우리의 술자리마다 이어지는 정례적인 내 질문에 시운이가 화를 내듯 발작적으로 내뱉은 건 그의 결혼 생활이 막 3년 차로 들어가던 시기였다. 평소의 회피적인 대답과는 다르다 느꼈었기에 나는 침묵으로 그의 말이 이어지길 기다렸다.

"……스트레스 같은 거겠지? 쉽지 않은 일이잖아?"

한참이나 머뭇거리다 이어진 말에도 나는 침묵으로 응대했다. 긴 한숨과 말없이 빈 술잔을 채우는 행동을 보고 나는 잠자코 독려의 눈길만을 보냈다.

"친구끼리 상담 같은 건 아니지…… 그렇다고 친구한테…… 특히 너한테라면 못 털어놓을 이야기도 아니고……."

내 수긍의 고갯짓을 본 시운은 다시 한번 긴 한숨을 내쉬고 술잔을 털어 넣었다.

“내가 무슨 일 하는지 알고 있지? 투신자들 건지고 뭐 그런……. 근데 투신한 사람들을 다 우리가 구할 수 있는 건 아니거든. 가끔 사고로…… 이미 늦은 사람들도 있고.”

나는 말없이 그의 술잔을 채워 넣었다.

“내가 뭘 두려워하냐면…… 너랑은 바다에서만 같이 수심 탔었지. 한강은 완전히 달라. 유속도 바다랑 비교할 수 없을 정도로 빠르고 시야도 완전 거지 같거든. 그래서 ‘이미 늦은 사람들’ 찾는 게 쉬운 일은 아니야. 근데 이런 말 하면 자랑같이 들리겠지만…… 나는 되게 쉽게 발견해……. 아니, 꼭 그 사람들이 나한테 다가오는 것같이…….”

그의 말을 끊고 싶지 않았기에 나름 집중해 보려 애썼지만, 떠오르는 의문이 얼굴에 표정으로 드러나는 건 막을 수 없었던 모양이다.

“아니, 죽은 사람들이니 원래는 그냥 가라앉기만 하겠지……. 근데 내가 인양하러 들어가면 꼭 나한테…… 나를 찾아오기라도 하듯 시야 밖에서 불쑥 다가……. 그냥 그렇게 느껴진다는 거야, 그냥. 내가 익사체 인양한 게 한두 번도 아니고 시체가 무서운 건 아니야. 오히려…… 오히려 그러면 그날의 인양 작업은 좀 편하게…… 뭐 우리 팀들한테도 좋은 일이고 그런 거지. 그런 게 무서운 게 아니라…… 진짜 무서운 건 오히려 그 뒤에 따라오는…….”

한번 쏟아 낸 단어들에 이끌려 가듯 시운이의 머뭇거림은 사라졌다. 스스로를 독려하듯 혼자 잔을 털어 내고 다시 그 잔을 채웠다.

“그런 날…… 익사체 인양한 날 자려고 방에 누우면 한기가 느껴져. 작년에 서울 기온 37도까지 올라갔었던 불볕더위 때 기억나? 그날 밤에 너무 추워서 에어컨 끄고 겨울 이불까지 꺼내서 덮어썼는데도 오한이 들더라. 그다음에 따라오는 건 물비린내야. 바다랑 다른 강물 특유의 비린내가 있거든. 익사체에서 그 냄새가 얼마나 지독하게 풍기는지 넌 상상도 못 할 거야. 그 냄새가 방 한구석에서부터 짙어져 가. 꼭 ‘나 여기 있어!’라고 하는 것처럼 지랄 맞게 냄새가 짙어진다고. 미친 거 같지? 너는 직업도 그러니까, 뭐 스트레스니 정신적 외상이니 그렇게 생각하고 있지?”

나는 전혀 그렇게 생각하고 있지 않았다. 그저 그의 두려움에 매료되어 있었다.

“나도 그렇게 생각……한다. 뭐 어쩌겠어. 무시하는 게 맞잖아. 그냥 물비린내 나는 방향에서 등 돌리고 눈 감고 잠 청해 보는 거지. 그런데…… 그런데…… 그럼 점점 다가와. 공기가…… 차가운 공기가 내 쪽으로 다가와. 냄새는 점점 짙어지고, 조금씩 조금씩 나한테 다가온다고……. 자신을 알아 달라고 하듯이 말이야. 아무리 ‘이거 그냥 내 생각일 뿐이다.’, ‘너무 지치고 스트레스받아서 그러는 거다.' 뭐 이런 식으로 생각해 보려 해도 그걸 떨칠 수가 없어. 그날 건져 올린 익사체 모습이…… 애써 자세히 보고 머릿속에 담아 두려 한 것도 아닌데도 너무 뚜렷이 떠올라. 방구석에서 갑자기 나타나서 내 쪽으로 걸어오는 게, 아니 그게 걸을 수나 있겠냐? 물에 너무 오래 있어서 퉁퉁 불은 다리가 제대로 움직이기나 하겠냐고. 그냥 어떻게든 다가오는 거겠지. 아무튼, 너무 뚜렷이 그려져. 아니, 그냥…… 나한테 조금씩 다가오는 걸 알 수 있어. 그런데 더 무서운 건 뭔지 알아? 그 한기랑 물비린내가 내 얼굴 바로 앞에서 멈추어 서 있다는 거야. 물비린내 때문에 코가 마비될 거 같아. 그런 경우도 있니? 사람이 정신이 이상해지면 후각이 그렇게 되기도 하는 거야?"

딱히 내 대답을 필요로 해 보이지 않았기에 나는 '너의 말을 진지하게 듣고 있다.'라는 듯 찡그리는 표정과 함께 어깨를 으쓱해 보였다. 시운이가 그 해괴한 고백을 더는 이어 갈 거라고는 기대하지 않았다.

"그래도 위안이 되었던 건…… 내 옆에서 느껴지는 와이프의 존재감…… 온기 뭐 그런 거겠지. 처음에는 무시하려 했어. 그냥 아무렇지 않은 척하며 해가 뜰 때까지 기다리는 거지. 신기할 정도로 해가 뜨고 나면 냄새도 한기도 사라지거든. 그런데 아무리 애써도 그런 상황에서 잠이 들지는 않더라고. 그러다 어느 순간은 화가 나더라. 내가 애도 아니고 왜 이런 걸 무서워하는 거지?

한평생 그 무엇에서도 도망쳐 본 적 없는 내가 왜? 그날 익사자가 누구였더라. 정말 힘들게 인양했던 것만 생각났어. 암만 그래도 내가 내 일에서…… 나름 내 소명에서 도망쳐 본 적은 없었거든. 그런데 도대체 왜? 나한테 왜? 내가 뭘 잘못했다고? 몇 시간……인지 몇 분인지…… 알 수도 없지만…… 그냥 눈감고 해 뜨기까지 기다리다가 화가 치밀어서 눈을 떴어. 그냥 갑자기 번쩍하고. 내 눈 바로 앞에서…… 얼굴을 들이밀고 나를 보고 있더라. 퉁퉁 불은 얼굴이 허물어져서 눈알이 흘러내린 채로. 코가 맞닿을 정도로 바짝 얼굴을 들이밀고…… 생전 처음으로 비명을 질렀다. 절대 그러지 않을 거라고, 무얼 보게 되더라도 그 어떤 소리도 내지 않을 거라고 나름 마음의 준비도 했는데. 옆에서 영문도 모른 채로 잠에서 깬 와이프가 날 붙들고 왜 그러냐고, 악몽이라도 꾼 거냐고, 이제 괜찮다고 달래다 뭣 때문인지도 모르게 울음을 터트렸는데도 나는 계속 비명을 질렀어."

5.

그 뒤로 이어진 대화는 뚜렷하게 기억나지 않는다. 평소보다 훨씬 더 많이, 빨리 털어 넣은 술잔의 위력 때문이었을까. 시운이의 고백이 준 충격은 이내 시시껄렁한 농담이었다는 양 얼버무리는 그의 태도에 묻혀서 사라져 버렸던 거 같다. 지금 생각해 보면 좀 황당하게 느껴진다.

그의 고백이 농담 같은 게 아니라는 걸 나는 알았다. 시운이 역시 분명히 인식하고 있었다. 하지만 그가 스스로 풀어놓은 어둠에 잠식당하지 않을 유일한 도피 행위가 의미 없는 농담의 향연이라 생각했던 걸까. 그 후로 '그의 두려움'에 대한 이야기는 다시 들을 수 없었다.

어느 정도는 예상했었지만, 그 뒤로 시운이의 연락은 뜸해졌다. 가끔 안부를 물어보아도 성의 없이 두루뭉술한 대답만이 돌아왔다. 더 이상의 다이빙도 없었다. 가끔 내가 그의 주말 일정을 물어보면 누가 들어도 거짓말이라 느낄 게 뻔한 변명을 늘어놓으며 앵무새처럼 [다음에 가자.]라는 말만 했다. 나는 우리 사이에 '다음'이라는 게 없을 거라는 걸 알 수 있었다.

시운이는 스스로가 털어놓은 두려움을 나와 공유하는 것을 두려워했다. 가장 내밀한 부분을 나와 나누고 싶지 않았던 것이다. 우리 나이대의 많은 인연이 그러하듯 그와 나 사이도 별다른 다툼 한번 없이 그렇게 자연스럽게 끝나는 듯했다.

원망스러웠던 건 아니다. 그저 궁금했다. 그가 풀어놓았던 그의 두려움이 궁금했다. 내 전공을 살려 그의 두려움을 분석해 보기 위해서도 아니다. 시운이가 여전히 익사체 인양 후에 '따라오는 것'을 보고 있는지, 한기와 악취에 시달리며 억지로 아무렇지 않은 척하며 밤을 지새우고 있는지, 아니면 밤새 비명을 내지르며 그의 아내를 괴롭히고 있는지, 그 모든 것들이 궁금했다.

때때로 그 강인한 육체를 한껏 웅크린 채로 눈을 감고 자신의 두려움으로부터 도망치는 시운이의 모습을 상상해 보곤 했다. 그 강인한 얼굴이 공포에 사로잡힌 채 비명을 내지르는 모습도.

내 예상과 달리, 우리 사이에 기대하지도 않았던 '다음'이 찾아오기까지는 그리 긴 시간이 걸리지 않았다. '다음'이 찾아오기까지는 정확히 반년 정도가 걸렸던 것 같다. 먼저 내게 연락을 준 건 시운이의 아내였다. 머뭇거리며 형식적인 안부를 묻고 난 후 둘의 이혼 소식을 전해 주었다.

무어라 대답을 해야 할지 몰라 한참을 머뭇거리던 내 입에서 흘러나온 문장은 '괜찮아요?'였었다. 글쎄 무엇이 괜찮냐는 질문이었을까. 시운이의 아내는 나도 채 몰랐었던 내 질문의 의도를 정확히 해석했던 모양이다.

[시운 오빠는 도움이 필요해요. 얼마 전에 개원하셨다고 들었어요. 그런 환……자 많이 보셨을 거잖아요? 둘이 제일 친하기도 하고…….]

시운이 아내가 그에게 '나에게 상담을 받거나 무당이라도 찾아가 보라' 했었던 게 떠올랐다. 무당은 도움이 되지 못했던 모양이구나. 뜬금없이 떠오른 생각에 시운이의 아내가 털어놓는 말들이 좀처럼 귀에 들어오지를 않았다.

[시운 오빠랑 내가 결국엔 이렇게 되었지만…… 그래도 너무 걱정돼요. 아시잖아요. 원래는 정서적으로도 안정되어 있고…… 되게 강한 사람인데…… 그런데…… 이미 그 얘기 들으셨죠? 역시 하는 일이 힘들어서 그런 거였겠죠? 내가 그래도…… 마지막까지 옆에 있어 줬어야, 힘이 되어 주었어야 하는 건데…….]

수화기 너머에서 터져 나온 울음소리에 나는 말없는 침묵으로 응대했다.

[……그런데 나도 진짜 견디기 힘들었거든요. 오빠가 비명 지르면…… 나도 꼭 뭔가 있는 것처럼…… 처음엔 한여름에 에어컨 끄고 보일러를 켜는 것도 정말 미칠 것만 같았는데…… 나중엔 나까지 추워서…….]

의미 없는 감정의 토로와 하소연이 한참이나 두서없이 이어지더니 [오빠를 잘 부탁한다.]라는 말과 함께 갑작스레 끝났다. 글쎄…… 마지막까지 가장 의지가 되는 사이였어야 할 사람도 감당 못 한 것을 내가 어떻게?

## 6.

결국에 다시 연락한 것은 내 쪽이었던 것 같다. 앞에서의 견해와 달리, 직업적인 관점으로 보자면 '두려움'은 수많은 매개체가 빚어낸 결과로 볼 수 있을 것이다. 하지만 '두려움'이라는 매개가 시운이라는 강인한 인간을 어떻게 변화시켰을지, 그 영향이 빚어낸 결과를 알고 싶은 욕구도 어느 정도는 있었던 것 같다.

날 피할 거라는 예상과 달리, 시운이는 순순히 술자리에 나왔다. 꼭 내 연락을 기다리고 있었던 것처럼. 마지막으로 만났을 때를 굳이 떠올리지 않아도 한눈에 알아볼 수 있을 만큼 시운은 변해 있었다. 수척해진 모습도 그렇지만 목줄에 끌려다니는 애완견 같은 체념 섞인 무력함이 느껴지는 그의 표정이 내 눈을 사로잡았다.

"요샌 어떻냐?"

"뭐가 어떠냐는 거야."

조금은 공격적인 시운이의 대답에 나는 어깨를 으쓱해 보였다.

"그러니깐 제수씨랑 헤어…… 그렇게 되고 난 후에 어떻게 지내냐고."

내 질문이 비단 이혼이나 그 이후의 생활에 대한 것만이 아니었음을 시운과 나 모두 잘 알고 있었다. 예전에는 볼 수 없었던 빈정거리는 표정이 시운이 얼굴에 떠올랐다. 그의 대답을 기다리는 나를 놀리기라도 하듯 시운이는 몇 잔의 술을 연달아 목구멍으로 털어 넣었다. 마치 싸구려 앞으로 소주가 하게 될 말들을 쏟아 내기 위한, 아니 그 말들이 담고 있는 두려움의 흔적을 견디기 위한 연료라도 되는 듯이.

"나 요즘 무당집 다닌다."

발작적인 시운이의 선언에 나는 그저 고개만 끄덕였다. 의사라는 나의 직업을 생각하면, 그로서는 쉽지 않은 고백이었을 것이다. 비난이나 놀림처럼 보이지 않기 위해 나는 애써 진중한 표정을 지으며 말없이 그의 말에 귀를 기울였다.

"내가…… 뭐라더라? 무슨 귀신? 요괴한테 씐 거래. 말이 되는 소리 같냐?"

어처구니없다는 듯 억지웃음을 지어 보였지만, 시운이의 얼굴에는 기묘한 안도감이 맴돌았다. 마치 한참 뒤늦게야 자신의 병의 원인을 알게 된 환자처럼도, 자신의 정체성을 자각한 사람처럼도 보였다.

"말이 되고 안 되고가 중요한 건 아닌 거 같은데. 넌 어떻게 생각하냐?"

시운이는 그저 어깨만 으쓱해 보였다. 추가적인 연료가 필요했던 것인지 또다시 몇 잔의 술을 털어 넣더니 한참 내 말을 곱씹고만 있었다.

"무슨 야광귀? 죽은 사람을 저승으로…… 지옥으로 인도하는 요괴라는데…… 그래서 죽은 사람들이 내게서 좀처럼 떠나지를 못하는 거래. 이게 말이 되는 소리 같냐?"

"네가 좀 유별나게 눈에 잘 띄는 편이긴 하지. 왜 우리 같이 다이빙하던 때 기억나냐? 내가 너한테 다이빙 슈트에 형광 물질이라도 발라 뒀냐고 했었잖아."

내 농담을 시운은 농담으로만 받아들이지 않는 것처럼 보였다. 몇 번이나 고개를 끄덕이며 깊은 생각에 빠져 있던 시운이가 다시 털어놓기까지는 제법 시간이 필요했다. 나는 그저 말없이 시운이의 입이 다시 열리기만을 기다렸다.

"결국…… 이러다 무슨 굿을 하라느니…… 뭐 그런 거겠지? 그런 게 도움이 되나? 넌 뭐 좀…… 아니, 네가 그런 거 알 리가 없겠지. 관심도 안 가질 거 같고……."

나는'그런 거'를 모르지도 관심이 없지도 않았다. 나는 시운이의 예상과 달리 '그런 거'에 관심이 있는 편이었고, 시운이가 만났다는 무당 역시 이미 알고 있었다. 상당한 구독자를 보유한 동영상 채널을 운영하는, 인터넷 시대에 맞추어 진화한 '신세대 무당'이라 할 수 있는 부류였다. 이들은 '두려움' 그 자체가 돈이 된다는 것을 누구보다 더 잘 알고 있었다. 그들의 고전적인 영역인 '두려움의 해소'보다는 '두려움의 전파'가 더 손쉬운 돈벌이가 된다는 것 역시 알고 있었다. 하지만 그런 나의 견해를 그때의 시운이에게 털어놓고 싶지는 않았다.

시운이에게 '어떤 관점에서 무당은 정신과 의사가 없던 시절에 그와 비슷한 치료의 영역을 담당하던 이들'이라고 말했다. 그 역시 온전한 나의 견해는 아니었지만, 시운은 그 말을 썩 마음에 들어 했다. 그래서 시운이는 무당이 말해 주었던 '요괴' 이야기와 그가 최근에 인양한 익사체와 그 뒤에 따라온 것에 관한 이야기를 늘어놓았다.

마치 내게 털어놓는 그 모든 말들이 흘러나오면 그를 짓누르는 두려움도 함께 빠져나갈 것이라 믿는 것처럼 보였다. 말을 하면 할수록 그의 표정은 점점 더 밝아져 갔다. 우리가 헤어질 무렵엔 내가 기억하고 있던 '빛나던' 그의 모습이 어느 정도 회복된 것처럼 보였다.

마치 두려움을 떨쳐 버린 사람처럼. 적어도 밝은 조명 아래 수많은 사람에게 둘러싸인 장소에서 시운이는 그래 보였다. 하지만 혼자 불 꺼진 빈방, 그나마 미약한 온기라도 제공해 주던 아내도 더는 없는 빈방에서 밤을 견뎌 내야 하는 그 순간이 다시 찾아온다면, 그때도 마찬가지였을까?

## 7.

내 궁금증에 대한 대답은 조금은 엉뚱한 방향으로부터 전해져 왔다. 터무니없이 극적인 방식으로 말이다.

처음 소식을 들은 곳은 예의 '동창회' 이후 느슨하게 운영되고 있던 단톡방이었다. 시운의 두려움을 걷어 내 주는 데 일조를 했던 것처럼 보였던 '신세대 무당'이 올린 동영상의 링크와 함께 '이

거 시운이 이야기 아니냐?'라는 누군가의 질문이 남겨져 있었다.

내가 관찰한 바로는 '신세대 무당'은 항상 과장되게 스스로를 '두려운 존재'로 꾸미는 데 열중하는 편이었지만, 동영상에서는 그런 연기를 할 필요조차 없어 보였다. 광적인 분노에 사로잡힌 무당의 표정은 화장기 하나 없는 얼굴이었기에 더욱 극적으로 보였다.

두서없는 분노와 비탄으로 가득 찬 동영상의 내용을 짧게 요약해 보자면 이런 것이었다.

'무당의 딸이 한강에서 투신자살했다.'

'한강 경찰대 소속의 XX 경위(모자이크한 사진이 동영상에 나왔지만 그게 시운이라는 걸 바로 알 수 있었다.)가 딸의 시신을 수습했다.'

'XX 경위는 영혼을 붙들고 놓아주지 않는 추악한 요괴다. 그 때문에 딸의 영혼은 지금도 이승을 떠나지 못한 채 방황 중이다.'

동영상에 대한 반응은 무당의 인기를 고려해 보면 놀라울 정도로 호의적이지 않았다. 얼토당토않은 이야기에 열광하는 그의 구독자들이 보기에도 터무니없는 이야기처럼 들렸었던 것일까? 하지만 무당이 토로하는 감정들, 그 모든 비탄과 분노는 진짜처럼 보였다. 이전의 연극적인 감정들과는 비교도 할 수 없을 정도로. 무당은 '다음'을 기대하라고 말하며 동영상을 마쳤다.

시운도 이걸 '얼토당토않은 이야기'라 생각할지가 궁금해졌다. 당연히 단톡방에 시운의 답변은 올라오지 않고 있었다.

시간을 보니 자정이 넘어가고 있었다. 지금쯤 시운이는 또다시 무당의 딸……이었던 것이 몰고 온 한기와 악취에 압도당한 채 방 한구석에서 몸을 움츠리고 눈을 감은 상태로 그저 해가 뜨기만을 기다리고 있는 걸까?

궁금해서 홀린 듯 전화를 걸어 봤지만 좀처럼 받을 기미가 보이지 않았다. 눈을 감은 채로 그의 눈앞에 얼굴을 들이밀고 있을 무언가를 건드리지 않으려 애쓰며 핸드폰을 더듬어 찾느라 못 받은 걸까? [통화가 연결되지 않습니다.]라는 안내를 몇 번이나 들으며 시도해 봤지만 끝내 그와 통화할 수는 없었다.

내 무모한 시도가 가져다준 결과, 좀처럼 울릴 일이 없는 시간대의 핸드폰 수신음이 그에겐 어떤 의미였는지 문득 궁금해졌다. 그 순간에도 누군가 그를 찾았다는 게 그의 두려움을 몰아내는 데 조금이라도 도움이 되었을까? 아니면…….

무당이 예고한 '다음'이 오기까지는 그리 긴 시간이 걸리지 않았다. 그사이 시운이는 내 연락을 계속 피하고 있었다. '다음' 동영상이 올라온 것은 정확히 3일 뒤였다. [지금 이걸 보고 있을 때면 나는 이미 죽은 뒤일 거다.]라는 도입부의 말과 함께 시작된 영상은 시운에 대한 끝없는 악의와 매도로 점철되어 있었다.

몇 군데 인상적인 부연도 있었다. [귀신이 된 무당은 보통 사람보다 수배는 더 독하고 악랄하다.]라는 왠지 학술적으로 느껴지는 설명도 삽입되어 있었다.

무당은 정확히 딸이 뛰어내린 그 다리에서 딸이 올라선 그 위치를 찾아 투신했다고 한다. 시운이가 무당의 익사체를 건졌는지는 알 수 없었다. 단지 무당과 딸이 뛰어내린 다리가 시운이가 근무하는 한강 경찰대에서 그리 멀지 않은 곳이라는 것만 알고 있다.

시끌벅적한 댓글의 반응은 크게 내 관심을 끌지 못했다. 오직 궁금한 건 시운이 지금 어떤 상태일까, 얼마나 두려워하고 있을까, 지금은 무얼 보고 있을까, 하는 것이었다. 나는 한참이나 '다시 한번 연락을 해 볼까? 연락하면 받을 수는 있는 상태인 걸까?' 하며 머뭇거리고 망설였다.

그러다 갑자기 시운이로부터 전화가 왔다. 밤 1시가 조금 지난 시간이었다.

[저번에 네가 전화했던 거 물어보고 싶어서였지? 그래, 맞아. 지금도 눈도 깜박이지 않고 나를 보고 있어. 바로 내 얼굴 앞에 있다고. 그게 궁금했던 거지? 퍼렇게 핏기 없는 얼굴로 웃고 있어. 뭐가 그리 웃긴지 입이 귀까지 찢어진 채로 날 보며 웃고 있어.]

공포에 완전히 잡아먹힌 시운이의 목소리 너머로 기묘한 한기가 느껴졌다. 수화기를 붙잡은 손이 차갑게 얼어붙는 것만 같았다. 방 한구석에서 미묘한 물비린내가 풍겨 오는 것 같았다. 나는 대꾸 없이 통화를 종료했다. 다시 한번, 아니 거듭, 거듭 시운이에게 전화가 걸려 올 거 같아 두려웠다. 하지만 더 이상 시운으로부터의 전화는 없었다. 그리고, 시운이는 일주일 뒤에 스스로 목숨을 끊었다. 투신은 아니었다. 차에서 창문을 닫고 연탄불을 피웠다고 한다. 옮겨붙은 불로 인해 차는 전소했다고 한다.

## 8.

여기까지가 시운의 이야기다. 그 무엇도 두려워하지 않았었고 강대해 보였던 시운이가 결국엔 두려움에 무너지고 만 이야기다. 그의 장례식은 조촐하게 치러졌다. 너무나 터무니없었는지, 그의 죽음과 함께 떠돌던 이야기들은 조용히 세간의 관심에서 잊혀 갔다.

그의 장례식장에서 시운의 전 부인을 만났던 것이 생각난다. 세상이 무너진 것처럼 슬퍼할 거라고는 기대하지도 않았었지만, 묘하게 후련해 보이는 얼굴이었다. 늦봄에 어울리지 않게 더운 날씨였는데도 꽤나 두툼한 옷을 걸치고 왔다는 것도 기억난다. 아마 내 복장도 크게 다르지는 않았을 것이다.

그 담담한 반응이 놀랍거나 한 건 아니었다. 나 역시 시운의 죽음에 큰 충격을 받거나 하지는 않았으니까. 어찌 보면 조금은 '필연적'인 결과였다는 생각을 했다. 슬픔과는 다른 감정을 조금은 느낀 것도 같다.

시운의 이야기를 했으니 이제 다시 내 이야기를 해 보려 한다. 그러니깐 '시운의 두려움'과는 다른 '나의 두려움' 말이다.

언젠가 '두려움은 전염성이 강하다.'는 이야기를 누군가에게 해 준 기억이 난다. 그게 무당의 딸이었던지 무당이었는지는 조금 헷갈린다. 처음 내 병원을 찾아온 것이 무당 쪽이었던 것만은 확실한 것 같다. '정신과 상담을 받으러 오다니 신세대 무당이시네요?'라는 내 농담에 그 험악한 얼굴에 어울리지 않는 웃음을 터트렸던 게 기억난다. 내가 '어떤 관점에서는 무당은 정신과 의사가 없던 시절에 그와 비슷한 치료의 영역을 담당하던 이들'이라는 말을 해 주자 무척이나 좋아했었던 것도.

막 신혼 생활을 시작했을 때의 시운처럼 무당 역시 내게 무척이나 의존했었던 모양이다. 세상의 온갖 고민과 고통을 스스로 짊어지고 살던 자신의 딸 역시 내게 상담을 보냈을 정도로. 글쎄, 그 나이대 아이라면 쉽게 받아들이기 힘든 상황이긴 하겠지. 자신의 엄마가 과장스럽게 꾸며 낸 동영상을 반 친구들이 돌려보며 놀려 대는 걸. 그 누가 그런 걸 쉽게 받아들일 수 있을까.

불안과 번민은 손쉽게 두려움으로 전환되기도 한다. 그러니깐 앞날이 한창인 고등학생을 다리 위에서 뛰어내리게 할 정도의 두려움으로 말이다. 그저 감정의 전이에 필요한 작은 계기만을 제공해 주면 놀라울 정도로 쉬운 일이라 할 수 있다. 무당의 경우는 그보다도 좀 더 쉬운 편이었다. 평소에도 늘 연극적으로 자신이 아닌 다른 누군가로 치환하는 이들이 아닌가?

'야광귀'에 대한 이야기 역시 내가 무당에게 해 주었던 것 같다. 상담실에 걸어 놓은 다이빙 장비들을 보며 딴에는 진지한 태도로 '그건 좋지 않은 행동이다.'라고 조언을 해 줘도 될 만큼, 우리가 가까운 사이라 생각했었던 모양이다. 깊은 수심에서조차 환하게 빛나는 시운이와 '야광귀'라는 실체도 알 수 없는 전승을 연결 지었던 것 역시 무당이었을 것이다. 내가 애써 이야기를 꾸밀 필요조차 없었다. 그러니깐 그 모든 호들갑스러운 이야기를 비롯하여 최초의 소재 제공자가 나였다고 해도, 모두 온전한 무당의 순수 창작물이라 해도 무방하다.

내가 직업 윤리를 위반했다고는 생각하지 않는다. 시운이는 내 환자가 아닌 친구였고, 그의 두려움을 나 혼자 간직하고 지키는 게 그에게 도움이 되었을 거라고도 생각하지 않는다. 반면 무당은 내 환자였다. 치료 행위 하나로 '아는 사람'의 이야기를 슬쩍 흘리는 게 그리 큰 잘못은 아니지 않은가?

시운의 이야기는 여전히 나도 잘 모르겠다. 그와 전 부인의 말대로 '스트레스', 사실 그것이 모든 문제의 근원이라 해도 무방하기 때문일 수도 있다. 두려움의 근원 따위도 그리 중요하지는 않다. 중요한 건 그의 두려움이 진짜, 진실한 것이었다는 거다. 그리고 그 누군가의 말처럼 두려움은 쉽게 전파된다.

그러니깐, 내 두려움은 어디에서 누구로부터 기인한 것일까? 비록 그 모든 결과들이 내가 의도한 것은 아니었지만, 또 그런 결과가 빚어진 데에 내가 어느 정도는 일조한 것도 사실이다. 나는 왜 한평생 시운이를 시기한 걸까? 내가 가지지 못한 무언가에 대한 질시 때문에? 그의 빛나는 존재감이 부러워서? 아니면, 그의 어리고 아름다운 아내에게 다른 감정을 품었던 걸까?

나는 왜 시운이를 그렇게 두려워했었던 걸까? 그와 얽힌 수많은 시간 동안 수없이 생각해 봤지만 뚜렷한 대답을 찾지는 못했었다. 사실, 지금에 와서는 크게 중요하지 않은 것 같기도 하다.

내가 시운이를 '두려워했었던' 이유 따위는 더 이상 중요하지 않다. 난 지금 내가 무엇을 왜 두려워하는지 정확히 알고 있다.

시운이의 장례식 이후에 계속 반복되고 있다. 나는 보통 새벽 2시가 넘을 때쯤 잠을 청한다. 매일 의식처럼 행하는 모든 루틴을 거친 후에 침대에 몸을 누이고 마지막까지 남아 있던 조명을 끈다. 하지만 그건 의미 없는 행동이다. 방 한구석에서 무표정하게 나를 바라보는 시운이의 몸은 끊임없이 불타오르고 있다. 아무리 에어컨 온도를 낮추어도 그 열기를 견디기가 힘들다. 방 안은 재와 연기로 가득 차 숨을 내쉬기도 어렵다. 불길에 녹아 흘러내리던 시운이의 살점 아래에서 시커멓게 타 버린 뼈들이 모습을 드러낸다. 시운이는 타오르는 손가락을 들어 올려 내게 손짓한다. 마치 자신을 따라오라는 듯.

하지만 나는 시운이 두렵지 않다. 내가 두려워하는 것은 다른 것이다. 그가 나를 데려가려는 곳이 두렵다. 정말이지 너무 두렵다.

# 요괴가 태어나는 세상

## 엄길윤

호러 소설 창작 집단 '괴이학회'의 창립 멤버이며 환상문학 웹진 거울의 필진이다. 괴이학회와 나비클럽의 콜라보 『괴이한 미스터리-범죄편』, 환상문학 웹진 거울 대표중단편선 『아직은 끝이 아니야』, 『살을 섞다』, 『끝내 비명은』, 『그리고 문어가 나타났다』 등의 앤솔러지에 단편을 수록했고, 거울×아작 환상문학총서 『거울아니었던들』에는 「닫히다」, 「자동차」, 「저는 사람이라니까요」를 실었다.

서울 외곽에 자리 잡은 한성 아파트에는 늘 작은 다툼이 끊이질 않았다. 그것도 입주민끼리의 싸움이 아니었다. 어찌 된 일인지 입주민의 갑질 횡포와는 정반대로, 대부분 경비원이 입주민을 혼내는 식이었다.

일주일에 한두 번은 아파트 단지 내에서 큰소리가 오가는데, 화를 내는 경비원의 태도는 한결같았다. 자기 잘못은 하나도 없다는 것이다.

오늘도 아파트 입구의 경비실 앞에선 두 명이 마주 보며 말씨름이 한창이었다. 경비복을 말끔히 차려입고 모자까지 쓴 경비원이 손짓과 발짓을 해 가며 상대방에게 무언가를 설명했다. 아파트 입구 옆에 차를 세워 놓은 입주민도 고개를 끄덕이다가 다시 손을 내저으며 열변을 토했다. 그러자 경비원이 발을 구르며 분통을 터뜨렸다.

"내 이럴 줄 알았어요. 왜 사람들은 자신이 틀렸다고 인정 안 해요? 지금도 마찬가지잖아요. 아무리 입주민이라도 이건 아니죠. 말해 보세요. 내가 틀렸어요?"

입주민이 고개를 내저으며 억울해했다.

"이건 그런 문제가 아니잖아요. 조금만 융통성 있게 해 주실 수 없어요? 관리실에 등록된 차가 사고가 났다고요. 수리를 맡겼고 잠시만 지인의 차를 빌렸다고 몇 번을 말씀드려요. 굳이 차 번호를 다시 등록할 필요는 없잖아요. 어차피 수리가 완료되면 등록된 차를 타고 다닐 건데요."

경비원이 숨을 몰아쉬며 말했다.

"등록하는 게 뭐가 그리 어려운데요? 잠깐이면 되잖아요. 그리고 내가 틀린 말 한 것도 아니잖아요. 규정이 그런데 나보고 어쩌라고?"

입주민은 한숨을 내쉬었다.

"알았어요. 참나, 등록하면 될 것 아니에요. 이따가 오겠다고요."

입주민이 휙 돌아서 아파트 입구에 세워 둔 차로 걸어갔다. 경비원은 입주민이 차를 주차장에 세우는 걸 확인하고는 씩씩거리며 경비실 안으로 들어왔다. 책상을 주먹으로 쾅! 내리치고는 벽에 걸린 거울 앞에 섰다. 흐트러진 경비복을 다듬고 모자도 똑바로 눌러썼다. 경비원이 울먹이며 중얼거렸다.

"제까짓 게 뭔데! 뭐? 융통성? 내가 대기업 다니던 시절이었어 봐. 그때도 날 함부로 대했을까? 아예 눈도 못 마주쳤을 작자가 어디서 큰소린데. 그게 내 잘못이야? 다들 나한테 왜 그러는 거야. 아, 내가 경비나 하는 사람이다 이거지? 이 모양 이 꼴로 사는 사람이라 이거지?"

경비원의 전직은 대기업 임원이었다. 퇴직 후 비트 코인에 잘못 투자하는 바람에 본인의 퇴직금과 남의 돈까지 모조리 날렸다. 큰 빚을 지게 된 경비원은 어떻게든 만회하려고 대출까지 받아 주식에 뛰어들었지만, 주식 시장은 그리 호락호락한 곳이 아니었다. 이번에도 인터넷에서 잘못된 소문만 믿고 매수를 하는 바람에 큰 손해를 입었다. 결국, 본전도 못 찾고 집까지 잃은 경비원은 가족들과 떨어져 경비 일을 하는 신세가 되었다.

경비원은 대기업에 다닐 때부터 사원들 사이에서 갑질로 유명했다. 특히 부하 직원이 잘못한 게 있으면 참지 못했다. 꼭 무엇을 잘못했는지 일일이 지적해야 직성이 풀렸다. 그게 자신의 역할이라고 확신했다. 아무리 따져 봐도 자신은 틀리지 않았다.

이상한 남자가 이사 온 그날도 마찬가지였다. 뭔가 잘못된 게 있나 아파트를 둘러보던 경비원은 이삿짐을 실은 1.5t 트럭이 아파트 입구로 들어오는 걸 발견했다. 친구인 관리사무소장에게 오늘 한 가구가 이사 온다는 이야기를 듣기는 했었다. 전 주인이 몇 주 전 직장을 옮겨 비어 있었던 302호였다.

경비원은 아파트 주차장으로 가 1.5t 트럭 조수석에서 내리는 남자를 살폈다. 독특한 디자인의 개량 한복을 입은 중년 남자가 트럭에서 내렸다. 얼굴이 창백하고 머리를 어깨까지 길게 늘어뜨린 남자는 누가 봐도 수상했다.

이삿짐이라고 해 봤자 이부자리와 간단한 취사도구밖에 없었다. 남자는 이삿짐센터 직원이 짐을 옮기는 와중에도 어깨를 움츠린 채 가만히 서 있었다. 품에는 부적을 덕지덕지 붙인 항아리가 들린 상태였다. 불안한 얼굴로 항아리를 안고 주위를 살피는 것이 마치 누군가에게 쫓기는 사람 같았다.

묘한 분위기를 풍기는 남자가 이사 온 후 경비원은 그 사람의 꼬투리를 잡으려고 애썼다. 분리수거하는데 지정된 요일이 아닌 날에 내놓는다든지, 밤 10시 이후에 소음을 내거나 입주민들을 불안하게 하는 행동을 하면 바로 한마디 하려고 그 남자를 감시했다. 사실 이건 꼬투리를 잡는 게 아니었다. 다 같이 어울려 살기 위해선 공동체의 규칙이 필요했기 때문이다. 경비원은 무엇이 됐든 그 남자의 변명을 받아들일 생각이 전혀 없었다. 자신이 틀린 건 하나도 없었으니까. 모르면 알려 주는 건 경비원으로선 당연한 일이니까.

경비원은 302호를 살피면서도 입주민들을 떠올리자 화가 났다. 분명 자신은 옳은 말만 했다. 한 번도 틀린 적이 없었다. 여기 입주민들은 그 사실에 대해 아무리 설명해도 인정하지 않고 자꾸 딴소리만 해댔다. 모든 건 미쳐 돌아가는 세상 때문이었다. 뉴스를 보면 사건 사고가 끊이질 않았고, 사람들은 자신이 틀렸다는 걸 인정하기는커녕 마치 아무런 잘못도 없는 것처럼 행동했다. 그들은 끝까지 구제 불능이었다.

302호 주변의 다른 입주민들도 그 이상한 남자가 궁금한 건 마찬가지였다. 보통 아파트에 살면 바로 옆집에도 관심이 없지만, 이번엔 달랐다. 묘한 분위기를 그냥 넘길 수 없었다. 괜히 302호 현관문 앞을 기웃거린다거나 뭔가 빌린다는 구실로 초인종을 눌렀지만, 안에선 아무런 반응이 없었다. 그 남자는 이사오고 며칠 동안이나 집에 틀어박힌 채 아무런 소리도 내지 않았다. 심지어 밤에 불도 켜지 않았다. 마치 자신이 이사 온 사실을 들키고 싶지 않은 것 같았다.

그 상황이 며칠 동안 계속되자 입주민들은 흥미를 잃었다. 그냥 남들과 엮이길 원치 않는 사람이라고 생각했다.

입주민들의 관심이 그 이상한 남자에게서 멀어질 무렵 하늘에선 일식이 일어났다. 그날부터 302호 주변의 입주민들은 이상한 소리와 기이한 것들을 목격했다.

201호 주민인 40대 남자 김 씨는 302호에서 이상한 소리를 자주 들었다. 동물이나 혹은 사람이 죽어 가면서 내지르는 듯한 끔찍한 비명이었다. 그 소리가 반복되자 201호 주민은 더는 참을 수 없어서 따지러 302호로 향했다. 씩씩대며 계단을 올라가던 김 씨는 갑자기 들려오는 비명 소리에 계단 중간에서 멈췄다. 가까이 다가가기에는 너무 소름 끼치는 비명이었다. 두려웠던 김 씨는 일단 아파트 밖으로 나와, 먼발치에서 302호 베란다를 살폈다. 얼마 지나지 않아 닫힌 유리문 너머로 기이할 정도로 큰 귀를 가진 대머리 남자의 실루엣이 보였다. 이사를 온 사람은 머리가 긴 중년 남자였다. 기괴한 모습에 오싹해진 그는 따지는 걸 포기하고 집으로 돌아갔다.

202호 주민인 30대 취준생 청년은 어딘가에서 벌레가 날아다니는 듯한 소리를 들었다. 그는 얼마 전 대기업에 지원했다가 서류 전형에서 탈락하는 바람에 화가 많이 난 상태였다. 중얼거리며 욕설을 내뱉다가 다시 갈비뼈가 으드득 부서지는 듯한 굉음을 들었다. 깜짝 놀라 주위를 두리번거렸다. 소리가 날 만한 곳은 오직 하나였다. 이상한 남자가 이사 온 302호. 궁금해서 그 집으로 향하자 기분 나쁜 소리가 점점 커졌다. 머리가 아플 정도였다.

귀를 틀어막고 얼른 계단을 뛰어올라 302호 현관문 앞에 섰다. 소리가 희미해지더니 갑자기 멈췄다. 어안이 벙벙해진 청년이 현관문 앞을 서성이자 근처에서 아기가 낮게 웅얼거리는 소리가 들렸다. 주위를 살폈다. 눈앞의 현관문 건너편에서 나는 소리였다. 그 이상한 남자가 이사 올 때만 하더라도 아기는 없었다. 현관문 너머에서 들리는 아기의 낮은 웅얼거림은 그치지 않고 계속됐다. 들으면 들을수록 처음과 끝이 되풀이되는 것 같았다. 아기가 저렇게 같은 소리를 내며 한자리에 가만히 있을 리가 없었다. 그는 직감했다. 저건 아기가 아닌 다른 무언가라고.

202호 주민 역시 무서워서 후다닥 집으로 돌아왔다. 몸을 떨며 거실을 빙빙 돌다가 그 자리에 멈췄다. 가만히 귀를 기울였다. 이상한 소리는 들리지 않았다. 한숨을 내쉬며 안심을 했지만, 이내 어딘가에서 또 아기 웅얼거리는 소리가 들렸다. 눈앞에 있는 것처럼 크고 생생한 웅얼거림이었다. 집 안을 돌아다니며 소리의 근원지를 찾았다. 분명히 근처 어딘가에 이상한 게 있었다. 그게 무엇이든 도저히 견딜 수 없었다. 무서웠다. 찾아야 한다. 하지만 아무리 살펴봐도 집에는 아무것도 없었다.

301호 주민인 초연이 엄마는 거실 소파에 앉아서 머리를 감싸 쥐었다. 벌써 몇 시간이나 동전 떨어뜨리는 소리를 들었다. 옆집 302호에서 나는 소리였다. 처음에는 몇 번 하다가 멈추겠거니 생각했는데 그게 아니었다. 설거지와 빨래를 하고 왔는데도 동전이 떨어졌다가 굴러가는 소리가 끊임없이 반복됐다. 아무리 그치길 기다려도 소용없었다. 얼마 후면 딸 초연이가 어린

이집에서 돌아올 시간이었다.

301호 주민은 소파를 박차고 나와 302호 현관문 앞에 섰다. 집 안에서 짤랑거리는 소리가 들리더니 어김없이 또르르 동전이 굴러가다 다시 동전이 쨍그랑 떨어졌다. 301호 주민이 더는 참지 못하고 초인종을 눌러 댔다. 저 신경을 긁는 소리 덕분에 낮잠도 못 잤다. 부술 듯 초인종을 눌러도 302호 안에서는 아무런 반응이 없었다. 동전 떨어지는 소리만 반복될 뿐이었다. 301호 주민은 현관문 앞을 살피다가 바로 옆에 방범창이 설치된 창문으로 향했다. 창문은 반쯤 열린 상태였다.

301호 주민은 고개를 빼 들고 창문 틈으로 안을 보았다. 거실과 화장실 사이에서 젊은 여자가 동전을 바닥에 던진 후 다시 허겁지겁 줍는 모습이 보였다. 301호 주민은 고개를 갸웃거렸다. 여기에 이사 온 사람은 긴 머리에 개량 한복을 입은 중년 남자 한 사람이었다. 여자는 없었다. 301호 주민은 주변을 둘러보고 다시 안을 들여다봤다. 동전을 내던지던 여자가 온데간데없이 사라졌다. 놀라서 방범창에 얼굴을 밀착한 후 안을 살폈다. 거실과 화장실 사이를 훑다가 다시 안방 쪽을 바라봤다. 여자는 없었고, 동전 떨어지는 소리도 들리지 않았다. 더 잘 보기 위해 창문으로 손을 뻗었지만, 방범창에 막혀 손가락이 창문에 닿지 않았다.

301호 주민이 낑낑거리며 손가락을 꼼지락거리고 있는데, 반쯤 열린 창문 사이로 갑자기 번뜩이는 수많은 눈이 나타났다. 깜짝 놀라서 팔을 휘저으며 뒤로 넘어져 엉덩방아를 찧었다. 아픈 엉덩이를 문지를 틈도 없이 얼른 고개를 들었다. 창문 틈에 누런 빛을 띠는 수많은 눈이 가득 차 있었다. 그 눈들이 양옆으로 눈꺼풀을 깜빡이며 301호 주민을 노려봤다. 그건 사람의 눈이 아니었다. 정체불명의 조류가 눈을 깜빡이는 것 같았다. 301호 주민은 주저앉은 채 비명을 지르며 뒷걸음질 치다가 다시 창문을 올려다봤다. 어느새 수많은 눈은 사라졌고, 창문도 닫힌 상태였다.

303호 주민인 60대 후반의 박 씨는 잘 차려진 밥상 앞에서 투덜거렸다. 아내가 요새 허구한 날 친구 만난다며 밖으로 쏘다니기 때문이었다. 언제부턴가 남편보다는 친구들이 더 중요한 것 같았다. 말을 걸어도 아내는 건성으로 대답했다. 그렇다고 집안일에 소홀한 건 아니었다. 단지 남편이 우선순위가 아닐 뿐이었다. 밥 굶지 말라고 미리 차려 놓은 밥상도 마찬가지였다. 이런 걸 원한 게 아니었다. 그저 아내와의 몇 마디 대화가 필요했다.

남자는 밥상을 보며 한숨을 내쉬었다. 어쨌든 차려 놨으니 먹어야 한다. 숟가락을 들어 식은 국을 떠서 마시는데 어딘가에서 쩝쩝대는 소리가 들렸다. 그것도 그냥 쩝쩝거리는 게 아니었다. 우악스럽게 먹어 대는 소리 사이로 날카로운 쇳소리와 둔탁한 소음이 묻어났다. 이건 마치 음식이 아니라 쇳조각이나 나무판자를 씹어 대는 것 같았다.

안 그래도 기분이 좋지 않은 303호 주민은 입이 써서 숟가락을 내려놓았다. 소음의 근원지가 어딜까 주위를 두리번거리다가 근처에서 난다는 걸 깨달았다. 얼마 전 이상한 사람이 옆집인 302호에 이사 왔다는 이야기를 들었다. 그럼 뻔했다. 이런 소리는 그 수상한 사람의 집이 아니면 다른 곳에서 날 리가 없었다.

짜증이 난 남자는 밖으로 나와 302호로 향했다. 복도를 걷다가 바로 옆에 있는 방범창이 설치된 302호의 창문을 바라봤다. 불투명한 유리로 된 창문은 굳게 닫힌 상태였다. 고개를 돌려 걸어가다가 현관문 앞 바닥에 시커먼 무언가가 늘어진 걸 발견했다. 가만히 살펴보니 그림자 같았다. 303호 주민은 그 자리에 멈춰 그림자를 가만히 들여다봤다. 뭔가 이상했다. 그림자가 생길 만한 각도도 아니었고, 닫힌 현관문 앞이었다. 그림자가 있다는 것 자체가 말이 안 됐다. 그래서 다시 주위를 둘러봤다. 어디에도 그림자가 생길 만한 조명은 없었다.

가까이서 확인하기 위해 조심스럽게 다가가자 그림자가 갑자기 사람의 상반신 모양으로 바뀌었다. 303호 주민은 깜짝 놀라 그 자리에 멈췄다. 그림자가 갑자기 몸을 부르르 떨더니 목에서 사람 얼굴 모양을 한 그림자가 불쑥 튀어나왔다. 그 사람의 상반신 그림자는 고통스러운 듯 이리저리 몸을 뒤틀었다. 놀란 303호 주민은 집으로 달아났다. 헐떡거리며 현관으로 뛰어 들어와 문을 잠갔다. 쿵쾅대는 가슴을 부여잡고 현관문 앞에서 가만히 귀를 기울였다. 쩝쩝대는 소리는 더는 들리지 않았다.

302호 주변의 입주민들은 이런 일을 겪고 가만히 있을 수 없었다. 302호 안에 뭔가가 있는 게 틀림없었다. 그게 뭔지 찾아야 했다. 신경이 예민해진 입주민들은 수시로 302호를 살폈다. 그러자 수상한 점이 계속 발견되었다. 그중에 하나는 밤만 되면 켜지는 작은 불빛이었다. 언제부턴가 깜깜한 302호 안에서 누군가 촛불을 켜 둔 것처럼 작은 불빛들이 일렁거렸다. 그리고 밤이 되면 흔들리는 작은 불빛들 사이로 빠르게 움직이는 그림자들이 창문과 베란다를 통해 보였다. 또 짐승의 거친 숨소리와 뭔가 주문을 외우는 소리, 그릇 같은 게 쩍 갈라지는 소리도 들렸다.

302호 주변의 입주민들은 도저히 안 되겠다 싶어 서로 모여 이야기를 나눴다. 일단은 경비원에게 이 사실을 알려야 했다. 입주민들은 경비실로 우르르 몰려갔다. 문을 열고 들어가자 경비원이 모자를 벗은 채 의자에 앉아 있었다. 입주민들이 침을 튀기며 저마다 한마디씩 했다.

"이번에 이사 온 남자 알죠? 302호요. 그 집에서 이상한 소리가 난다니까요?"

"밤에 창 안으로 무슨 도깨비불 같은 것들이 보이지 않나, 수상한 점이 한둘이 아니에요."

"아니, 내가 그거뿐이면 말도 안 해. 이상한 소리가 나서 심장이 덜컥 내려앉는 줄 알았지 뭐예요. 다들 말 좀 해 봐요. 나 혼자만 겪은 게 아니잖아요."

"뭐 하고 있어요? 어서 302호로 가세요. 어떻게 된 일인지 알아보라고요."

의자에 앉아서 가만히 듣고 있던 경비원이 일어서며 말했다.

"지금은 밀린 업무가 많아요. 이따 찾아가 확인해 보겠습니다."

경비원은 모자를 쓰고 밖으로 나갔다. 입주민들도 서로를 바라보며 웅성거리다가 경비실에서 나왔다. 평소 경비원의 성격대로라면 당장 그 사람의 집에 찾아가 잘잘못을 따져야 했다. 입주민들은 경비실 앞에 서서 어떻게 할지 이야기를 나눴다. 이따 방문하겠다고 하니 맘에 안 들어도 당장은 별수 없었다. 일단은 경비원에게 맡겨 놓는 게 맞았다. 의견을 모은 입주민들은 떨떠름한 얼굴로 각자의 집으로 돌아갔다. 기다리기 불안했던 입주민들은 스마트폰을 이용해 자신이 겪은 현상을 검색했다.

201호 주민은 남의 위키에서 끔찍한 비명과 귀가 큰 대머리에 관한 정보를 검색했다. 202호 주민은 트집터에서 벌레가 윙윙대는 소리와 아기의 웅얼거림을 들은 사람이 있는지 살폈다. 301호 주민은 인싸그램에서 동전을 떨어뜨리는 여자와 수많은 눈의 정체가 담긴 사진이 있는지 찾아봤다. 303호 주민은 네이비 지식통에서 이상한 걸 먹어 대는 소리와 목에서 얼굴이 튀어나오는 그림자가 뭔지 물어보는 글을 올렸다.

입주민들이 온라인에서 정보를 찾는 동안에도 302호에서는 밤마다 촛불이 켜지고 이상한 소리가 나는 등의 똑같은 일이 반복됐다. 나중에 확인해 본다는 경비원도 아무런 말이 없었다.

입주민들은 며칠 뒤 201호로 모였다. 302호에서 벌어지는 일들과 층간 소음에 어떻게 대처할지 의논하기 위해서였다. 입주민들은 거실 식탁에 빙 둘러앉아 저마다 스마트폰을 들여다봤다. 서로 할 말이 많은 듯 입술을 달싹거리며 화면을 보기에 바빴다. 집주인인 201호 주민이 식탁을 둘러보다 큰 소리로 말했다.

"이사 온 남자 말이에요. 남의 위키에서 찾아봤거든요. 아마도 사라졌던 요괴 중 하나인 모양이에요. 신기하게도 일어나는 일과 징조가 딱 들어맞아요. 괴상한 비명이 들리는 것도 그렇고, 베란다 너머로 귀가 큰 사람이 보이잖아요."

303호 주민이 픽 웃더니 스마트폰을 머리 위로 흔들어 보이며 말했다.

"뭔 엉뚱한 소린지 모르겠네요. 김 사장님이 본 남의 위키는 가짜 정보들이 판치는 곳이에요. 내가 지식통에서 물어봤거든요? 이사 온 남자는요, 요괴 같은 게 아니라 일종의 귀신이래요. 그림자가 생길 수 없는 곳에 생겼잖아요. 막 먹지도 못할 걸 쩝쩝거리는 거면, 식탐에 허덕이는 아귀가 아니겠어요?"

301호 주민이 고개를 갸웃거렸다.

"저는 인싸그램에서 찾아봤어요. 창문에 수많은 눈이 보이잖아요. 이것만 봐도 괴물이 확실한데 왜 자꾸 요괴니 귀신이니 그래요?"

202호 주민이 탄식을 터뜨렸다.

"초연이 엄마야말로 왜 그래요? 왜 사실을 호도하냐고요. 인싸그램 그거 아무 사진이나 올리는 곳 아니에요? 다른 사람들도 마찬가지예요. 그거 아니에요. 틀렸다고요. 뭔가 으드득 부서지는 소리가 나고 아기가 웅얼거린다? 이건 폴터가이스트 현상이라고요. 트집터에서 직접 겪은 사람이 올린 트윗을 확인했다니까요?"

식탁에 앉은 입주민들이 벌떡 일어나 말을 쏟아 냈다.

"그래서 지금 내 말이 틀렸다는 거예요?"

"아니, 내 말도 좀 들어 보세요. 내가 왜 거짓말을 하냐고요!"

"됐어요. 다들 믿기 싫으면 관둬요. 내 말은 엄연한 사실이니까."

"제발 내 말도 좀 들어 보세요! 이럴 거면 다들 뭐 하러 모였어요? 자꾸 사실과 다른 말을 하면 어떡하냐고요."

입주민들은 서로 자기가 옳다고 소리를 질렀다. 손에 들린 스마트폰을 상대방에게 보이며 방방 뛰던 입주민들은 한참을 떠들어 대다 씩씩대며 각자의 집으로 돌아갔다.

집으로 돌아온 입주민들은 생각할수록 화가 났다. 그 전까지는 아무런 갈등도 없었는데 302호 때문에 이웃끼리 의가 상한 것이다. 그렇다고 자신이 틀렸고 상대방이 옳다고 인정할 수는 없었다. 분명히 입주민들은 자신의 두 눈으로 그 상황을 똑똑히 목격했다. 인터넷에서 확인까지 했는데 자신들이 틀릴 리가 없었다. 그럼, 이 문제를 해결할 방법은 오직 하나였다. 302호로 직접 들어가 실체를 확인하는 것뿐이었다.

다음 날 낮에 다시 모인 입주민들은 서로 얼굴도 보지 않고 바로 302호로 향했다. 현관문 앞에 서자 다들 몸을 부대끼며 한꺼번에 문을 두드렸다. 안에서는 아무런 반응도 없었다. 혹시나 해서 201호 주민이 현관문 손잡이를 돌려 봤다. 현관문은 잠긴 상태였다. 301호 주민이 방범창이 달린 창문을 확인했다. 창문도 잠겨 있었다. 303호 주민이 현관문을 두드리며 안에 있는 거 다 안다고 소리쳤다. 202호 주민이 현관문에 귀를 갖다 댔다. 안에선 아무런 소리도 들리지 않았다.

입주민들이 302호 앞에서 웅성거렸다. 밤만 되면 촛불이 켜지는 거로 보아 누군가 있는 게 확실했다. 그렇다고 맘대로 문을 따고 들어갈 수도 없었다. 입주민들이 다시 문을 두드리고 소리쳐 부르자 303호 주민이 주위를 살피더니 뒤로 성큼 물러서며 말했다.

"내 말 좀 들어 봐요. 우리끼리 이럴 필요 있어요? 경비원을 앞세우면 되잖아요. 이 집에 쳐들어가자고요. 우리가 이 아파트의 주인이잖아요. 왜요? 부담스러워요? 다들 자신이 겪은 게 사실이라면 반대할 이유가 없을 텐데요. 다시 말하지만, 내가 지식통에서 봤다고요. 아귀예요. 그러니까 안으로 들어가 확인하면 되잖아요."

202호 주민이 콧방귀를 뀌며 대답했다.

"아니, 트집터에서 이 사람의 정체를 확인했다니까요. 자꾸 왜 딴소리를 하시지. 속는 셈 치고 내가 보낸 링크로 접속해 보면 될 것 아니에요. 그래도 못 믿겠다면 뭐 하는 수 없죠. 어떻게든 안으로 들어가면 내 말이 사실이라는 게 밝혀지겠죠."

301호 주민이 202호 주민의 말을 맞받아쳤다.

"들어가서 확인하는 건 좋은데요. 아까부터 왜 계속 이상한 말만 하시죠? 분명히 내가 말했잖아요. 인싸그램에서 봤다고. 안 믿겨요? 202호 청년이 틀린 거예요. 당장 확인해 보라니까? 내가 맞는지 틀린지."

201호 주민이 의아해하며 말했다.

"나는 이 상황을 도저히 이해 못 하겠어요. 계속 말하지 않았어요? 남의 위키요! 제가 거기에서 확인했다는데 왜 안 믿어요? 당신들이야말로 수상해요. 혹시 거짓말이 들통날까 봐 그래요? 도저히 진실을 감당하지 못하겠어요? 좋아요. 다 필요 없고, 당장 경비실로 가죠?"

입주민들은 한층 더 서로에게 불쾌감을 느꼈다. 아무리 이야기해도 말이 안 통했다. 입주민들은 서로를 노려보다 경비실로 향했다. 한꺼번에 경비실로 들어가 이제까지 있었던 일을 경비원에게 설명했다. 등을 돌리고 책상에서 뭔가를 하던 경비원이 뒤돌아 대답했다.

"무슨 말씀들인지 잘 알았어요. 내가 다시 한번 볼게요. 지금은 바쁘니까 좀 나가 주실래요?"

경비원의 재촉에 얼떨결에 밖으로 나온 입주민들은 이 상황이 이해가 가지 않았다. 평소대로라면 갑질이 생활화된 경비원이 이런 기회를 놓칠 리가 없었다. 입주민들과 함께 몰려가 아무리 이사 온 지 얼마 안 됐다고 하더라도 그러면 안 된다는 둥 규약을 어겼다는 둥 따져야 맞았다.

입주민들은 화가 나서 다시 경비실로 향했다. 이대로 집으로 돌아가면 아무런 조치도 취하지 않을 것 같았다. 입주민들이 경비원에게 한시가 급하다고 떼를 쓰자 경비원이 도리어 화를 냈다.

"정말 해도해도 너무하시네! 이사 온 지 얼마 안 된 사람에게 뭐 하는 거예요? 아무리 그래도 엄연한 입주민이잖아요. 시끄럽다고 함부로 대하는 게 맞아요? 분명히 말하지 않았어요? 내가 찾아가 주의를 주겠다고 했잖아요!"

말문이 막힌 입주민들은 다시 얼떨떨한 얼굴로 경비실을 나왔다. 경비원의 호통에 딱히 반박할 말이 떠오르지 않았다. 입주민들이 어떻게 할까 고민하는데 202호 주민이 답답하다는 표정으로 말했다.

"아직도 다들 자신이 맞는다고 생각해요? 딴 건 모르겠는데 특히 인싸그램은 그냥 사진이나 그림 올리는 곳 아니에요? 그러지 말고 제발 내 말 좀 들어 주세요!"

201호 주민이 바로 반박했다.

"202호 청년의 문제점이 뭔지 아세요? 취업이 안 되는 거? 아뇨. 아무리 진실을 말해 줘도 받아들이지 않는 거예요. 괜히 트집터가 사회적 문제로 떠오를까. 다들 속는 셈 치고 나를 믿어 주세요. 어려운 일 아니잖아요?"

303호 주민이 옆에서 끼어들었다.

"사회적 문제니 트집터니 이런 헛소리들을 언제까지 듣고 있어야 해요? 김 사장님이야말로 이상해요. 남의 위키 따위에서 나온 말을 믿는다? 거기에 올라온 정보는요, 아무런 전문성이 없는 일반인도 얼마든지 고쳐요. 제발 부탁인데, 눈 딱 감고 내 말을 떠올려 보세요. 잘 따져 보면 아마 생각이 바뀔걸요?"

301호 주민이 피식 웃으며 말했다.

"그러는 박 선생님이야말로 네이비 지식통이나 믿잖아요? 시간 낭비를 하느니 난 집으로 갈래요. 인싸그램을 한 번이라도 더 뒤져 보는 게 훨씬 이득이겠네요."

301호 주민이 집으로 휙 돌아가자 나머지 입주민들도 불쾌한 표정으로 각자의 집으로 돌아갔다. 일단은 경비원의 조치를 기다리는 수밖에 없었다.

그날 이후 입주민들의 주변에서 또 이상한 일이 벌어졌다.

303호 주민이 화장실에서 나와 부엌으로 향했다. 주전자에서 물 끓는 소리가 났다. 아내가 차를 마시기 위해 물을 올려놓은 모양이었다. 303호 주민이 빠른 걸음으로 거실을 지나가는데 소파에 기대어 놓은 토끼 인형이 뭔가 이상했다. 마치 살아 있기라도 하듯 몸을 부르르 떨었다. 303호 주민은 그 자리에 멈춰 집 안을 살폈다. 책장이나 벽에 걸린 액자는 멀쩡했다. 아무런 진동도 느껴지지 않는 거로 보아 지진은 아니었다.

303호 주민은 다시 부들부들 떠는 토끼 인형을 바라봤다. 지진이 아니라면 저게 움직일 리가 없었다. 이상하다고 생각한 303호 주민이 소파로 다가갔다. 몸을 숙이고 토끼 인형을 내려다봤다. 아래쪽에서 위로 시선을 옮기자 인형의 목 한가운데가 갈라져 양옆으로 천천히 벌어졌다. 믿을 수 없는 광경에 303호 주민이 눈을 치켜떴다. 토끼 인형의 머리가 뒤로 꺾이더니 벌어진 목에서 땀으로 얼룩진 사람의 얼굴이 튀어나왔다. 303호 주민은 비명을 지르며 놀라 나자빠졌다.

안방에 있던 아내가 달려와 무슨 일이냐고 물었다. 주저앉은 303호 주민이 얼른 손가락으로 토끼 인형을 가리켰다. 아내가 토끼 인형을 확인하고는 의아해하며 남편을 바라봤다. 303호 주민이 다시 토끼 인형을 살폈다. 아까와는 달리 목에는 아무것도 보이지 않았다. 이번에는 근처에서 쩝쩝거리는 소리가 들려왔다. 이건 302호에서 나던 소리였다. 너무 시끄러워 귀를 막고 싶을 정도였다. 303호 주민이 얼굴을 찌푸리며 주위를 살피다가 아내를 바라봤다. 아내는 아무런 소리도 안 들리는지 왜 그러느냐며 물을 뿐이었다.

다른 입주민들도 상황은 마찬가지였다. 301호 주민은 화장실에서 소변을 보다가 천장에서 수많은 눈이 깜빡이면서 노려보는 걸 목격했다.

201호 주민은 안방에서 잠을 자다가 깔고 누운 침대 커버가 왠지 거칠다는 느낌을 받았다. 몸을 뒤척이다가 침대를 더듬어 보니 물컹한 감촉과 함께 뻣뻣한 털이 한 움큼 잡혔다. 침대가 덜컹거리며 사람인지 동물인지 모를 비명이 울려 퍼졌다. 201호 주민은 놀라서 발작하듯 튕겨 나와 얼른 불을 켰다. 침대에는 아무것도 없었다.

202호 주민은 간만에 친구들과의 약속이 잡혔다. 시간이 촉박해 얼른 깔끔한 옷으로 갈아입고 현관으로 향했다. 신발을 신으려는데 그 속에서 아기의 낮은 웅얼거림이 들렸다. 202호 주민은 얼른 발을 뒤로 뺐다. 떨리는 손으로 신발을 집어 이리저리 살폈다. 안에는 아무것도 없었다. 안심하며 다시 신발을 바닥에 내려놓자 신발 속에서 작은 손이 튀어나왔다. 놀란 202호 주민은 신발을 발로 차 버렸다. 현관문에 부딪혀 엎어진 신발은 미동도 하지 않았다. 어느새 아기의 옹알거림도 그쳤다.

입주민들이 이런 이상한 일을 겪는 와중에도 302호에서 나는 소음은 더 심해졌다. 더구나 최근 층간 소음으로 인한 살인 사건이 뉴스에 대대적으로 보도되면서 입주민들은 불안해 미칠 것 같았다. 더는 가만히 두고 볼 수 없었다.

입주민들은 긴박한 상황인 만큼 서로 안 좋은 감정을 뒤로하고 아파트 앞으로 모였다. 누구랄 것도 없이 일제히 경비실로 향했다. 문을 열고 들어서자 경비원이 의자에 앉아 있었다. 201호 주민이 어이없어하며 경비원을 다그쳤다.

"지금 당장 302호로 가세요! 여기 사람들이 무슨 호구인 줄 알아요? 얼마든지 당신을 해고할 수 있다고요!"

묵묵히 듣던 경비원이 고개를 들어 주민들을 훑어봤다. 그리고 천천히 일어나 쉰 목소리로 말했다.

"상관없어. 이미 다 끝났으니까."

경비원은 무표정한 얼굴로 알 수 없는 말을 하곤 입주민들 사이를 헤치며 경비실 밖으로 나갔다. 202호 주민이 문밖으로 나간 경비원에게 소리쳤다.

"어디로 가는데요? 아직 한낮이잖아요! 업무 시간이 끝나려면 멀었다고!"

경비원은 들은 척도 하지 않고 아파트 옆으로 걸어갔다. 입주민들은 멍하니 경비원의 뒷모습을 보다가 경비실 책상 위에서 열쇠 하나를 발견했다. '302호'란 글자가 쓰여 있었다.

"앗, 그집 열쇠가 저기 있네요. 집주인이 맡긴 건가?"

"잘됐네. 이번에야말로 내가 옳다는 걸 확인하겠네요."

"누가 할 소린지 모르겠네."

"두고 보세요. 내 말이 맞았다는 걸 알게 될 거예요."

"그런데 이렇게 막 남의 집 문을 열고 들어가도 되는 건지 모르겠네요. 주거 침입죄로 신고할 거 같은데."

"할 테면 하라고 해요. 그냥 있다가는 미쳐 버릴 거 같은데 지금 그게 문제예요?"

화가 잔뜩난 주민들의 얼굴은 이미 제정신이 아닌 것처럼 보였다. 입주민들은 그대로 열쇠를 들고 302호로 향했다. 현관문을 열고 안으로 들어가서 문을 닫자 어두워서 스위치를 켜기로 했다. 하지만 불이 켜지지 않자 각자 스마트폰 라이트를 켰다. 썩은 내가 훅 풍겼다. 코를 막은 입주민들은 어두컴컴한 집 안을 살폈다. 거실의 식탁과 의자들이 누가 때려 부순 듯 산산이 부서져 있었다. 주위를 더듬거리며 더 깊숙이 들어가자 그릇과 잡기등이 여기저기에 내던져져 있는 것이 보였다. 벽에는 미친 듯이 그어진 손톱자국이 있었다. 입주민들은 하나같이 기괴한 집 안을 살피다가 거실 한가운데가 움푹 파인 걸 발견했다. 그 안으로 부적이 덕지덕지 붙은 항아리가 바닥에 처박혀 박살이 나 있었다. 분명히 그 이상한 남자가 이사 올 때 품고 있던 항아리였다.

201호 주민이 불안에 떨리는 목소리로 말했다.

"이상해요. 예감이 불길하다고요. 부적의 상태를 보세요. 뭔가 봉인된 게 풀려난 거 아니에요?"

303호 주민이 화를 냈다.

"그런 재수 없는 소리는 남의 위키에서 확인한 거예요? 우린 지금 할 일을 하는 거잖아요!"

옆에서 둘의 대화를 듣던 202호 주민이 짜증을 냈다.

"지금 남의 위키니 지식통이니 따질 때예요? 다시 한번 말하지만, 나중에 딴소리하지 마세요. 분명히 당신들은 틀렸어요."

침을 삼키며 주위를 두리번거리던 301호 주민이 거실 한쪽을 보고 소리쳤다.

"저기 좀 봐요!"

입주민들은 일제히 고개를 돌렸다. 거실 구석에 쓰러져 있는 사람이 보였다. 머리가 길고 개량 한복을 입은 중년 남자였다. 얼마 전에 302호로 이사 온 그 사람이었다. 주변에 구겨지고 찢긴 부적들이 마구 흩어져 있었다. 아마도 이 남자가 무당이나 주술사가 아닐까, 하고 입주민 중 누군가가 말했다.

그들은 남자에게 조심스럽게 다가갔다. 가까이 접근하자 역한 냄새가 코를 찔렀다. 사람들이 얼굴을 찌푸리다가 그 자리에 얼어붙었다. 남자의 모습이 너무 끔찍했다. 두 눈을 부릅뜬 남자는 눈알이 뽑혀 나갔고, 혀가 잘린 상태였다. 입고 있던 개량 한복이 여기저기 뜯겨 나갔는데 그 안으로 무언가가 살을 파먹은 흔적이 보였다. 시커멓게 변한 피부와 쪼그라든 얼굴 상태로 보아 죽은 지 한 달은 지난 것 같았다.

입주민들은 뒤로 슬금슬금 물러섰다. 남자를 이렇게 만든 뭔가가 아직 남아 있을지도 몰랐다. 서로를 바라보며 검지를 세워 입에 가져갔다. 아무런 소리도 내서는 안 된다. 그때 남자의 얼굴 피부 속에서 뭔가가 꾸물거리더니 나방이 뺨을 뚫고 튀어나왔다. 입주민들이 비명을 지르며 현관문으로 달아났다. 지금은 이것저것 따질 때가 아니었다. 일단 이곳에서 달아나야 했다.

입주민들이 허우적거리며 뛰는데 조금 전까지 있던 현관문이 갑자기 사라졌다. 그들은 문이 있던 벽을 손으로 박박 긁다가 뒤를 돌아봤다. 커튼이나 블라인드가 쳐진 창과 베란다로 가서 그것들을 걷었다. 그곳 역시 막힌 벽이 돼 있었다. 입주민들이 거실로 뛰어와 발을 동동 구르며 주위를 살폈다. 갑자기 모든 문이 사라졌다. 사방이 벽으로 둘러싸인 것 같았다.

입주민들은 하얗게 질린 얼굴로 거실을 뱅뱅 돌다가 천장에서 커다란 버들개지 같은 걸 발견했다. 자세히 보니 그건 수많은 나방이 한데 뭉쳐 덩어리를 이룬 거였다. 나방들은 서로의 몸을 올라타며 이리저리 꾸물거렸다. 생전 처음 보는 광경에 입주민들은 넋을 잃었다. 어찌할 바를 몰라 그 자리에서 얼어붙었다.

천장에 매달려 위아래로 뒤섞이던 나방들이 갑자기 움직임을 멈췄다. 입주민들이 긴장한 얼굴로 그것을 응시했다. 한데 뭉쳐진 나방들이 괴상한 소리를 내며 한꺼번에 떨어져 나왔다. 순식간에 주변을 뒤덮고는 날개를 퍼덕이며 사방으로 퍼졌다. 사람들은 손을 휘저으며 비명을 질렀다. 거실을 시커멓게 에워싼 나방들이 입주민들의 옷에 다닥다닥 붙었다. 서로 뒤엉킨 그들이 온몸을 털며 뛰어다녔다. 떼어낼수록 더 많은 나방이 달라붙었다. 입주민들을 쫓아다니며 몸 여기저기에 매달린 나방들은 옷과 피부를 뚫고 입주민들의 살 속으로 파고들었다. 입주민들이 온몸을 긁어 대며 발광했다.

나방들이 떨어져 나간 천장에서는 마디마디를 가진 기다란 무언가가 몸을 쫙 펼쳤다. 그건 마치 커다란 지네 같았다. 긴 흑갈색 몸통에 수많은 다리가 났으며 머리는 기괴하게 뒤틀린 사람의 얼굴이었다. 입 부분에는 양옆으로 뾰족한 독침이 돋아나 손가락처럼 꼼지락거렸다. 지네도 아니고, 그렇다고 사람도 아니었다. 입주민들은 공포에 질려 주변을 정신없이 뛰어다니다가 나방들이 하나둘씩 온몸을 뒤덮자 모두 정신을 잃고 쓰러졌다.

다음 날 아침 입주민들은 각자의 집에서 깨어났다. 눈을 뜬 201호 주민은 거실 바닥에서 벌떡 일어나 몸을 이리저리 살폈다. 다행히 나방들이 몸속으로 파고든 흔적은 없었다. 그냥 악몽

일 뿐이라고 생각했다.

201호 주민은 안도의 한숨을 내쉬다가 이상하게 집 안이 어둡다는 걸 깨달았다. 고개를 들어 자신의 집을 바라봤다. 안방과 창고로 쓰는 방에서 문이 사라졌다. 그 자리를 시커먼 무언가가 꽉 막고 있었다. 이대로라면 방에 들어가거나 나올 수도 없었다. 옷장의 여닫이문이나 베란다 문도 창문도 모두 없어졌다. 문이란 문은 모두 어디론가 사라지고 벽 같은 커다란 물체가 그 자리에 들어차 문을 대신하고 있었다.

그는 온몸에 소름이 돋았다. 302호에서 겪은 일이 꿈이 아니었다. 떨리는 몸을 주체할 수 없었다. 몸을 부여잡고 주위를 살폈다. 아무리 찾아봐도 나갈 길이 보이지 않았다. 어제 302호에서 겪은 일과 똑같았다. 그 집에서 남자의 시체를 봤다. 이사 온 지 일주일 정도밖에 안 됐는데 남자의 시체는 이미 오래전에 죽은 사람 같았다. 그럼 그동안 302호에서 본 건 무엇이란 말인가? 이제껏 그 사람의 짓이 아니었다면 대체 누가 그런 소음을 내었으며, 귀가 큰 대머리의 실루엣은 또 뭘까?

201호 주민이 머리를 감싸 쥐며 혼란스러워하자 집 안의 벽들이 흐물거리며 흘러내렸다. 정신이 번쩍 든 201호 주민이 문이 있던 자리를 살폈다. 시커먼 무언가로 막힌 문은 그대로였다. 벽만 이상하게 바뀌는 중이었다. 마치 아이스크림처럼 녹아내린 벽 안에서는 무언가가 하나둘씩 튀어나왔다. 거울이었다. 크고 작은 거울들이 집 안의 벽을 가득 뒤덮었다. 201호 주민이 뒤로 물러섰다. 벽뿐만이 아니었다. 천장과 방바닥도 거울로 가득했다. 사방이 거울이었다.

너무 놀란 201호 주민이 침을 흘리며 거울 속 자기 얼굴을 들여다봤다. 어느새 머리카락이 전부 사라졌으며, 귀가 평소보다 훨씬 커졌고, 얼굴도 잔뜩 구겨진 것처럼 뒤틀렸다. 다른 거울을 봐도 마찬가지였다. 201호 주민이 그 모습에 비명을 지르자마자 이마에서 감고 있던 두 눈이 번쩍 뜨였다. 이제 201호 주민은 옛 요괴 중 하나인 희광이 되었다. 아니, 희광에게 잡아먹힌 것이다. 201호 주민이 짐승과 사람의 죽어 가는 비명을 듣고 베란다 유리문 너머로 희광을 목격한 건 거꾸로 희광이 몸을 침식하고 안에서부터 먹어 치우는 과정이었다. 마치 거울을 통해 자기 얼굴을 보는 것과 같은 원리였다.

얼굴을 감싼 201호 주민이 눈물 콧물을 흘리며 사방을 살폈다. 어디에도 나갈 길이 없었다. 모든 문이 이상한 무언가로 꽉 막혀 있었다. 201호 주민은 허우적거리며 문을 막은 시커먼 물체를 더듬다가 화들짝 놀라 물러섰다. 촉감이 이상했다. 자세히 보니 문을 막은 건 희멀건 살덩어리들과 빽빽한 털들이 한데 뭉쳐 다져진 고깃덩어리였다. 201호 주민이 또 비명을 질렀다. 눈앞에 보이는 건 온통 거울을 통해 비치는 희광의 얼굴뿐이었다. 어느새 사방에서 향기로운 피 냄새가 진동하기 시작했다. 죽여야 할 것이 많다는 생각이 들었다. 맞았다. 그게 옳은 거였다. 갑자기 배가 고파졌다. 201호 주민은 이제 완전한 희광이었다.

자신의 집에서 깨어난 다른 입주민들도 마찬가지였다. 303호 주민은 목에 얼굴이 생기고, 301호 주민은 팔에 수많은 노란 눈들이 생겼다. 각각 부유면, 도도메키라는 요괴였다. 303호의 아내와 301호의 어린 딸이 그 광경을 보고 비명을 질렀다. 그는 가족의 울부짖음에도 아랑곳하지 않았다. 이미 사람이 아니었기에. 그의 눈에 보이는 건 오직 희광처럼 거울에 비친 자신의 변해 버린 얼굴이었으니까. 이제 그에게 가족은 없었다. 오직 자기 얼굴만이 가득할 뿐이었다.

202호 주민은 어머니 아버지를 향해 입을 쩍 벌렸다. 목구멍 안에서 흉측하게 일그러진 사람의 얼굴이 튀어나왔다. 그건 복중능언이라는 요괴였다. 202호 주민이 보는 내면의 거울에서는 입을 틀어막고 흐느끼는 부모의 모습만이 보였다. 온 사방에 내걸린 거울을 이리저리 들여다봐도 자기 얼굴은 없었다. 어느새 울부짖으며 달아나는 부모의 뒷모습이 보였다. 202호 주민은 아예 내면에서조차 자신의 존재가 사라졌다. 껍데기조차 남지 않았다.

한성 아파트 여기저기에서 찢어지는 비명이 울려 퍼졌다.

같은 시기, 경비원은 자신의 방 한쪽에 세워 둔 거울 앞에 서 있었다. 그의 모습도 변했다. 눈은 타오르는 듯한 붉은색이고 피부는 녹색이었으며, 양 어금니가 뾰족해지더니 곧 모든 이가 날카롭게 뒤틀렸다. 경비원이 모자를 벗자 산발한 붉은 머리가 나타났다. 경비원은 갑산괴였다. 이사 온 주술사를 죽이고 봉인된 항아리를 깨뜨려 요괴들을 풀어 준 것도 그였다.

경비원은 처음부터 갑산괴가 아니었다. 그는 입주민들과 갈등이 깊어질수록 세상을 원망했다. 비트 코인 때문에 인생이 나락으로 떨어진 건 잘못된 정보를 알려 준 인터넷과 그걸 보고도 방관한 다른 사람들 탓이었다. 이런 세상은 진작에 사라졌어야 했다. 할 수만 있다면 당장에라도 모든 걸 뒤집어엎고 싶었다.

경비원은 그날도 입주민과 다툰 후 302호를 감시했다. 생각할수록 화가 치솟았다. 자신이 언제까지 이런 꼴을 당해야 할까? 답답한 마음에 302호 현관 앞을 서성거리던 경비원은 안에서 속삭이는 소리를 들었다.

경비원은 302호 현관문에 바짝 붙어 귀를 기울였다. 새로 이사 온 사람은 누군가와 전화 통화를 하는 중이었다. 소리가 너무 작아 중간중간이 들리지 않았지만, 자신이 봉인해 놓은 요괴들이 풀려나면 세상은 혼란에 빠져 끝장이 날 거라는 말이 들렸다. 경비원은 그 사람이 부적이 붙은 항아리를 들고 있던 걸 떠올렸다. 아마도 이사 온 사람은 주술사였고, 항아리 안에는 요괴들이 붙잡혀 있는 모양이었다.

경비원은 온몸이 불같이 뜨거워지는 걸 느꼈다. 이건 절호의 기회였다. 자신을 이렇게 만든 망할 세상은 무너져야 마땅했다. 경비원은 주술사가 이사 오기 전에 집을 정비했다는 사실을 기억했다. 경비실 책상에 그때 맡겨 놓은 302호 열쇠가 있을 것이다. 그거면 몰래 302호에 침입하는 게 가능했다.

경비원은 입주민들이 잠든 늦은 새벽에 302호에 들어갔다. 어두컴컴한 집 안을 헤매다 침대 옆에 놓인 항아리를 발견했다. 옆에서는 주술사가 이불도 덮지 않은 채 자고 있었다. 경비원은 살금살금 접근해 항아리에 붙은 부적 하나를 떼어냈다.

항아리 안에서 풀려난 갑산괴는 나오자마자 경비원에게 빙의됐다. 사악한 갑산괴는 잠든 주술사를 내려다보며 다른 입주민들에게도 요괴가 들러붙게 할 계획을 세웠다. 첫 번째는 일부러 층간 소음을 일으켜 입주민들이 찾아오게 하는 거였다. 그다음은 항아리에서 풀려난 요괴들이 알아서 자신의 먹잇감을 고르면 된다. 그 전에 주술사를 죽이고, 항아리를 박살 내는 게 먼저였다. 갑산괴가 세상으로 나오자 어느새 하늘에서는 일식이 시작되고 있었다.

갑산괴는 거울 앞에서 만족한 표정을 지었다. 사방에서 한성아파트 입주민들의 비명이 들렸다. 갑산괴는 방 안을 둘러보다 비트 코인 투자에 실패한 후 내팽개친 컴퓨터 앞에 앉았다. 전원을 켜고 모니터를 바라봤다. 얼마 후 윈도우가 부팅되고 곧 구글 화면이 떴다.

갑산괴는 모니터를 보며 웃었다. 서로에 대한 증오와 분노가 바로 여기에서 흘러나와 세상을 뒤덮고 있었다. 이유 모를 혐오가 가득한 시대였다. 그게 갑산괴가 나타나 요괴들을 풀어 준 이유였다. 자유를 찾은 요괴들은 입주민에게 달라붙었다. 아무도 모르게 속에서부터 그들을 갉아먹었다.

갑산괴는 그 과정을 지켜보며 온라인이라는 개념을 학습했다. 아주 흡족한 발견이었다. 이곳에서는 자신이 옳다는 걸 증명하기 위해 상대방을 악으로 몰아 가는 것을 주저하지 않았다. 사람들은 온라인을 통해 다른 생각을 짓밟는 법을 배웠다. 여긴 대화나 의견을 나누는 곳이 아니었다. 온라인은 이미 현실을 넘어 개인의 극단적인 감정을 쏟아 내는 무서운 곳이었다. 갑산괴는 고개를 끄덕였다. 사람들은 서로를 증오하느라 정신이 없었다. 이곳이라면 더 많은 사람을 악한 요괴로 만드는 게 가능할 것이란 확신이 들었다. 갑산괴가 마우스에 손을 가져갔다.

**레시피**
**최정원 저**

소울푸드
미스터리 스릴러

**붉은 기억**
**최정원 저**

인간의 어두움을 그린
심리 스릴러

**8인의 사육사**
**김남겸 저**

궁극의 복수를 그린
미스터리 스릴러

**로하의 세상**
**김남겸 저**

충격의 서바이벌
SF 미스터리 스릴러

**아귀도**
**조동신 저**

몬스터 하이브리드
본격 미스터리 스릴러

**차가운숨결**
**박상민 저**

현직 의사가 쓴
감성 메디컬 미스터리

**투고는 이메일로 보내주세요.**

spitz70@aphrosmedia.com

# 요괴도시

**초판 1쇄 인쇄** 2023년 8월 16일
**초판 1쇄 발행** 2023년 9월 20일

**지은이** 배명은 김설아 유미르 홍정기 김선민 이시우 엄길윤
**기획 및 편집** 주자덕
**윤문 및 교정** 김미숙
**발행인** 주자덕
**인쇄** 미래피엔피
**펴낸 곳** 아프로스미디어
**출판등록** 제 2016-000073호
**주소** 서울특별시 성동구 금호로 173, 101동 904호
**전화** 02-6352-5133
**팩스** 02-6455-5891
**홈페이지** www.aphrosmedia.com
**전자우편** spitz70@aphrosmedia.com
**ISBN** 979-11-89770-40-2 (03810)


* 잘못 만들어진 책은 구입하신 곳에서 바꾸어 드립니다.
* 책값은 뒤표지에 있습니다.